Helmut Sakowski

Schwarze Hochzeit auf Klevenow

Roman

Aufbau Taschenbuch Verlag

ISBN 3-7466-1368-X

1. Auflage 2001
Aufbau Taschenbuch Verlag GmbH, Berlin

Einbandgestaltung Torsten Lemme unter Verwendung
eines Fotos von Beate Schubert, Berlin
Satz LVD GmbH, Berlin
Druck Elsnerdruck GmbH, Berlin
Printed in Germany

www.aufbau-taschenbuch.de

Ich bin der Rabe im Baum. Meine Ahnen zählten zu den Auserwählten, die Noah in den Kasten nahm vor kaum denkbarer Zeit. Und noch früher hatte mein Urrabenvater, der Gedächtnis hieß, auf Odins Schulter gesessen. Er hat unserem Geschlecht die Fähigkeit zur Entsinnung vererbt, die Gabe der Unvergeßlichkeit, die kein anderes Geschöpf unter dem Himmel besitzt. Ich weiß alles, bis auf das wenige, das Gott für sich selber behielt.

Ich weiß, wie es nach der Sintflut auf Erden ausgesehen hatte. Da war nichts außer ein paar nackten Kuppen, die aus dem Wasser ragten, mit Schlamm bedeckt, glänzend wie mein Gefieder, und die Flut war grau wie der Himmel und war bewegt, denn der Herr hatte Wind gemacht, daß die Wasser endlich fielen. Und sonst war also nichts, keine Vielfalt von Wesen und Dingen, nichts außer dem Tag und der Nacht, dem Schlamm, dem Wasser und dem schwärzlichen Himmel darüber, weder Gelb noch Blau, das sich zu Grün hätte vermischen können, kein Rot, kein Licht und kein Leben, denn das Wasser hatte einhundertfünfzig Tage auf Erden gestanden und nicht nur die Farben getilgt, sondern auch alles, was lebte, vom Menschen an bis zum Vieh und dem Gewürm und den Vögeln unter dem Himmel.

Zwar steht geschrieben, daß sich am siebzehnten Tag des siebenten Monats, nachdem sich das Gewässer verlaufen hatte, die Arche auf dem Berg Ararat niederließ und daß nach vierzehn Tagen Noah an dem Kasten das Fenster auftat, aber kein Mensch hat erfahren, daß der alte Mann mit einem Mal nicht wußte, wie die Geschichte weitergehen sollte, Noah war ratlos, da ließ er meinen Rabenvater fliegen. Der flog hin und her, bis sich das Gewässer verlief, und als endlich die Sonne wieder aufstieg über dem Erdenball, als alles vorüber war, auch jede Gefahr, tat Noah, was uns bis heute verbittert, er schickte statt seines tapferen Raben die Taube aus, damit sie das Zweiglein vom Ölbaum hole. Seit damals gilt dieser Vogel als Friedensverheißer, seit damals gibt es die Ungerechtigkeit auf der Welt, seit damals nennt man uns die Unglücksraben.

Freilich hatten wir viel öfter Schlimmes als Gutes heraufkommen sehen. Ich wußte, daß anno 1870 ein Unglücksjahr werden würde, denn die Adler stiegen zur Unzeit auf, um triumphierend ihre Kreise zu ziehen, und gleich darauf brannte die große Scheuer von Klevenow nieder. Die Leute standen und starrten, und ihnen wurde himmelangst, als die Gefache zusammenstürzten und das Feuer aufbrüllend die Balken verschlang und das brennende Strohdach mit solcher Gewalt von sich schleuderte, daß wirbelnde Funkenbälle in den Nachthimmel flogen. Das Feuer war furchtbar und gewiß zum Schaden für den Herrn Erblandmarschall, der es nicht hatte löschen lassen können, obwohl eine Zeitlang vier Männer wechselseitig die Holme der Spritze drückten. Der Schloßteich war zugefroren, und die Pumpe versagte den Dienst, so hatte man die Flammen gewähren lassen müssen, bis sie von selber zusammensanken. Ich habe den Rauch gesehen, der tagelang über Klevenow stand, ich habe den Gestank von Tod und Verwesung gerochen, da hat kein Mensch in der Schwanschen Begüterung an ein Verhängnis gedacht, ich allein wußte, daß sich der Patron den Tod geholt hatte, als er nach der Brandnacht endlich ins Bette kroch.

Ich bin der Rabe im Baum, und ich erzähl die Geschichte, wie sie wirklich war, damit sie niemals vergessen werde.

1

Er stirbt, hatte Minna Schlöpke gesagt.

Sie war schon in aller Frühe zum Schloß hinübergelaufen, wegen der Aprilkälte hatte sie nur ein fransenbesetztes Tuch um die Schultern geworfen, ihr graues Haar, zu einem straffen Nackenknoten aufgesteckt, war unbedeckt. Dennoch knicksten die Mägde, und jeder der Knechte lüpfte achtungsvoll die Mütze, als begegne er einer Persönlichkeit von Stand.

Vor Jahren, als Minna Krenkel schon an die Vierzig war und noch immer nicht unter der Haube, hatte mancher sie belächelt und bespöttelt, aber nun war sie schon lange die Frau des Gutssekretärs Schlöpke, eines Vertrauten des Grafenpaares, und die Mutter des zwanzigjährigen Jörn, des schönsten und stattlichsten Mannes von Klevenow, einige erinnerten sich noch, auf welch merkwürdige Weise sie zu diesem Kind gekommen war.

Minna dankte für jeden Gruß mit kleinem Lächeln und gemessener Neigung des Kopfes, aber sie vergab sich nichts gegenüber dem gewöhnlichen Gesinde, im Gegenteil, zuweilen tadelte sie sogar den einen oder anderen der Leute, was gar nicht ihres Amtes war. So auch an diesem Morgen, als ihr der Stallknecht Kißtorff in den Weg stolperte, offenbar nicht nüchtern und so widerlich stinkend, daß Minna die Nase rümpfte und die Brauen hob.

Unsere gnädige Frau Gräfin verachtet die Branntweintrinker. Vergiß das nicht, Kißtorff.

Der Mann erschrak. Bloß nix für ungut, Madame Schlöpke.

Besser dich!

Minna genoß Wertschätzung in Klevenow, kann aber auch sein, die Leute buckelten und machten sich klein, weil sie fürchteten, sie könnte der Herrschaft dieses oder jenes zutragen.

Vom Vater her war Minna ein kleines Vermögen zugestorben, ihr gehörte der Gärtnerkaten, den der alte Krenkel bis zu seinem Tode bewohnt und bewirtschaftet hatte. Das Gewächshaus nebenan war nicht abgerissen worden. Minna hatte eine glückliche Hand mit den Blumen. Sobald es Zeit wurde, mußte Schlöpke heizen, und seine Frau war in der Lage, Tulpen- und Narzissenzwiebeln vorzutreiben und blühen zu lassen, wenn sich in der kalten Natur noch kein Stengelchen aus dem Boden wagte. Die Blumen trug sie immer noch auf das Schloß. Es bedeutete ihr mehr als Geld, wenn die Frau Gräfin ihre Nase in einen Strauß versenkte und aufblickend: Danke, Krenkel! sagte. Merkwürdigerweise rief die Gräfin sie immer noch bei ihrem Mädchennamen.

Heute wollte Minna Blumen ans Krankenbett tragen, um zu erfahren, wie es um den Grafen stand, der siechte seit jener Brandnacht, und das Schlimmste war zu befürchten. Frauen ihres Alters und ihrer Lebenserfahrung haben einen Blick für das Sterben, sie wissen besser als mancher Arzt, ob der Gevatter Tod noch am Fußende des Bettes wartet oder schon zu Häupten des Ablebenden steht. Sie hatte den Vater dahinscheiden sehen und war verzweifelt gewesen, daß er damals zur Unzeit abberufen wurde. Obwohl sie nie ein Wort darüber verlor, trug sie es dem Herrn Erblandmarschall bis heute nach, daß er sie in ihres Vaters Todesstunde vor den Augen des Hausgesindes aus dem Schloß gejagt hatte. Sie kann es vor sich sehen, kann die eigene Stimme hören: O Gott, mein Vater, er ist mir unter den Händen gestorben. Der Pfarrer nirgends zu finden, alle Menschen beim Fest. Ich brauch ein paar Männer zur Hilfe, bitte, Euer Gnaden! Darauf der Graf, keifig, zornig, sie hat den Ton bis heute im Ohr: Kein Theater wegen einer solchen Sache, kein Aufhebens, wenn ich bitten darf. Auf den Geburtstag meiner Gemahlin soll nicht der geringste Schatten fallen. Wart bis zur Nacht! Und als sie den Erbmarschall ungläubig angestarrt hatte, reckte er gebieterisch den Arm. Scher dich davon!

Am Eingang zur Gesindetreppe traf Minna auf Kleinjohann. Der war einer der vier Männer gewesen, die den Sarg des Vaters am Seil in die Grube hinabgesenkt hatten. Auch Jörn Tiedemann gehörte zu ihnen. Warum denk ich an den? Das ist auch einer, der mich gedemütigt hat. All meine Liebesfähigkeit war für ihn aufgespart, aber er wollte mich nicht haben. Kann sein, der ist schon tot, und ich wäre ein wenig getröstet, weil ihn dann die andere auch nicht mehr haben könnte. Aber ich habe ihren Sohn, ich habe Gesines Sohn!

Morgen, Kleinjohann!

Minna und er waren gleichaltrig, manchmal verblüffte es sie, daß der Mann immer noch so knabenhaft schlank ist und einen vollen Haarschopf trägt von so gelblichem Weiß, daß er beinahe für blond gelten könnte. Aber er darf das Maul nicht auftun wie im Augenblick, er besitzt kaum noch so viele Zähne wie Finger an einer Hand, und man kann kaum verstehen, was er nuschelt.

Morgen, Madame Schlöpke!

Kleinjohann konnte nicht die Mütze ziehen, er hatte mit

beiden Händen einen Holzkorb gepackt und deutete mit heftigem Kopfnicken eine Art von Verbeugung an.

Minna schätzte den Mann, ihm war es gelungen, durch Fleiß und Fügsamkeit vom Stallburschen bis zum ersten Hausknecht aufzusteigen. Er durfte die herrschaftlichen Kamine von Klevenow befeuern und hatte von Amtes wegen Zutritt zu allen Räumen, die das Grafenpaar bewohnte, auch zu den heimlichsten. Also hörte und sah er mehr als jeder andere und war womöglich in Dinge eingeweiht, die selbst dem Gutssekretär Schlöpke verborgen blieben.

Es gab da so ein Gerede. Armgard Löwenholm, die zukünftige Gemahlin des Erbgrafen Kuno, weilte schon seit Wochen auf Klevenow, aber die Hochzeitsfeier war immer wieder verschoben worden. Lag es wirklich daran, daß der Erblandmarschall nicht leben und nicht sterben wollte? Oder hatte es andere Gründe? Es hieß, die Brautleute mochten einander nicht.

Morgen, Madame Schlöpke, nuschelte Kleinjohann. Er wollte Minna den Vortritt auf der Turmtreppe lassen.

Bitteschön! Die Frau war nicht eilig, sondern hatte Lust auf ein Gespräch.

Wie geht es seiner gräflichen Gnaden heute morgen?

Er klappert mit den Zähnen, sagte Kleinjohann und grinste über das ganze faltige Gesicht, möglicherweise ertrug er den Gedanken an den Tod nur, indem er sich darüber lustig machte. Dem Hausknecht war eingefallen, daß er selber wegen Zahnlosigkeit kaum was hätte, mit dem sich in der letzten Stunde klappern ließe. Minna blickte ihn so verweisend von der Seite an, daß sich Kleinjohann rechtfertigen mußte.

Da ich ihm einheize mit einem Höllenfeuer, kann es nicht die Kälte sein, die seine gräfliche Gnaden zittern macht, sondern doch wohl die Todesfurcht. Dabei hat Pastor Pistorius stundenlang an seinem Bette gesessen und ihm all die Sachen vorgebetet, die uns der Katechet damals in der Schule eingebleut hatte. Wißt Ihr noch? Der Mensch lebet kurze Zeit und ist voll Unruhe. Er gehet auf wie eine Blume und fallet ab. Ich höre all diese Sprüche, wenn ich im Kamin nachlege und kann sogar ihren Sinn verstehen. Aber der Herr Erblandmarschall möchte partout nicht abfallen und will nicht wahrhaben, daß ein großer Herr davonmuß nicht anders als der Geringste unter seinen Knechten. Er verlangt, daß der Leibarzt Wunder verrichtet. Es wird ja auch alles getan, daß der Herr Erblandmarschall hübsch langsam stirbt. Ich, wenn es denn sein müßte, wollte rasch davon. Aber ich bin ein armer Mann und kann mir das langweilige Sterben nicht durch allerlei Kurzweil versüßen lassen. Beinahe täglich wird am Krankenbett musiziert. Letzten Sonntag hatte der Herr Graf sogar gewünscht, daß im äußersten Fall der Malchiner Kirchenchor erscheinen solle, um ihn auf dem Wege ins Jenseits mit schönem Gesang zu begleiten. So nimm denn meine Hände und so weiter.

Die Treppe war schmal und wendelte sich steil in die Höhe. Minna hatte darauf bestanden, einen Henkel des Holzkorbes zu fassen. Beide keuchten ein wenig, als sie den Korb vor der Tür des Krankenzimmers niedersetzten.

Kein Mensch auf den Gängen. Gewöhnlich war der hohe Herr von einem Schwarm von Ärzten und Bediensteten umgeben, zu dieser Morgenstunde schien er von allen guten Geistern verlassen. Kannst du mich einlassen, jetzt, wenn du nachlegen mußt? fragte Minna flüsternd.

Kleinjohann hob die Schultern, dann öffnete er vorsichtig die Tür. Er erblickte eine Diakonissin, die hatte wohl zu lange am Bett gewacht, nun war sie eingenickt, gefaltete Hände vorm Bauch, Kinn auf der Brust, die Haube verdeckte ihr

Gesicht. Kleinjohann nickte, und während er leise zum Kamin hinübertappte, schlich sich Minna näher an das Bett.

Der Erblandmarschall lag rücklings, offenen Mundes, und blickte zur Decke auf, deren kunstvolle Stukkatur in ihrer Mitte die strahlenverzierte Sonne zeigte. Das Sonnenzimmer galt als das hellste und schönste im Schloß, und eben hier hatte der kranke Erblandmarschall vor ein paar Tagen sein Leidenslager aufschlagen lassen. Er starrte zur Decke, schien aber nichts wahrzunehmen, nichts zu sehen, nichts zu hören.

Minna vernahm das Geräusch, aber sie konnte nicht unterscheiden, ob es die Nonne war, die leise röchelte, oder der todkranke Herr. Sie sah, wie sich die wächsernen Hände unmerklich bewegten, als lebten allein sie noch, daß sich die Finger krümmten, als versuchten sie, auf dem damastenen Bezug zu kratzen. Minna wußte Bescheid. Er scharrt sich schon die Grube, dachte sie und wandte sich um. Sie sagte: Er stirbt.

Er stirbt.

Das hatte auch der Gerichtsmedikus Kuhfeld der Gräfin knapp und kalt bedeutet und ihr ernst ins Gesicht geblickt. Sie hatte genickt, wortlos, wie im Einverständnis, am liebsten hätte sie: Endlich, gesagt. Er wird sich nicht länger quälen müssen. Aber auch sie selber war ja nun von gewissen Pflichten erlöst, die ihr schwerer und schwerer geworden waren, selbst der Frömmste kann einmal ermüden, und das Mitleid erschöpft sich, wenn es Stunde für Stunde gefordert wird.

Sie schwieg.

Ein Beruhigungsmittel?

Danke.

Agnes Schwan war einverstanden, daß der Doktor nicht im

Hause warten konnte, bis alles zu Ende war. Ein sehr dringender Fall bei Gericht, sie wollte nicht fragen, womöglich eine Hinrichtung.

Bitte, was sein muß, muß sein. Ein Achselzucken.

Kuhfeld versicherte, daß der Sterbende im Augenblick keines besonderen Beistandes bedürfe, er liege in der Agonie, die Diakonissin wache.

Man verabredete sich für den Nachmittag. Ja, gewiß wäre es freundlich, wenn Frau Gräfin einen Wagen schicken wollten, damit man die Formalitäten erledigen könnte, Totenschein undsoweiter, und er werde keinesfalls vergessen, die Schneiderin aus Malchin mitzubringen wegen Vervollständigung der Trauerkleidung.

Danke, Doktor Kuhfeld. Die Gräfin hatte dem Mann zum Abschied die Hand zum Kuß gereicht, jetzt war sie allein und gestattete sich, die Schultern hängenzulassen, den Rücken zu krümmen und die Hände vors Gesicht zu schlagen. Sie weinte nicht, sie stöhnte nur ein wenig.

Die Gräfin war eine geborene Schlieffenbach, viele Männer ihrer Familie waren Offiziere, Soldaten der Könige, Kampfesmut und Todesverachtung waren Voraussetzung für ihren Beruf, und die Frauen hatten das zu billigen gelernt. Es mußte Agnes Schwan mißfallen, daß es ihrem Gemahl an Haltung mangelte, als es ans Sterben ging. Er war jedem Gespräch über seinen möglichen Tod ausgewichen und hatte nicht einmal über seinen Letzten Willen mit sich reden lassen, geschweige denn darüber, auf welche Weise und in welcher seiner Kirchen er bestattet zu werden wünschte.

Agnes blickte auf den Spiegel mit dem üppig geschnitzten Rahmen. Ob man ihn würde verhängen können, wie es Brauch war bei den Leuten im Dorf, sobald ein Angehöriger gestorben war?

Sie trat näher und hob das Gesicht. Es war glatt und nahezu faltenlos, Agnes Schwan war jetzt um die vierzig, stattlich und stolz, aber keineswegs matronenhaft, sondern noch immer eine schöne Frau. Sie strich sich vor dem Spiegel eine Strähne aus der Stirn, ehe sie sich abkehrte, um die silberne Tischglocke zu läuten.

Schlöpke zu mir!

Wenig später trat der Gutssekretär ein. Er verneigte sich, so tief es sein Alter erlaubte.

Schlöpke war immer ein Mann von eigenartiger Gestalt gewesen, lang und dünn wie ein Stecken, dabei krummrükkig, so stand er vor seiner Patronin, im schwarzen Habit, kahlköpfig bis auf den weißen Lockenkranz über den Ohren, mit feuchten Hundeaugen und so gramvollen Falten im Gesicht, als habe das Schicksal statt der Frau Gräfin ihm selber einen furchtbaren Nackenhieb versetzt. Und es traf ihn tatsächlich, daß der Herr der Güter im Sterben lag und Graf Kuno ans Regiment kommen mußte. Das war beinahe, als wechsele das Zeitalter, und in den Sternen stand, ob Schlöpke dann noch würde zu Hofe dienen dürfen als Vertrauter der Herrschaft, als ihr Ohr, als ihr Gedächtnis, als ihr Mund, denn noch immer war er es, der mit den Pächtern reden mußte wegen Steigerung des Pachtzinses oder den Tagelöhnern mitzuteilen hatte, ob einem Ersuchen um Häusung oder Deputat entsprochen werden konnte oder nicht.

Trotz des Ernstes der Stunde mußte die Gräfin ein wenig lächeln. Der Bratenrock des Gutssekretärs war gewiß Jahrzehnte alt, möglicherweise hatte ihn Madame Schlöpke waschen müssen, und er war geschrumpft, jedenfalls schien es, als hätte der Mann zu große Füße und zu breite Hände, die gesteiften weißen Manschetten waren ihm mehr als handspannenlang aus den Ärmeln gerutscht, und der Gräfin ging durch den Kopf, ob man einen Menschen von so merkwürdiger Erscheinung als Leichenbitter auf alle Schwanschen Güter entsenden sollte oder ob man ihm gar noch, knapp vor seiner Pensionierung, einen Traueranzug anmessen lassen sollte. Sie war nüchternen Sinnes und dachte, wesentlicher als der Anzug ist der Kopf, kein Mensch kann trauriger in die Welt blicken als dieser Schlöpke, es wird Eindruck machen, wenn er die Todesbotschaft überbringt. Die Gräfin bat ihn, Platz zu nehmen. Sie selber ließ sich im Sessel nieder.

Also, wie hat man das gehalten bei Trauerfällen in der Schwanschen Familie?

Zu dienen, Euer gräfliche Gnaden.

Der Gutssekretär wirkte nur noch halb so gebrechlich, als er einen Folianten auf den spitzigen Knien hielt, jetzt war er in seinem Element. Er leckte den Zeigefinger an und blätterte, bis er gefunden hatte, was er suchte, einen Bericht über das jüngste Begängnis im Hause Schwan.

Die selige Gräfin Mutter Wilhelmine, geborene Freifrau von Both, starb auf Remplin. Noch am Tag ihres Todes erhielten die Altäre aller Schwanschen Kirchen neue Stammlichter, armesdick, von bester Wachsqualität und von zwanzigfacher Länge eines Daumengliedes, mit Flor umwickelt.

Wir brauchen die Kerzen wahrscheinlich heute noch. Die Gräfin seufzte.

Schlöpke hob beschwichtigend seine rötlich behaarte Hand. Sind schon herangeschafft. Sobald die Glocke von Klevenow den Heimgang des Erblandmarschalls verkündet und die Glocke von Malchin geantwortet hat, wird er die Berittenen in alle Dörfer der Begüterung ausschicken.

Die Lichte, übrigens, sind das Geringste. Die Beisetzung erfordert vielerlei, schwarzes Tuch zum Beispiel, ballenweise.

Nun muß Schlöpke doch schniefen in plötzlicher Ergriffenheit.

Pardon, Euer Gnaden. Er greift zum Sacktuch.

Mein Gott, wozu wird ballenweise Tuch benötigt?

Ergibt sich alles aus dem Zeremoniell. Am besten, wir halten uns an die Leiche von Frau Wilhelmine Schwan. Jedes Detail ist in den Büchern notiert. Schlöpke läßt das Sacktuch verschwinden, er faßt sich und hält Vortrag, wie das von ihm erwartet wird.

Also, der Leichenwagen, mit sechs herrschaftlichen Schimmeln bespannt, fährt pünktlich neun Uhr morgens an der Freitreppe des Schlosses vor. Jäger und Stallburschen tragen die Leiche feierlich, gemessenen Schrittes heraus. Das wird man üben müssen, Euer Gnaden, sonst treten sich unsere Grobiane in die Hacken oder stolpern gar, und es geht womöglich mit unserem lieben Herrn Erblandmarschall holterdiepolter treppab, statt daß er mit Kraft und Anmut gehoben werde auf den Katafalk, beziehungsweise auf die Plattform des Wagens. Sobald er dort steht, der eichene Sarg, bedeckt mit den Schwanschen Wappen und Fahnen, von Kränzen umstellt, mit Blumen geschmückt, eröffnet der erste Beireiter mit sechs der schmucksten Stallbediensteten den Zug, Sonntagslivree, Schwansches Rot, schneeweiße Handschuhe, jeder trägt eine große Florschleife am linken Arm, schwarz bezogen die Silbersporen, die blinkenden Knöpfe, die Griffe der Hirschfänger, alles in Schwarz. Und nun wird es ein wenig heikel, Euer Gnaden. Er zögert.

Sprechen Sie weiter, Schlöpke.

Unser Beireiter ist ein Mann von unbestreitbaren Verdiensten, allerdings auch von so erheblichem Leibesumfang, daß er sich regelrecht in die Hosen einkeilen muß. Gebe zu bedenken, ob ein livrierter Fettsack an der Spitze der Trauerprozession daherreiten sollte, man will ja nicht Heiterkeit erregen in einer solch dunklen Schicksalsstunde.

An dieser Stelle schwieg Schlöpke und klappte ein paarmal mit den Augendeckeln.

Ja, was schlagen Sie denn vor?

Mein Sohn Jörn könnte einspringen, im Fall, daß Frau Gräfin gnädigst zustimmen wollen.

Die Patronin nickte. Warum nicht, er gilt ja als der stattlichste Mann im ganzen Beritt. Was man leider von ihrem eigenen Sohn nicht sagen konnte, es versetzte ihr einen kleinen Stich mitten ins Herz, als Schlöpke in eitlem Besitzerstolz behauptete, nichts als Freude mache der Junge seiner Mutter und ihm.

Jörn also voraus mit sechs Reitern, und nun wird Forstmeister Wachsmund mit den berittenen Jägern den Leichenwagen umringen, ein jeder grün uniformiert, mit weißem Federbusch auf dem Hut. Und was ich beinah vergessen hätte, die sechs Schimmel vor dem Wagen mit seinem großen, schwarzen frisch gespannten Baldachin werden selbstverständlich an der Außenseite der Halfter Doppelschleifen von Trauerflor tragen, während bei allen übrigen Pferden im Zug einfache Schleifen genügen sollten, so denke ich.

Jörn also voraus, dann die Reiter, der Leichenwagen, von berittenen Jägern flankiert, und nun die Glocken vom Turm, jetzt setzt sich der herrschaftliche Wagen in Bewegung, der Ihre, Frau Gräfin, ebenfalls von sechs Schimmeln mit schwarzer Schabracke gezogen, wir nehmen die schönsten Pferde aus dem Klevenowschen Baugespann. Ihm folgen die weiteren Trauerwagen, diese nur zweispännig, nach Gütern geordnet.

Aber ich bitte, Schlöpke, es sind nur Schritte vom Schloß zur Kirche hinauf.

Verzeihung, Euer Gnaden, der Brauch gebietet, daß dem

Herrn Erblandmarschall eine letzte Rundfahrt gestattet wird, so als geruhe der hohe Leichnam, die Güter noch einmal in Augenschein zu nehmen, zumindest die nahe gelegenen, und selbstverständlich den Park. Und aus jedem Gut schließt sich ein weiterer Trauerwagen an, gezogen von Schimmeln, wir beharren auf dem feierlichen Schwarzweiß. Übrigens, auf dem Friedhof gehen Euer gräfliche Gnaden ganz allein dem Sarg voraus und werden an der Kirchentür von zwei Pastoren in die Mitte genommen. Der Altarraum ist ganz und gar mit schwarzem Tuch ausgeschlagen, zwanzig Ellen zu drei Gulden dürften genügen, auf jeden Fall sollte der Stoff den Boden bedecken. Es empfiehlt sich übrigens, daß Euer Gnaden in die Knie sinken, sobald der Sarg niedergesetzt worden ist, um denselben, zumindest andeutungsweise, zu küssen. Eine solche Geste rührt ungemein.

Schlöpke überflog noch einmal die Seite, ob er nicht etwa ein Detail ausgelassen habe. Er nickte zufrieden und hatte das Buch kaum geschlossen, da sah er aufblickend, daß die Gräfin leidend ihre Fingerspitzen gegen die Schläfen drückte. Er sagte tröstend: Frau Gräfin können die Sorge um die Feierlichkeiten mir allein überlassen und dürfen versichert sein, daß die herrschaftliche Leiche bis zum Turmtor der Kirche so würdevoll geleitet wird, wie es in Klevenow seit eh und je gehalten wurde. Was im Gotteshaus geschieht, ist Sache der Geistlichkeit. Ich empfehle, sich die Trauerpredigt vorlegen zu lassen. Pastor Pistorius neigt zu ausschweifender Rede, und womöglich verfaßt er gar ein Gedicht.

Danke, Schlöpke, Sie haben freie Hand.

Der Mann erhob sich augenblicks und dienerte, rückwärts gehend, so lange, bis er hinter sich die Türe fühlte. Hier richtete er sich noch einmal zu seiner ganzen spillrigen Länge auf.

Die Gräfin blickte ihn fragend an.

Das Trauermahl, sagte Schlöpke, wir werden wohl mit einhundertfünfzig Gästen rechnen müssen, und vier Schüsseln sollten doch wenigstens gereicht werden. Minna, meine Frau, könnte bei den Zurichtungen helfen.

Meinetwegen, die Gräfin stimmte zu. Ich überlasse Ihnen sogar, die Einladungen für die Trauerfeierlichkeiten vorzubereiten. Übrigens wünsche ich nicht, daß Gräfin Iduna unter meinen Gästen ist.

Agnes Schwan mißbilligte die Vorliebe der Dichterin für auffällige schwarze Roben ebenso wie deren exaltiertes Gehabe. Unerträglich der Gedanke, Iduna könnte am Beisetzungstage in Klevenow erscheinen, um sich in den Vordergrund zu drängen, als zweite Witwe sozusagen. Möglicherweise würde auch sie am Sarge niederbrechen wollen, ihre Trauer jedenfalls auf eine Weise zur Schau stellen, daß der eine oder andere Außenstehende die geschiedene Frau des Erblandmarschalls für die wirkliche Witwe Schwan halten könnte.

Keine Einladung, gebot Agnes. Und es erübrigt sich, unseren Vetter von der Recke Vollmerstein zum Trauermahl zu bitten. Er ist uns nützlicher, wenn er im pommerschen Laudeck bleibt, bis unsere bankrotte Dichterin in einem Damenstift untergebracht ist.

Schlöpke dienerte. Ich weiß Bescheid, Frau Gräfin hatten mir ja die Order diktiert.

Der Sekretär wurde entlassen mit dem Auftrag, Armgard Löwenholm ins Arbeitskabinett der Gräfin zu bitten.

Minna und Schlöpke trafen sich auf der Galerie. Sie kam vom Sonnenzimmer her, die Blumen immer noch im Arm, der Erblandmarschall hätte weder ihre Farbe noch ihren Duft wahrnehmen können, und der Sekretär hatte vergeblich bei Komteß Armgard angeklopft, sie sei schon in aller Herrgottsfrühe ausgeritten, so ihre Zofe, und Schlöpke mußte mißbilligend den Kopf schütteln. Er wußte, daß die Braut des Erbgrafen eine passionierte Reiterin war, hätte sie aber nicht diesen Sonnabend, der höchstwahrscheinlich der Todestag des Patrons werden würde, ihre Leidenschaft zügeln können?

Da war Minna heran. Sie flüsterte: Er stirbt.

Schlöpke nickte. Er sagte: Mir und dir ist es von der Gräfin Agnes aufgetragen, dafür zu sorgen, daß er gut unter die Erde kommt.

Ihm ging durch den Kopf, daß er sich nahezu unentbehrlich gemacht hatte, daß er kaum jemanden wußte, der ihn aus seiner Vertrauensstellung drängen könnte, daß sie es also gut haben würden auf ihre alten Tage, Minna und er. Da standen sie nun, beide aus den untersten Schichten stammend, auf der Galerie von Schloß Klevenow, gewissermaßen erhoben und ganz nahe den herrschaftlichen Gemächern.

Komm, sagte Schlöpke. Er reichte Minna den Arm, sie hakte sich ein und hielt die Blumen beinahe wie einen Brautstrauß, als sie nebeneinander die schön geschwungene Haupttreppe zur Halle abwärts stiegen.

2

Armgard Löwenholm verschmäht den Damensattel, sie ist gestiefelt und gespornt, und wie ein Mann sitzt sie zu Pferde, im roten Jagdrock, aber zylinderlos, jeder Hut würde davonschwirren, so wild jagt sie daher, mit flatternden Haaren, vorgebeugt bis zum Hals des Pferdes. Es braucht kaum die Sporen, sie ruft: Spring! Da setzt der Rappe gehorsam an, steigt auf und fliegt über das beinahe mannshohe Gesträuch.

Bravo, Wotan! Sie tätschelt das Tier: Brav, brav. Als die Komteß den Kopf wendet, ist der Bedienstete heran, auch sein Pferd hatte die Hecke mühelos genommen.

Gratuliere, Euer Gnaden!

Du bist so gut wie ich.

Aber ich bin ein Mann.

Ja, das ist dieser Jörn Schlöpke wohl, kräftig und sehnig, gut geschnittenes Jungengesicht, verwegene Augen, er wird wenig über zwanzig sein, wie Armgard Löwenholm auch. Sie mustert ihren Begleiter ungeniert, stramme Schenkel, straffes Gesäß, der Junge gefällt ihr.

Kurze Rast auf dem Hügel, dort unten in der Senke liegt Klevenow, Schloß, Dorf und der Park, geschaffen vom Gärtner des Königs von Preußen, wunderschön anzusehen in seinem harmonischen Ineinander von Gewässern, Wegen und Wiesengrün, von Häusern und Bäumen.

Jörn fragt: Zum Schloß, gnädigste Komteß?

Sie ruft: Zu den Ställen! und prescht im Augenblick voran, daß Jörn Mühe hat, ihr zu folgen. Sie hat das bessere Pferd, aber auch er kann wie der Henker reiten, nimmt mit Heiheigeschrei die Hecken, die Koppelzäune, die Hindernisse im Weg. Es macht ihm Spaß, sich mit der Komteß zu messen. Er ist vor ihr im Hof und lacht der Dame übermütig entgegen.

Sie sagt, noch keuchend: Du bist besser als ich.

Ich bin ein Mann. Er sagt das wie zu seiner Entschuldigung.

Die Komteß schaut auf ihn herab. Der Junge ist frech in seiner Selbstsicherheit, auch nicht ganz korrekt gekleidet, offener Hemdknopf, das Brusthaar kriecht ihm bis zum Hals hinauf.

Sie sagt schließlich: Du bist mein Knecht.

Nun hat er es eilig, der Dame aus dem Sattel zu helfen, aber sie ist schon abgesprungen, mit einem einzigen Satz.

Das Hofgesinde läuft herbei.

Armgard Löwenholm behält die Zügel in der Hand, sie tätschelt den Hals des Hengstes.

Ich will ihn selber zu den Boxen führen.

Jörn nickt, scheucht die dienernden Stallburschen mit herrischer Geste davon, und nun versorgt er seinen Falben, trocknet ihm mit einem Strohwisch das Fell, gibt ihm zu saufen, und es gefällt ihm, daß Komteß Armgard ihrem Rappen die gleichen Dienste erweist. Das ist eine erstaunliche Frau, er bewundert sie. Die hat Pferdeverstand wie ein guter Bauer, und ebenso selbstverständlich kann sie hantieren, hat den feinen roten Rock längst an einen Nagel gehängt, die Blusenärmel aufgekrempelt.

Sie blickt über den Rücken der Pferde auf Jörn. Schläfst du hier im Stall?

Er verneint. Bei meinen Eltern, Euer Gnaden.

Und da? Sie deutet auf einen Verschlag, dort steht eine hölzerne Pritsche mit ledernem Laken.

Für den Notfall, sagt Jörn. Dort wache oder schlafe ich, wenn eine der Stuten fohlt.

Es ist schwül im Stall, es riecht scharf nach dem Schweiß der Pferde, nach ihrem Mist. Die Tiere machen sich über den wohlverdienten Hafer her. Armgard könnte davon, aber sie tut es nicht, lehnt träge gegen die Futterkiste und wischt sich mit dem Handrücken die Schweißperlen aus der Stirn. Ihr ist heiß, die Ausdünstungen der Tiere erregen sie. Sie hat Lust, etwas Verrücktes zu tun. Sie hat Lust auf diesen Kerl.

Warum geht sie nicht, fragt sich Jörn. Worauf wartet sie? Er fühlt die Spannung, körperlich, wie ein feines Ziehen bis in die Fingerspitzen.

Da hört er leise seinen Namen rufen und sieht im Halbdunkel des Stalles, wie die Komteß an ihrer Bluse nestelt und knöpft. Das Blut steigt ihm zu Kopf, das Hemd klebt ihm auf der Haut, er möchte sich's vom Leibe reißen.

Sie befiehlt: Hol mir Wasser!

Er gehorcht, und als er schließlich zurückgekehrt ist, muß er die hölzernen Bottiche so heftig niedersetzen, daß ihm das Wasser überschwappt. Armgard erwartet ihn, vom Gürtel aufwärts prachtvolles Fleisch, so nahe, daß er es riechen kann, daß er es berühren könnte, hätte er den Mut, die Hände auszustrecken. Wenn es ihn zu einem Mädchen treibt, muß er rasch zur Sache kommen, keine Zeit für die Werbung. Willst du nicht, nehm ich mir die Nächste vor, in einem Winkel des Stalles, an einer Wand. Wie gut eine Frau riecht, weiß Jörn längst, aber nackt hat er noch keine gesehen. Der Anblick überwältigt ihn, er zerrt sich tatsächlich das nasse Hemd übern Kopf, und dann weist er die Innenseite beider Hände vor, die strotzenden Adern der Unterarme. Sie soll sehen, wie wild ihm die Pulse klopfen, und nun ballt er sogar die Fäuste. Ach, Euer Gnaden!

Sie sagt: Du mußt mir aus den Stiefeln helfen.

Er sieht sie an, offenen Mundes. Beinahe jeder kennt die Geschichte von Herrin und Knecht, die kein gutes Ende nahm, Joseph im Ägypterland, knapp am Richtschwert vorbei. Da ist auch das Lied von Füchsin und Hahn, was von der Liebe blieb, waren die Federn im Strauch.

Armgard lächelt. Starr mich nicht blöde an, Junge. Dreh dich um, bück dich. So ist es gut. Er faßt zwischen den Beinen hindurch nach ihrem Stiefel und spannt ihn zwischen seine Schenkel ein.

Sie neckt ihn mit wippender Stiefelspitze, daß er keine Lust hat, wieder loszulassen. Er tut, als bekäme er das Leder nicht vom Fuß, bis die Herrin ihren Knecht so nachdrücklich in den Hintern tritt, daß er lachend ins Knie fallen muß. Einmal und ein zweites Mal, die Stiefel hat er beide, er hält sie lächelnd in den Händen, als er sich erhebt und vor seiner Dame steht.

Die Stiefel will sie nicht. Jörn läßt sie zu Boden fallen, als Armgard seinen Gürtel öffnet. Kein Spuk also und kein Traum, er kann sie haben, hier im Stall. Er muß sie nicht einmal bis auf das Lederlaken hinübertragen, er braucht nur ihre Schultern zu packen, sie läßt sich auf die Futterkiste fallen. Er braucht nur ihre Beine zu heben, sie selber zeigt ihm den Weg.

Da werden sie mit einem Mal vom Lärm der Glocken im Turm überfallen und wissen, was das Geläute bedeutet, aber beide jagen schon so zügellos aufeinander zu, daß sie nicht mehr anhalten können.

Armgard Löwenholm und Jörn Schlöpke, Leibkutscher auf Klevenow, werden ihr Lebtag daran erinnert sein, daß ihnen die Sterbeglocken der Kirchen von Klevenow und Malchin zur schwarzen Hochzeit geläutet hatten, das wird sie binden wie eine Fessel.

Die Glocken verhallten erst, als Armgard Jörn erlaubte, ihr beim Waschen über dem hölzernen Bottich behilflich zu sein, und sie bedankte sich bei ihm auf gleiche Weise, so zärtlich, daß er augenblicks wieder bereit war. Sie mußte ihn erlösen. Dann hatten sie noch eine Weile nebeneinander auf der Kiste gehockt, bis sie lächelnd sagte: Du bist ein Mann.

Ich bin ein Knecht, Euer Gnaden.

Das muß nicht so bleiben, Jörn Schlöpke.

Armgard Löwenholm entstammte einer deutsch-dänischen Adelsfamilie, die in Jütland begütert war. Eine ihrer Vorfahrinnen soll die berühmt-berüchtigte Marie Grubbe gewesen sein, Vizekönigin von Norwegen, die ihren Gemahl, den ersten Kavalier des Reiches, verlassen hatte, um einen gewöhnlichen Schiffer zu heiraten, mit dem sie die Fähre zwischen Falster und Moen betrieb und eine Schankwirtschaft dazu. Ein Rätsel für die Zeitgenossen im 17. Jahrhundert, obwohl Marie lachend bekannt haben soll, es lebe sich mit ihrem Fischer vergnügter, als mit dem Gemahl aus königlichem Blut.

Wie ihre sagenhafte Ahnfrau war Armgard Löwenholm dunkelgelockt und von bräunlicher Hautfarbe, und merkwürdigerweise ist auch sie wie Marie als Halbwaise aufgewachsen. Der Vater, in königlich dänischen Diensten, hatte nach dem frühen Tod seiner Frau das freie Leben genossen und das Kind der Obhut zweifelhafter Kinderfrauen überlassen, die es oft genug vernachlässigten. Jedenfalls wuchs die kleine Komteß beinahe wild auf, trieb sich in den Ställen herum, mit allem vertraut, was Arbeit mit dem Vieh, aber auch Paarung oder Geburt betraf. Sie war mit Mägden und Knechten befreundet, konnte wie der Teufel reiten, wie ein Kutscher fluchen, während ihr Französisch mangelhaft blieb. Als dem vielbeschäftigten Vater endlich auffiel, daß ihm eine schöne Tochter heranwuchs, die eines Tages bei Hofe würde vorgestellt werden müssen, war es beinahe zu spät. Er hatte Armgard kurzentschlossen in eines der bekannten Schweizer Pensionate gesteckt, damit ihr Lebensart vermittelt würde, ebenso ein Französisch, das für ordentliche Konversation in den Salons genügte. Aber in Lausanne gab es weder die richtigen Pferde noch Gelegenheit wie in Jütland, über die Heide zu reiten. Ihre adligen Mitschülerinnen kamen Armgard unnatürlich und albern vor, sie nannte alle miteinander blöde Kühe. Kurz und gut, der Aufenthalt in der Schweiz mißfiel der jungen Komteß so heftig, daß sie es kaum ein Jahr lang ausgehalten hatte. Der Vater konnte ihr vorhalten, was er wollte, nach den Sommerferien weigerte sie sich, Dänemark zu verlassen, und Löwenholm, der ein nüchtener Mann war, hatte die Achseln gezuckt und gedacht, Armgard habe sich leider nicht zu einer vorbildlichen Edelfrau entwickelt, sei aber schön und so reich, daß es ihr wahrscheinlich an Bewerbern nicht mangeln werde.

So war es auch gekommen, allerdings konnte kein Mensch verstehen,warum sie sich schließlich für den schmalbrüstigen Kuno Schwan entschied, auch der Vater nicht. Sie hatte ihm lachend erklärt: Er riecht gut, Papa, also wäscht er sich, im Gegensatz zu manchem unserer dänischen Herren. Das spricht für ihn. Gräfin Agnes, seine Mutter, besitzt den größten Marstall Norddeutschlands und wundervolle Pferde. Ich könnte in Klevenow so gut wie in Jütland ausreiten, und sie würde mir erlauben, Pferdezucht im großen Stil zu betreiben. Das bedeutet, Papa, ich hätte was zu tun, das mir Spaß macht, und brauchte mich nicht wie andere Damen meines Standes zu Tode zu langweilen. Wenn ich denn heiraten muß, warum sollte ich nicht Kuno Schwan nehmen und meinen Neigungen leben dürfen wie du.

Die Verbindung zur Grafenfamilie in Klevenow war übrigens durch Vermittlung der holsteinischen Schwäne zustande gekommen. Seit Wochen weilte Armgard Löwenholm zu Gast auf Klevenow, und heute also hatte die Sterbeglocke geläutet, der Erblandmarschall Graf Friedrich Schwan war verschieden, und nach Ablauf der Trauerzeit, wahrscheinlich aber etwas früher, würden Armgard und Kuno vermählt werden.

*

Die Komteß schritt dem Schloß entgegen. Das Erlebnis mit Jörn belastete sie nicht, es hatte ihr Spaß gemacht.

Armgard nahm ein paar Stufen auf einmal, als sie die geschwungene Treppe zur Galerie hinaufsprang, klopfte an die Tür des Salons, trat ein und sah sich angestarrt von drei vorwurfsvollen Augenpaaren. Gräfin Agnes saß auf dem Sofa, kerzengrade, beherrscht, schon in Trauerrobe, ihr zur Seite Linda, Zofe der Gräfin beinahe seit den Kindertagen, ebenfalls schwarz gekleidet, ganz in sich zusammengesunken, überwältigt vom Schmerz über den Dahingegangenen, der wohl eine Zeitlang mehr gewesen war als nur ihr Patron. Kuno lehnte im Sessel, er trug einen strengen, dunklen Anzug, war aber mit einem bunten Seidenschal geschmückt, denn er neigte zu Halsweh und Erkältung.

Und da stand sie nun, die künftige Gräfin Schwan, die dänische Armgard Löwenholm, gestiefelt und gespornt, in Männerhosen und rotem Jagdrock. Man war gewöhnt, ihr manches nachzusehen, aber das ging zu weit. Linda trocknete die Tränen, sie trauerte so ehrlich, daß ihre Stupsnase gerötet war, sie schaute von unten herauf, fassungslos, und schüttelte den Kopf. Auch die Gräfin war indigniert. Sie fragte sich beim Anblick der künftigen Schwiegertochter, ob diese Dänin wohl als Gemahlin Kunos tauge. Der junge Graf zog die Mundwinkel mißbilligend bis zum Kinn hinab. Er war übrigens künstlerisch begabt und hatte, um sich über die schlimmen Stunden hinwegzubringen, an einer Stickerei gearbeitet, an einem Wappenschwan, von schwarzen Eichenblättern umrahmt. Die Arbeit war für den Sargdeckel des Vaters bestimmt.

Armgard blickte an sich hinunter, und jetzt erst fiel ihr ein, daß sie unpassend gekleidet war. Sie geriet, was äußerst selten geschah, in Verlegenheit und errötete ein wenig.

Pardon, Euer Gnaden.

Sie sprach demütig, als bereue sie einen Fehler, aber dann faßte sie sich und hatte im Augenblick eine Entschuldigung parat. Ich war hinter den Wäldern, als ich die Glocke hörte, und ich komm, wie ich bin, auf der Stelle, weil ich nicht warten kann, mein Beileid auszusprechen.

Und schon schritt sie mit klirrenden Sporen über das Parkett, beugte ein Knie vor der Gräfin, ergeben und anmutig wie ein Page.

Es tut mir unendlich leid, maman.

Die Gräfin erlaubte, ihr die Hand zu küssen. Steh auf, mein Kind.

Armgard gehorchte, sie nickte herablassend der Zofe zu und drückte Kuno die Hand.

Er sagte: Du riechst am frühen Morgen schon nach Pferd und Tran.

Bin aber gewaschen, versichere dich.

Armgard antwortete ein wenig schärfer, als sie vielleicht gewollte hatte, und Agnes versuchte zu vermitteln.

Kein Streit in dieser Stunde, bitte.

Jetzt erfuhr Armgard, daß man immer noch auf den Gerichtsmedikus Doktor Kuhfeld warte. Der Wagen aus Malchin müsse jeden Augenblick vorfahren, werde übrigens die Schneiderin mitbringen wegen der Trauerroben. Ein Modeheft lag bereit, Linda wollte es Armgard reichen.

Die fragte: Darf ich den Toten sehen?

Agnes Schwan nickte.

Der Erblandmarschall lag im Sonnenzimmer auf dem Sterbebett. Er starrte zur Decke, offenen Mundes, so, als sei er maßlos erstaunt, daß man ihn, den Herrn der Güter, ohne jeden Beistand das Leben hatte ausatmen lassen.

Armgard schloß ihm die Augen, dann wandte sie sich um, und nun war sie es, die Linda und Kuno vorwurfsvoll anstarrte. Nicht einmal das Kinn hatte man dem Toten aufgebunden.

Gib mir dein Seidentuch, Kuno. Rasch!

3

Der Gärtnerkaten, den die Schlöpkes bewohnten, unterschied sich von den Hütten der Tagelöhner, er war geräumiger als die übrigen Häuschen und besser eingerichtet. In Minnas Küche stand statt der üblichen offenen Feuerstelle unter gewaltiger Rauchhaube längst ein gemauerter Herd mit eisernen Ringen über den Feuerungslöchern. Für die Stube war eine Kommode aus schön gemasertem Kirschbaumholz angeschafft worden, und als besonderes Prunkstück ein Spiegel, so groß, daß man sich vom Kopf bis zu den Füßen hinab betrachten konnte. Das letztere hatte Schlöpke für überflüssig gehalten, wahrscheinlich legte er keinen Wert darauf, sich die eigene traurige Erscheinung vor Augen zu führen, aber es war Minnas Geld, von dem noch einiges im Sparstrumpf steckte, das mochte sie verzehren wie sie wollte, und warum sollten die Schlöpkes in der niedrigen Stube nicht aufstellen, was gewöhnlich den Salon feiner Leute zierte. Man konnte Postkarten oder fromme Bildchen zwischen Glas und Rahmen schieben, und Minna versah oder vertat sich nicht, wenn sie morgens vor dem Spiegel die strenge Frisur richtete. Dabei hielt sie die Haarnadeln zwischen den Lippen fest, nahm eine nach der anderen heraus, um sich den straffen grauen Zopf aufzustecken. Eine Schönheit war sie zu keiner Zeit gewesen, und die Jahre hatten sie nicht ansehnlicher gemacht, dennoch gefiel es ihr, wenn sie sich versichern konnte, daß sie gekämmt und gekleidet war, wie sich das gehörte. Heute stand Jörn vor dem Spiegel. Die Mutter hatte die blanken Knöpfe seiner Sonntagslivree mit schwarzem Tuch überzogen und eine große Florschleife am Ärmel befestigt. Der rote Rock war sorgfältig gebürstet, nun half sie ihrem Sohn hinein, der knöpfte zu und war prächtig anzusehen, beinahe wie ein junger Ulanenoffizier in knapp sitzender Uniform.

Schau ihn an, deinen Sohn.

Schlöpke saß in der Nähe des Fensters an seinem Arbeitstisch über den Büchern, jetzt blickte er auf. Du mußt dich sputen, wenn du mit den Trauerlichten pünktlich in Ullrichshusen sein willst. Hast du die Sterbeglocke nicht gehört?

Jörn antwortete nicht. Er reckte sich in der Livree, zog die Jacke straff, warf sich in die Brust und lächelte. Er benahm sich wie ein bunter Käfigvogel, den das eigene Spiegelbild entzückt.

Du hast die Glocke nicht gehört? fragte Minna noch einmal.

Ja, ja. Jörn dachte, ich bin ein Knecht, aber das muß nicht so bleiben, sie hat es gesagt.

Du bist nicht bei der Sache, Jörn.

Er nickte.

Geht's um ein Mädchen?

Jörn lächelte.

Wer ist es, Jörn?

Die schöne Armgard Löwenholm, Mutter.

Minna legte im Schreck die Hände an die Lippen. Mein Gott!

Ich hab sie beinahe jeden Tag begleiten dürfen. Ich gefalle ihr, sagte Jörn herausfordernd. Und sie gefällt mir auch.

Minna behielt den Jungen im Blick, als sie zu Schlöpke hinüberging. Beinahe schien es, als wolle sie auch räumlich abrücken von ihrem Sohn, der so Ungeheuerliches redete. Sie stützte sich auf Schlöpkes Schulter und sagte: Dein Vater und ich selber auch, wir haben unser Lebtag im Dienst der Herrschaft gestanden. Gott weiß, daß wir fleißig und strebsam gewesen sind, aber wir haben uns niemals etwas angemaßt. Die Treue zur Herrschaft war unsere Verheißung, die Treue war unsere Ehre, die Treue war unser Glück. So haben wir unsere Pflicht erfüllt und sind zu was gekommen. Wir haben den Garten, das Haus, hübscher als manches andere im Dorf, ein paar Taler im Strumpf. Das alles soll einmal dir gehören.

Schlöpke faßte nach Minnas Hand, die immer noch auf seiner Schulter ruhte, und es rührte ihn sehr, daß sie mit Worten fast so schön wie aus dem Lesebuch beschreiben konnte, was ihrem Leben Sinn gegeben hatte.

Du mußt dich bescheiden. Geh nicht vom Wege ab, mein Junge.

Was ihm die Mutter predigte, hörte sich für Jörn an wie eine Botschaft aus längst vergangener Zeit. Die Eltern waren ja beide auch schon alt und grau und konnten beinahe als seine Großeltern herhalten. Mochten für sie solche Lehren gegolten haben, er dachte nicht daran, sie zu beherzigen, und als ihn die Mutter noch einmal anflehte: Geh nicht vom Wege ab, um Christi willen! wendete er ruckartig den Kopf vom Spiegel ab und zitierte höhnisch jenen Spruch, den er in der Schule gelernt hatte:

… entbehre gern, was du nicht hast.
Ein jeder Stand hat seinen Frieden,
ein jeder Stand hat seine Last.

Er lachte.

Schlöpke schwollen die Zornadern am Hals, als er den Jungen so frech und aufsässig daherreden hörte. Er erhob sich, trat an Minnas Seite, und wahrhaftig, er war schrecklich anzusehen, wie er da stand, lang und krummrückig mit totenbleichem Gesicht.

Er sagte: Hör auf! und sei dankbar. Du weißt nicht, was die Mutter deinetwegen auf sich nehmen mußte.

Er würde doch nicht in der heftigen Gefühlsaufwallung das Geheimnis preisgeben, das die Herkunft Jörns umgab? Der Junge durfte niemals erfahren, als wessen Kind und unter welch furchtbaren Umständen er in der Weihnacht geboren war. Minna hob warnend die Hand, dann ging sie zu ihrem Sohn hinüber und packte ihn bei den Armen.

Sie war viel kleiner als der Junge, dem reichte sie gerade bis an die Brust, und sie mußte zu ihm aufblicken, als sie sagte: Ja, ich habe gebangt um dich und gelitten, aber nun bist du herangewachsen, ein Bild von einem Mann, unser ganzer Stolz. Versteh doch, wir haben Angst, daß man dich beredet und beneidet um ein zweifelhaftes Glück. Mein Gott, du wirst uns alle ins Unglück bringen.

So sehr sie aber den Jungen mit ihren Worten und ihrer Liebe bedrängte, er machte sich steif unter ihren Händen, und schließlich schob er sie von sich. Er setzte die Mütze auf und prüfte im Spiegel ihren Sitz. Entschuldigung, der Dienst. Guten Tag, Mutter! Guten Tag, Vater!

*

Die Beisetzungsfeierlichkeiten für Friedrich Schwan vollzogen sich so akkurat, wie Schlöpke sie vorbereitet hatte.

Der Leichenwagen fuhr auf die Minute genau an der Freitreppe von Schloß Klevenow vor, Jäger und Stallburschen trugen die Leiche heraus, so gemessen, wie es dem ländlichen

Dienstpersonal abverlangt werden konnte. Jörn, als der erste Beireiter, führte den Zug an, schön wie ein Prinz von Geblüt. Minna kamen die Tränen, als er vorüberritt.

Am Vorabend der Beerdigung war auf Klevenow eine Nachricht eingetroffen, die für Beunruhigung gesorgt hatte. Der Schweriner Hof ließ die Gräfliche Kanzlei wissen, daß Ihre Königliche Hoheit, die Großherzoginmutter Alexandrine, als Vertreterin der Wendischen Krone an der Trauerfeier teilnehmen würde. Das war eine hohe Ehre, eine Sorge allerdings auch, das Zeremoniell mußte geändert werden, aber Schlöpke war es schließlich gelungen, das Großherzogliche Gespann, das von Malchin heraufkam, unmittelbar hinter dem Gefährt der Frau Gräfin Schwan in den Zug einzufädeln. Wenig später hielten die Wagen, wie vorgesehen, bei den ersten Häusern. Die Gäste stiegen aus, nur die Frau Großherzoginmutter und die Gräfin Schwan durften bis in die Nähe der Friedhofsmauer fahren. Dort wurde mit Müh und Not eine Gasse freigehalten, denn die Menschen standen zu Hunderten, barhäuptig und schweigend, am Wege, Männer, Weiber und Kinder aus den Dörfern der Begüterung, die den Sarg des toten Patrons sehen wollten. Die Orgel rauschte auf, die Glocke dröhnte, der Sarg wurde von acht Stallburschen in nagelneuer Livree vorbeigetragen. Mag sein, daß der Frau Gräfin übel wurde angesichts der Menschenmenge, die näher drängte. Sie schwankte ein wenig und wurde von der Großherzoginmutter gestützt, und so kam es schließlich, daß dem Sarge zwei Damen von majestätischer Erscheinung vorausschritten. Die Fürstin stand Agnes zur Seite, sie half der Gräfin mütterlich auf, als diese niedergesunken war, um den Sarg zu küssen.

Auch später, beim Trauermahl, blieben sie Seite an Seite. Die alte Hoheit versuchte, der Witwe Schwan Trost zu spenden, indem sie von Todesfällen sprach, die das Großherzogliche Haus erschüttert hatten.

Friedrich Franz und Anna von Hessen, denken Sie, Gräfin, waren ja kaum ein Jahr lang vermählt, als die junge Frau im Kindbett starb. Der Schlag hatte den Großherzog unvorbereitet getroffen, aus heiterstem Himmel, sozusagen. Er war fassungslos, fassungslos, denn erst drei Jahre zuvor war ihm die erste Gemahlin dahingegangen, die gute Auguste, deren wunderbares seliges Sterben nach längerer Leidenszeit Seine Königliche Hoheit keineswegs im Glauben erschütterte, aber nach Annas Tod haderte er mit Gott, verweigerte sich und trug die finstersten Gedanken im Herzen, bis sich endlich die Bilder, ja, so kann man es sagen, bis sich die Bilder der beiden Entschlafenen ineinanderschlangen, ineinanderschlangen, irgendwie. Dennoch hat es drei Jahre gedauert, ehe sich Fritz zum dritten Mal vermählte mit der achtzehnjährigen Marie von Schwarzburg, einem allerliebsten Kind.

Agnes dachte etwas despektierlich, erstaunlich sei es schon, daß Friedrich Franz, der beinahe fünfzig und ein Glatzkopf war, die blutjunge Prinzessin hatte heimführen dürfen. Ein Wunder sei es freilich nicht, das armselige Schwarzburg-Rudolstadt konnte sich nicht einmal mit Klevenow messen, also war der alternde Großherzog keine schlechte Partie.

Wie schön, sagte Agnes ein wenig angestrengt, wie schön für Seine Königliche Hoheit.

Sie war es leid, länger von Todesfällen in den mecklenburgischen Landen zu hören, und versuchte, das Gespräch auf ein politisches Gleis zu lenken. Die alte Hoheit galt als wohl informiert. Man sagte, sie sei im tiefsten Herzen preußisch geblieben, wie Agnes auch.

Verzeihung, Euer Königliche Gnaden, ich hab von einem Wort gehört, das Bismarck zugeschrieben wird: Hätten wir nach dem gewonnenen Krieg von 1866 das Wort preußisch schon mit deutsch substituieren können, wir wären heute zwanzig Jahre weiter in der Einheitspolitik.

Das trau ich ihm zu, sagte die alte Hoheit lächelnd und geriet ins Schwärmen. Was für ein Mann! Ich bin ihm lange nicht begegnet, aber Fritz hat ihn damals bei der Truppe gesehen und mir beschrieben, wie er da saß auf einem gewaltigen Fuchs, hoch aufgereckt, aufgereckt, im grauen Mantel, mit stahlblauen Augen, die unterm Helmrand blitzten. Bismarck sei ihm erschienen wie ein Riese aus altdeutscher Zeit.

Er soll an Magenkrämpfen leiden, meinte die Gräfin, und reizbar sein.

Kein Wunder, der Mensch lebt ungezügelt und unmäßig. Er schläft bis in den hellen Tag, dann treibt er sich wie ein Förster in den Wäldern von Varzin herum, frißt, mit Verlaub, ich muß es so sagen, frißt wie ein Scheunendrescher und hat sich angewöhnt, nicht vor sieben Uhr abends an den Schreibtisch zu gehen. Arbeit bis zehn oder elf, worauf er ein überreichliches kaltes Nachtmahl verschlingt. Natürlich kein Schlaf bei zerstörter Verdauung, zerstörter Verdauung. Der König von Preußen, mein Bruder, hat ihm vorgestellt: Können Sie wirklich nicht so viel Energie aufbringen, um Ihre extravagante Natur der Lebensordnung eines deutschen Hausvaters anzupassen?

An dieser Stelle lachte die Gräfin, obwohl sie beim Trauermahl saß. Hat die Gräfin Bismarck keinen bessernden Einfluß auf ihren wilden Mann?

Kaum, meinte die Großherzoginmutter. Sie hat zu tun, die vielen Besucher von der Schwelle zu weisen. Sie kommen aus allen Himmelsrichtungen gefahren, um sich dem Begründer Norddeutschlands vorzustellen. Ich weiß von einem Geheimrat aus Königsberg, der trug zwei dicke Bände „Geschichte der Deutschen“ unter dem Arm und wünschte dringend, vorgelassen zu werden. Niemals, sprach die Gräfin Bismarck, auch auf eine halbe Minute nicht. Da wisperte der Mann verschwörerisch, ein französischer General habe für den Sommer den Krieg gegen Preußen angekündigt, Krieg! Darauf die Gräfin Bismarck: Bis zum Sommer hat es ja noch Zeit.

Krieg, sagte Agnes, glauben Königliche Hoheit auch an einen Krieg?

Wie sollten die deutschen Stämme endlich zu einem Ganzen geschmiedet werden, wenn nicht durch einen Krieg, sagte die Großherzoginmutter und lächelte ganz wenig.

Die Gräfin dachte an Kuno, ihren zarten Sohn. Dort saß er, blaß und schlank, zur Rechten der alten Hoheit und zur Linken der blühenden Armgard Löwenholm.

Jetzt stand er auf, das Glas in der Hand, und blickte schweigend in die Runde, bis das Geschwätz an der Tafel nach und nach verstummte. Trinken Sie mit mir auf das Andenken meines hochseligen Papas, des Erblandmarschalls Friedrich Schwan auf Klevenow.

Sie rückten geräuschvoll mit den Stühlen, die schwarzgekleideten Trauergäste, und für einen Augenblick dachten sie wohl tatsächlich an den Verewigten.

*

Ich bin der Rabe im Baum und habe gesehen, vor vielen Jahren, daß es Gesine und Jörn nicht fertigbrachten, sich selber ins Joch zu spannen und ihren Sohn der Minna Schlöpke überließen: Bewahr ihn, bis wir Häusung haben.

Niemand in Klevenow hat die beiden seit damals wiedergesehen, aber die Leute reden heute noch: Der eine behauptet, er habe das Paar getroffen, da oder dort auf einem Markt, zu Hamburg oder Wismar, wo sich Jörn als Kettensprenger zur Schau gestellt haben soll, während Gesine mit dem Betteltelller unter den Leuten ging, der andere meint, sie wären auf und davon nach Amerika, und wieder andere erzählen, die beiden seien längst verdorben und gestorben.

Ich weiß, wohin das Paar gezogen ist, und daß Gesine eines Tages nach Klevenow zurückkehren wird. Ich bin der Rabe im Baum und erzähle die Geschichte, wie sie wirklich war.

4

Das Herrenhaus von Laudeck, ein bescheidener, ebenerdiger Bau, mit gaubengeschmücktem Ziegeldach, lag wie ein verwunschenes Schloß hinter einem Wall von Flieder- und Jasmingesträuch. Der Frühling hielt sich heuer viel zu lange fest, es schien, als wollte gar nicht Sommer werden. Das Buschwerk prangte und duftete betäubend bis in den Juni hinein. Das verheiße Unglück, unkten die alten Leute.

Iduna Schwan-Schwan hatte das abgelegene Schloß in einen Musenhof verwandelt und eine Zeitlang gleichgesinnte Dichter oder Maler um sich versammelt, darunter solche von Namen und Rang. Wie die Vossische Allgemeine berichtete, fanden die Laudecker Gespräche sommers statt, wenn das Wetter hielt bis in den frühen Herbst, und während die Tagelöhner bei der Ernte schwitzten und stöhnten, prüften die Herrschaften im schattigen Garten, was an geistigem Ertrag in die Scheuer zu bringen war. Selbst der weitberühmte Fürst Pückler hatte sich mit Gräfin Iduna ausgetauscht, und ein anderes Mal trug Charlotte Birch-Pfeiffer dramatische Dichtungen vor, darunter das Erfolgswerk „Die Waise von Lowood“.

Seit letztem Jahr allerdings hatte die Schloßgräfin von Laudeck nur eine Nonne zur Begleitung, wenn sie sich im verwilderten Park erging. Möglicherweise waren unter Idunas Sommergästen zu viele gewesen, reich an künstlerischer Begabung, aber nicht im üblichen Sinne begütert. Sie hatten der großherzigen Frau oft über Monate hinweg auf der Tasche gelegen. Die Gräfin befand sich in Schwierigkeiten. Ihre Einnahmen aus dem Buchgeschäft flossen spärlich, manches Werk hatte sie auf eigene Kosten drucken lassen müssen. Die Apanage für Komteß Mechthild, die Tochter aus Idunas geschiedener Ehe mit dem Erblandmarschall Friedrich Graf Schwan zu Klevenow, war unmittelbar nach dem Tode des schwachsinnigen Mädchens gestrichen worden, und was der Gutsbetrieb von Laudeck bei sinkenden Kornpreisen abwarf, genügte nicht mehr zu einem standesgemäßen oder gar geselligen Leben.

Wie es um Idunas Finanzen stand, war ihrem Haus anzusehen. Sie liebte es um der romantischen Patina willen, die auf dem Gebäude lag. Man muß es Häusern wie Menschen gestatten, in Würde zu altern, hatte die feinsinnige Gräfin manchmal unter dem Beifall ihrer Gäste bemerkt. Wer sich aber heute den Weg durchs Gesträuch bahnte, stand der Verwahrlosung gegenüber, grindigen Fassaden. Manche der überhohen, grün gestrichenen Fensterläden, einst der besondere Schmuck des Landschlößchens, hingen schief in den Angeln. Viele der Wirtschaftsgebäude des Gutes verlangten nach der Maurerkelle, nach frischem Putz.

Noch schlimmer war es um die Behausungen der Gutsarbeiter und Tagelöhner bestellt. Die Katen links und rechts des zerfurchten Weges durch Laudeck-Norderend hielten sich nur noch mit Mühe im schiefen Fachwerk aufrecht. Den Genremalern unter den Laudecker Sommergästen hatten sie vorzügliche Motive für pittoreske oder elegische Bilder geboten.

Die stattlichen Häuser in Laudeck gehörten den wenigen wohlhabenden Bauern. Das ansehnlichste und stolzeste

Gehöft war das von Rogalla in Laudeck-Süderende. Er besaß die Ausspanne mit Schankwirtschaft und dazugehöriger Fleischerei. Die freie Fläche inmitten des Gevierts von Wohnhaus, Scheunen und Ställen, war so weitläufig, daß beinahe der gesamte gräflich laudecksche Schloßkomplex darauf Platz gefunden hätte.

Das Kirchlein von Laudeck am Norderende stand kaum einen Steinwurf von der schäbigen Katenzeile entfernt. Das war wohl das einzige Privileg der armen Gutsleute, wenn ihre Stunde schlug, wenn sie die Sense oder die Haue aus der Hand legen mußten und den hölzernen Löffel dazu, war ihr Weg nicht weit bis zur Grube. Niemand kann sagen, Sankt Michael zu Laudeck hätte sich über das Dorf erhoben. Das Gotteshaus wurde von ein paar knorzigen Linden überragt, an deren Stämmen der Efeu bis ins Geäst hinaufgekrochen war. Das Bauwerk war schmucklos, immerhin weiß gekalkt zwischen den klobigen Gefachen der Außenwände, aber kaum so groß wie Rogallas Scheune, in der sogar Tanzvergnügen stattfinden konnten oder Puppenspiele zur Erbauung von jung und alt. Zu einem Turm hatte es nicht gereicht, der hölzerne Glockenstuhl stand zu ebener Erde, und die einst mannshohe Feldsteinmauer, die den Totenacker lange Zeit geschützt und umfriedet hatte, war gen Osten hin eingesunken und zur Geröllhalde verkommen.

Auch das deutete auf einen Patron von geringem Vermögen.

Die Leute von Laudeck hatten sich an die Mauerbresche längst gewöhnt und nahmen es als einen Vorzug, daß sie, von den Gräbern aufblickend, ungehindert in die Ferne schauen konnten bis ins scheinbar Endlose oder Unendliche hinein.

Das Grab am äußersten Ende des Friedhofs war von Feldsteinen begrenzt, und vor dem Grab kniete eine Frau im groben Alltagszeug. Sie war barhäuptig und trug eine lange blaue Arbeitsschürze. Diese Frau war Gesine Wollner, seit vielen Jahren schon Tiedemann. Nebenan im Kirchlein hatten sie und Jörn endlich heiraten können, hier wurde ihr zweitgeborener Sohn auf den Namen Jan getauft, und hier war, schon vor einigen Jahren, der Leichnam Jörn Tiedemanns aufgebahrt und eingesegnet worden, ehe man ihn in die Erde senkte, damit er wieder zu dem werde, woraus er gekommen war.

Gesine hatte ihn lange beweint in einsamen Nächten. Jetzt war sie an die Vierzig oder wenig darüber hinaus, aber immer noch mädchenhaft von Erscheinung. Man erkennt ja auch nicht auf einen Blick, wenn blonde Frauen ergrauen. Andere ihres Alters und Standes gingen längst gebeugt unter der Last ihrer Jahre oder waren schwerleibig geworden, so daß ihnen die Arbeit nicht mehr von der Hand gehen wollte. Gesine dagegen schien ungebrochen. Sie hatte sich die Unverdrossenheit der Jugend bewahrt.

Sie kniete vor dem Grabe Jörns, der neben ihrer alten Mutter, Sanne Wollner, beerdigt war. Der Wind hatte ein paar vertrocknete Blätter vom vergangenen Jahr herübergeweht, die sammelte sie in ihrer Schürze und zupfte Unkrauthalme aus, die Grabstelle sollte ein gepflegtes Aussehen haben. Manchmal hatte sie bei solcher Gelegenheit gehört, daß neben ihr oder hinter ihr trauernde Weiber die Toten im Grabe ansprachen oder gar anklagten, weil sie ihre Frauen ohne Schutz zurückgelassen hatten. Gesine war von klarem Verstand, sie wußte, Jörn würde sie nicht hören, aber sie dachte an ihn, während sie hantierte, und war so in ihre Arbeit vertieft, daß sie nicht wahrnahm, wie ein Wagen am schmiedeeisernen Gatter des Friedhofs vorfuhr und hielt.

Sie konnte nicht sehen, daß sich der Kutscher Zeit nahm,

als er den Bock verließ, um der Patronin herunterzuhelfen, und daß es auf plumpe, beinahe respektlose Weise geschah.

Ein Lümmel stützt sie, aber Gräfin Iduna steigt herab mit dem Gehabe einer regierenden Fürstin.

Auch sie scheint wenig verwandelt, wirkt freilich mehr abgehungert als gertenschlank, muß ja die Fünfzig längst überschritten haben, und ist wie einst gekleidet in dunkle raschelnde Gewänder, das ergraute Haar mit einem Gespinst aus schwarzer Spitze bedeckt, das ihr wie eine spanische Mantille bis über die Schultern fällt. Sie betritt den Friedhof, gefolgt von einer dicken Nonne, die schwarz gewandet ist wie die Herrin und das runde Gesicht unter einer weißen Flügelhaube versteckt.

Die Gräfin schreitet zwischen den Gräberreihen, aufrecht und stolz, als rausche sie über das Parkett eines höfischen Saales. Die Nonne, beladen mit Gießkanne und Gerät, wankt und watschelt eilig hinter ihr.

Und da ist das Grab mit dem Denkmal für Mechthild, das blöde Komteßchen. Schwarzer Mamor, eine geborstene Säule, umwunden von der Schlange, dem Sinnbild des Bösen, des Übels, von dem wir trotz vieler Bitten noch immer nicht erlöst worden sind. Sie verweilen beide in Andacht mit betend verkrallten Fingern, die Nonne und die schwarze Gräfin.

Zu ihrer Lebzeit ist der dahindämmernden Komteß nur wenig ins Bewußtsein gedrungen. Iduna spricht, als könne die Tote endlich ihre Mutter verstehen: Da bin ich, Kind, um Abschied zu nehmen.

Und es mag ihrem Sinn für theatralische Wirkungen geschuldet sein, wenn sie später der Nonne gebietet, die Glocke zu ziehen.

Solange hat Gesine auf den Knien gelegen. Sie fährt kratzend und glättend mit bloßen Händen über die Grabfläche hin. Das wimmernde Geläut schreckt sie auf. Die schwarze Gräfin steht neben ihr.

Man sieht einander kaum. Man trifft sich vor den Gräbern, so die hohe Frau von Laudeck.

Mein Gott, wie sich jetzt erheben, wie sich mit einiger Würde verneigen? Gesine hält mit beiden Händen ihre Schürze, die mit allerlei Unrat gefüllt ist, zum Rosenwunder wird er sich nicht verwandeln. Sie weiß nicht, wohin mit dem Zeug. Da hat sich die Gräfin schon gebückt, um Gesine schwesterlich aufzuhelfen.

Ach, vielen Dank, Euer gräfliche Gnaden.

Gesine leert die Schürze über die eingestürzte Mauer hinweg, schüttelt sie aus, klopft sich die Hände ab, dann den groben Rock, während die Gräfin versucht, die verwitterte Schrift auf den beiden schlichten Holzkreuzen zu entziffern. Sie kneift die Lider zusammen, denn sie trägt aus Eitelkeit noch immer keine Brille.

Gesine wischt schließlich mit ihrer Schürze über die Buchstaben hin. Sanne Wollner, das war meine Mutter.

Von den Wargentiner Weibern, von den Mörderinnen eine.

Sie hat gebüßt.

Gesine schmückt das zweite Grab mit einem Wildblumenstrauß, Mohn, Margeriten, Kornblumen, ein paar feine Gräser dazwischen. Wie oft hatten sie im Feld beieinander gelegen, unter den Wolken, weil kein Bett für die Liebe war.

Sie sagt: Hier liegt Jörn, mein Mann.

Ein Unfall, nicht wahr?

Gesine blickt der Gräfin fassungslos in die Augen. Jörn ist zu Tode gekommen um der kleinen, blöden Komteß willen. Kann es die Gräfin vergessen haben, wie das Kind über den Gutshof lief? Wer weiß denn, von welchem Kerl sich

Mechthilds Kinderfrau gerade hinter eine Stalltür hatte ziehen lassen?

Ein Pfau war radschlagend daherstolziert. Die Komteß verfolgte ihn mit rauhem kehligen Rufen. Sie mochte Tiere, war aber so grob und tapsig bei ihren Zärtlichkeiten, daß sich jede Katze fauchend wehrte, jeder Hofhund knurrte. Dem Pfau wollte sie eine Feder aus dem Schwanz reißen.

Die Männer sahen es lachend.

Sie waren dabei, das große Scheunentor in die Angel zu heben. Schon damals war auf Laudeck vieles heruntergewirtschaftet und abgebraucht und hatte oft nur auf unzulängliche Weise erneuert werden können. Die Angel reißt wieder aus, das Tor will kippen, noch stemmen sich die Männer dagegen und halten es mit letzter Kraft.

Gesine hat sich wohl hundert Mal erzählen lassen, was geschah, wie die Komteß dem Pfau nachläuft, ihn der Scheune entgegenhetzt, wie einer der Männer erschrickt, vielleicht hat er die Gefahr erkannt, das Kind davonjagen wollen, mit einem Schrei, mit einer scheuchenden Gebärde, und dabei den gewaltigen, aufrecht stehenden Torflügel losgelassen. Die anderen halten vergeblich dagegen. Das Tor steht für die Dauer von ein paar Lidschlägen in der Schwebe, dann neigt es sich, zuerst ganz wenig, dann fällt es mit fauchender Gewalt, wird die Komteß erschlagen.

Aber da ist Jörn, der nicht zur Seite springt, sondern das Kind packt und von sich schleudert. Er selber kommt zu Fall dabei. Das Tor zerschmettert ihm die Beine, weit schlimmer, als es der beste Henker hätte tun können, als es noch üblich war, einen armen Sünder aufs Rad zu flechten. Das linke Bein ist nur ein paarmal gebrochen, man würde es schienen und mit einiger Not richten können. Das andere ist ein blutiger Brei.

Herrgott, und kein Chirurg weit und breit. Aber der Schäfer ist beinahe so gut wie ein Medikus, vielleicht kann er sogar geschickter mit dem scharfen Messer hantieren. Er trennt, während vier Männer den brüllenden Jörn niederdrücken, das zerschlagene Glied vom Schenkel.

Die Nacht im Heidekaten, die letzte gemeinsame Nacht auf dem Strohsack.

Sie hält Jörn im Arm. Er weint wie ein Kind. Sie versucht, ihn zu trösten.

Ich bin bei dir, mein Lieber.

Du wirst mir hinüber helfen.

Wohin, Lieber?

Du weißt, über den Berg.

Ohne dich bin ich nichts. Du mußt bei mir bleiben.

Dir zur Last, Gesine? Ein Mann, der nie wieder wird arbeiten können, ein Krüppel.

Ach, Jörn, ich liebe dich auch, wenn du an der Krücke hüpfen mußt.

Aber der Schmerz.

Sie teilen den Strohsack, und Gesine weiß, das tun sie diese Nacht zum letzten Mal. Sie hält den Jörn im Arm. Er brüllt vor Schmerzen. Er will, daß sie ihn erlöst. Hol das Messer, stoß zu, trag mich zum Teich, wirf mich hinein. Sie erinnert sich, da steht noch die Branntweinflasche, der Schäfer hatte sie vorsorglich mitgebracht. Sie wird sich sachte lösen von Jörn, sich erheben, den Schnaps holen, ihm einflößen, damit er den furchtbaren Schmerz betäuben kann.

Er wird ruhiger mit einem Mal, und dann weiß Gesine, warum. Sie hört das Geräusch. Jörns Blut tropft auf den Backsteinfußboden der Kammer, gleichmäßig, wie eine Uhr tickt, und stetig, wie mit dem Pendelschlag, rinnt ihm das Leben aus dem Leibe.

Sie summt ihm ein Wiegenlied.

Er seufzt wie getröstet. Vielleicht hat ihm die Mutter das gleiche Lied gesungen, als er ein kleiner Junge war, ganz sicher in ihrer Hut.

Die Mutter schüttelts Bäumelein,
da fällt herab ein Träumelein.

Er ist nicht allein, als er hinüber muß.

Du bist der schönste und der beste und der stärkste unter allen Männern gewesen, so will ich mir dein Bild bewahren. Du mußt nicht auf Knien durch ein elendes Leben rutschen. Sie preßt den Liebsten an sich, um ihn mit dem eigenen Leib zu wärmen. Sie singt und summt und lullt ihn zärtlich in den Tod und löst sich erst im kalten Morgenlicht von der Seite des Verstorbenen, leise, ganz vorsichtig, als fürchte sie, Jörns Todesschlaf zu stören. Sie wagt nicht, den Liebsten laut und ungehemmt zu beweinen, sie krümmt sich, sie verbeißt den Schmerz, aber jeder Augenblick der letzten Nacht mit Jörn ist ihr für immer ins Gedächtnis gebrannt.

Sie blickt die Gräfin an und sagt schließlich: Ja, ein Unfall, Euer Gnaden.

Da dämmert es auch der Herrin wieder. Jörn Tiedemann? Er war es doch, der das Pfingstkapitel lesen konnte mit all diesen komplizierten Begriffen, ... die da kamen aus Kappadozien und Mesopotamien und Asien, nicht wahr? Ein Mann, der das Zeug gehabt hätte, sich über seinen Stand zu erheben.

Er starb als Euer Knecht.

Jedenfalls zu jung, meint die Gräfin. Sie berührt Gesine am Arm und führt sie mit sich zur Grabstelle von Mechthild.

Die Nonne hat alles aufs schönste gerichtet.

Gräfin Iduna sagt: Erst mit zwanzig hatte sie gelernt, den eigenen Namen zu schreiben. Kannst du schreiben?

Gesine ist in Verlegenheit. Auch nur den Namenszug. Aber ich kann ein bißchen lesen.

Sie schrieb wie gestochen: Mechthild Schwan. Dann mußte sie dahin. Und nur um ihretwillen hatte ich alles auf mich genommen. Weißt du denn noch, wie wir vor zwanzig Jahren von Mecklenburg aufgebrochen sind nach Osten, den Argonauten gleich, auf der Suche nach dem Goldenen Vlies. Ach, es ist keine gute Geschichte daraus geworden. Ich muß absatteln. Nur der Rest eines bescheidenen Vermögens wird mir bleiben. Ich habe mich in ein adliges Damenstift eingekauft.

Gesine hatte bis zu dieser Stunde kein Wort von diesen Argonauten gehört. Möglicherweise waren es irgendwelche Fabelwesen. Keinem vernünftigen Menschen wäre in den Sinn gekommen, in Hinterpommern einem goldenen Fell nachzuspüren. Jörn und sie hatten ein Dach überm Kopf gebraucht. Im halb verfallenen Heidekaten draußen vor dem Dorf hatten sie es schließlich gefunden, aber es niemals zu den eigenen vier Wänden gebracht, in denen sie sicher vor Vertreibung gewesen wären.

Daß die Frau Gräfin würde absatteln müssen, hatten die Gutsleute lange befürchtet. Die Patronin war ihnen sonderbar von Wesensart erschienen. Sie hatte sich mit seltsamen Menschen umgeben, mit Künstlern und solchen Leuten, und dabei ein Vermögen durchgebracht. Manchmal ist sie freundlich gewesen. Winters, wenn der Wind durch die Ritzen der Scheunenkirche von Laudeck so eisig pfiff, daß man kaum die klammen Hände hatte falten können, war es den Leuten erlaubt, am Gottesdienst im wohlbeheizten Saal von Schloß Laudeck teilzunehmen, beinahe so, als gehörten sie zur Familie.

Jetzt wird die hohe Frau Laudeck verlassen. Die Leute müssen zurückbleiben. Was soll aus ihnen werden?

Gesine fragt danach.

Gräfin Iduna muß eine Weile im Pompadour kramen, bis sie ein Geldstück findet, einen Taler. Kauf dir was, eine Schürze, ein Tuch.

Gesine hält in der Verblüffung das Goldstück auf der flachen Hand, und die Frau Gräfin schaut so merkwürdig von der Seite her, unter blinzelnden Lidern. Es wird sie doch nicht gereuen? Gesine umschließt den Taler mit der Faust.

Da spricht die Gräfin aus, was ihr gerade durch den Kopf ging. Dort im Stift fehlt mir jemand für den groben Dienst. Ich brauche eine Magd. Komm mit nach Dobbertin. Für dich käme es der Rettung gleich, denn ohne mich wirst du in Laudeck ausgeworfen sein und heimatlos, wie damals in Wargentin.

Die Gräfin will wenigstens einen Mensch dem Untergang entreißen. Der Gedanke erhebt ihre Seele. Sie lächelt.

Aber Gesine schüttelt den Kopf. Ich muß hierbleiben, bei meinen Toten und bei Jan, meinem Sohn.

Gräfin Iduna lächelt nicht mehr. Du verweigerst dich deinem Glück? Es muß einen Grund haben. Womöglich ist wahr, was ich nicht glauben wollte. Du treibst dich mit einem Polen herum, eine Frau deines Alters, eine Deutsche. Pfui Teufel. Verächtlicher Blick, Raffen der Röcke, Kehrtwendung und ein gebieterischer Wink zu der Nonne hin. Die knickst schwerfällig, aber in frommer Ergebenheit.

Die schwarze Gräfin schreitet über den Kies. Die dicke Klosterschwester folgt watschelnd mit den Geräten.

Gesine sah den dunklen Gestalten eine Weile nach. Sie hatte der Schloßgräfin von Laudeck im Zorn das Goldstück nachwerfen wollen und es doch nicht fertiggebracht. Sie ließ es in die Schürzentasche gleiten. Dann huckte sie sich den Tragekorb auf, hakte die Ösen der Gurte ein und verließ den Friedhof dort, wo die Mauer eingebrochen war und den Weg freigab zu den Feldern hin.

*

Der Weg, eine Wagenspur breit, zog sich am Rande der Senke hin, bis er sich schließlich in der Heide verlief.

Gesine wußte nicht, wie oft sie vom Gut zum Heidekaten hinaus hatte wandern müssen oder in umgekehrter Richtung. Nach der Arbeit hatte ihr manchmal scheinen wollen, als wären es nur ihre Füße, die im Trott das Gewohnte wiederholten, ohne eigenes Zutun, immer wieder den gleichen Schritt, da ist die Steigung, dahinter das Karnickelloch am Rande des Steges, ein drittes Mal werd ich mir die Knöchel nicht stauchen, Tritt zur Seite, dort liegt der Stolperstein, ich weiche aus, ich brauch kaum noch den Augenschein. Aber manchmal, wie heute, unter der Nachmittagssonne, empfand sie, daß es schön war, dahin zu gehen, und konnte sich sattsehen an den Farben, mit denen der Frühling malte, sich des Tageslichtes freuen, der frischen Luft, und mit einem kleinen Seufzer genießen, noch im Leben zu stehen.

Als sie zurückblickte, waren das Kirchlein und die Dächer des Dorfes hinter dem Hügel versunken. Sie schaute voraus, da war niemand, der ihr entgegenkam. Sie blieb stehen.

Viele Tiere konnte sie in der kleinen Stallung hinter dem Katen nicht halten, ein paar Hühner und Enten, eine Ziege. Aber jedes Vieh schrie sie um Futter an. Wozu mit leerer Kiepe heimwärts ziehen? Zwei Schritte vom Weg stand die Luzerne besonders saftig und dicht. Gesine setzte den Tragkorb ab und kramte Sichel und Wetzstein heraus. Sie spuckte auf den Stein, schärfte das mondsicheldünne Blatt und wollte grade ins Feld hinauf, als sie das Kaninchen sah, wie es frech und furchtlos mümmelte, ein großes, wohlgenährtes Tier, zum Greifen nahe. Gesine fuhr mit der Zungenspitze über die Lippen, als könne sie den Braten schon schmecken. Das wäre was für die Pfanne oder wenigstens für die Suppenschüssel. Gesine ließ das Tier nicht aus den Augen, während sie das Handwerkszeug geräuschlos aus den Händen legte und ihre Finger nach dem Tragkorb streckte, fast ohne Bewegung, Millimeter für Millimeter. Es gelang ihr sogar, den Korb wie mit Geisterhänden zu drehen, aber als sie ihn endlich vorschnellend über das Karnickel stülpen wollte, flitzte das Tier davon, und sie selber stürzte längelang in den Sand.

Der erschreckte Eichelhäher in der Krüppelkiefer flatterte zeternd auf und rettete sich zur nächsten Birke hin.

Lachend rappelte sich Gesine hoch und klopfe den Schmutz aus ihren Röcken. Hoffentlich hatte ihr keiner bei der kindischen Jagd zugesehen. Oder war da einer? Ist da einer?

Sie blickte sich um. Kein Mensch, wohin sie spähte. Also nahm sie Kiepe und Sichel und schlich sich in die Tiefe des Luzernefeldes, wie viele ihresgleichen handelte sie nach dem Spruch: Nimm dir, soviel du kannst, von selber gibt der Reiche nichts.

Dann kniete sie, sichelte und sichelte, ein wenig zu hastig, wie's wohl jeder tut, der kein reines Gewissen hat. Sie ärgerte sich über den Eichelhäher. Er galt als der klatschhafteste unter den Vögeln und lärmte immer noch, als sollte jedermann erfahren, daß in der gräflichen Flur gestohlen wurde.

Gesine rief: Mein Gott, schimpf doch nicht so, weil ich ein bißchen Futterkram vom Herrenacker hole.

Aber der Vogel gab keine Ruhe. Er krächzte mißtönend

weiter im Baum, und Gesine kam nicht auf den Gedanken, daß möglicherweise sie es war, die gewarnt werden sollte vor irgend jemandem, der näherschlich. Sie raffte mit der Sichelspitze das geschnittene Futter zu sich heran. Höchste Zeit, daß sie sich davonmachte. Es konnte nicht weit von Abend sein.

Sie war so beschäftigt, daß sie den Mann im Feld nicht bemerkte. Er war nicht groß, aber robust von Statur, dunkelhaarig, schnauzbärtig, behaart an Brust und Armen. Das gestreifte Melkerhemd trug er, der Schwüle wegen, offen, die Ärmel aufgekrempelt bis über die Ellenbogen, die Werggarnjacke hing ihm locker auf den Schultern.

Der Mann hieß Roman Koschoreck und diente auf Laudeck wie Gesine auch. Jetzt stand er hinter der Frau, verstellte seine Stimme, er ahmte einen gräflichen Feldhüter nach: Im Namen des Gesetzes!

Gesine wollte herumfahren, im Schreck gelang ihr die Wendung nicht, sie setzte sich, ganz ohne Anmut, auf den Hintern, stützte den Oberkörper mit abgespreizten Armen, und dann lachte sie aus vollem Halse. Das Gesicht hob sie Koschoreck entgegen, und wieder erstaunte es sie, daß er merkwürdige Augen hatte, hell, beinahe meergrün, und schwarz bewimpert, wie die einer Frau. Sie war dem Manne schon lange gut.

Hast du mich erschreckt!

Roman mochte ein paar Jahre jünger als Gesine sein, aber es war nicht nur der Altersunterschied, der sie voneinander trennte.

Er ließ sich nieder, lächelte und half bei der Arbeit. Beide knieten vor dem Tragekorb, rafften das Futter, drückten es fest und kamen einander näher, unversehens oder weil sie es wollten.

Als sein Gesicht ihre Wange berührte, empfand sie, wie rauh er war. Sie hatte es gern, daß er sich an ihr rieb, so lange, bis sie endlich das Gesicht wendete, um ihn zu küssen, behutsam, mit streifenden Lippen. Ihre Hände ließen die Arbeit und tasteten nach einander. Gesine spürte jäh das Flämmchen der Lust, sie sagte atemlos: Mein Gott, wenn uns einer erwischt.

Beim Mausen?

Beim Schmusen, Roman.

Wir sind allein im Feld, Gesine. Nur du und ich.

Sie waren sich selten so nahe gewesen wie in diesem Augenblick.

Koschoreck war ein Knecht, in seiner Gilde war es nicht üblich, über Gebühr zu werben. Es war ja auch wenig Zeit dafür. Der Mann knöpfte sich auf und zeigte vor, daß er ein stattlicher Kerl war.

Nimm ihn dir, Gesine.

Er führte ihre Hand, während er Gesine gierig küßte.

Sie knieten immer noch voreinander, aber nun mußte er zu ihr und versuchte, sie auf den Rücken zu werfen. Aber das wollte sie nicht.

Mach du dich lang, Roman. Ich versteck dich unter meinen Röcken, sagte sie und hockte schon über ihm. Sie hatte kaum aufgestöhnt, da war er bereits erlöst, ächzend und leise fluchend: Verdammt.

Gesine lachte, ein wenig ernüchtert, und wartete, daß er sich zurückzöge, aber der Mann blieb zu ihrem Erstaunen und bewegte sich sacht.

Laß mich los, Roman.

Sie war über ihm, das Gesicht abgekehrt. Vielleicht hatte sie nicht gewollt, daß er ihr bei der Liebe in die Augen blickte.

Er hielt ihre Hüften gepackt, Daumen auf dem Hintern, und preßte sie gegen seinen Leib.

Laß mich los! Sie wollte davon.

Er holte sie zurück mit einem kräftigen Ruck. Ich kann nicht. Ich will nicht.

So stritten sie keuchend hin und her, bis er fühlte, wie sie ein Zittern überlief. Mein Gott.

Später lag er mit ausgebreiteten Armen im Feld.

Sie sagte: Ein Pole, eine Deutsche, ein Katholik, eine Protestantin. Was soll das werden?

Liebe. Er lächelte leichtfertig.

Roman, ich bin eine alte Frau.

Für mich bist du jung. Du bist allein, ich bin allein, und das Leben ist schwer. Er sprang auf. Für zwei ist es bloß halb so schwer. Er zog sie herauf zu sich mit seinen kräftigen Händen, als wolle er ihr so die Wahrhaftigkeit seines Spruches beweisen. Seine Jacke lag noch im Feld. Er hob sie auf, schwenkte sie mit großer Geste, wie es kürzlich der Magier in Rogallas Scheune getan hatte, zeigte sie Gesine von der Innenseite wie von außen und zauberte im Handumdrehen ein paar Tauben aus den Ärmeln. Die legte er in den gefüllten Tragekorb wie in ein Nest, gab ein halbes Dutzend Hühnereier dazu. Da siehst du, vier Hände schaffen mehr als zwei.

Ach Roman. Als sie diesmal seinen Namen nannte, klang es beinahe wie ein Verweis.

Er hob beide Hände, um seine Unschuld zu beteuern. Nicht gestohlen, gefunden. Du kannst alles nehmen. Und dann preßte er die Hand aufs Herz. Nimm mich.

Gesine band ihre Arbeitsschürze los, faltete sie und deckte damit Eier und Tauben zu, und er begriff, daß sie mit dieser Handlung sein Brautgeschenk angenommen hatte. Er ließ sich die schwere Kiepe aufladen, und dann wanderten sie dem Heidekaten zu.

Nach einer Weile fragte Gesine: Du willst mich also haben?

Ja.

Dein Kaplan, was sagt er dazu?

Das wußte er nicht.

Sie sagte: Roman, niemand läßt uns beide zur Hochzeit zu.

Er antwortete: Wir lieben uns. Gott wird verzeihen.

Das hörte sie nicht zum ersten Mal. Wer hatte gesagt, daß ein Mensch in der Liebe Gott am nächsten sei? Ist es Jörn gewesen, oder hatte sie selber einmal so gedacht? Oder hatte es die Stimme gerufen, vor einer Ewigkeit, damals im Baum? Oder im Traum?

Sie faßte im Dahingehen nach seiner Hand, hob sie und führte sie an ihre Wange. Da war ihr, als würde sie tatsächlich von Kraft durchströmt, und wußte, daß es sich leichter ging, mit diesem Mann an der Seite. Sie dachte, Kunststück, er trägt ja an meiner Stelle die Kiepe.

Nach einer Weile bat sie Roman: Bitte, setz den Tragkorb ab.

Warum?

Du wirst sehen.

Er gehorchte.

Sie nahm die Schürze auseinander und fand in der Tasche, wonach sie gesucht hatte. Lächelnd wies sie ihm die Münze vor.

Mensch, sagte Roman überwältigt. Du hast mich und ein Goldstück dazu. Gesine, du bist reich.

Sie meinte, ein bißchen fehle noch zu ihrem Glück.

*

Der Heidekaten war beinahe fremdländisch anzusehen, wie er sich zwischen das Eibengestrüpp und die säulenförmigen Wacholderbüsche duckte, von denen die mächtigsten so hoch wie das Haus selber ragten. Und im Spätsommer, wenn die Heide blühte und sich der karge Boden mit einem violetten Teppich bedeckte, war kein Fleckchen weit und breit merkwürdiger und schöner, als das um den Heidekaten.

Dennoch galt der Ort als verrufen. Kein Mensch wußte noch warum. Vielleicht hatte hier der Schinder gehaust oder der Henker, zu einer Zeit, als zu Laudeck ein Halsgericht getagt hatte. Das war freilich lange her, und wahrscheinlich stand seit damals die Hütte mit dem überhohen Strohdach, das schadhaft war und bereits vom Dachgebälk durchstoßen. Solange Jörn gelebt hatte, war es immer wieder ausgebessert worden, wie der windschiefe Bretterstall, der sich an das Gemäuer lehnte. Nun hatte Gesine ihre Not damit. Das Beste an dem erbärmlichen Gehöft war der Ziehbrunnen mit dem feldsteinummauerten Schacht und einem Balken, so neu wie der hölzerne Eimer an der Kette. Falls das halbverfallene Gebäude brannte und jemand auf den Gedanken käme, es retten zu wollen, an Wasser war jedenfalls kein Mangel.

Jan, Gesines achtzehnjähriger Sohn, hatte der Ziege Zeit gelassen, sich satt zu saufen, und ihr an Futter vorgeworfen, was er gerade fand. Jetzt wollte er melken, das war eigentlich Weibersache, aber die Mutter war über die Zeit ausgeblieben, wer weiß, was sie aufgehalten hatte. Er ging also seufzend in die Hocke, aber das Tier, an Gesines Hände gewohnt, widersetzte sich.

Der Junge war seinem Vater nachgeraten, ein Hüne von Gestalt, breitschultrig und blond. Er mußte sich klein machen und krumm legen, um der Ziege das Euter zu streichen. Das Tier war neben dem Stall im Freien angebunden. Er gab ihm gute Worte, aber wäre mit dem Vieh zu reden gewesen, dann hätte es sich wohl wie die heimtückische Märchenziege beklagt, wovon soll ich satt sein, ich fand kein einzig Blättelein, das jammernde Mäh, Mäh schrie es tatsächlich heraus. Jan mußte sich mit leerem Bottich aufrichten und hatte Lust, der Ziege einen Fußtritt zu versetzen, da sah er die Mutter kommen, neben der Mutter einen Mann. Wer mochte das sein? Er konnte es nicht ausmachen. Die Gestalten gingen schattenhaft vor der Abendsonne her. Der Begleiter der Mutter trug eine Kiepe, so viel war zu erkennen. Also ein Händler vielleicht, ein Hausierer. Einer, der sich hoffentlich bald wieder davonmachen würde. Seit der Vater unter der Erde lag, hatte die Mutter keinen Mann nach Hause mitgebracht, geschweige über Nacht in der Kammer beherbergt.

Daran dachte wohl auch Gesine. Sie errötete, als sie vor dem erwachsenen Sohn stand, um ihren Freund vorzustellen. Das ist Roman.

Keiner der zwei Dutzend Gutsleute war dem anderen fremd. Jeder hatte jedem schon zur Hand gehen müssen bei der Feldarbeit oder im Stall. Einer hatte mit dem anderen, wer weiß wie oft, ein Bier getrunken in Rogallas Schenke. Koschoreck also.

Kräftiger Händedruck.

Kein schlechter Arbeiter übrigens. Der Pole hätte sich sonst kaum so lange auf dem Gut halten können. Kein übler Kerl, kein Säufer, dieser und jener soll er's gemacht haben und gilt als gut beschlagen, aber kein größerer Bock als andere auch.

Ich kenn ihn, sagte Jan. Ein Schulterzucken, das soviel wie

meinetwegen bedeuten sollte, aber ein Unbehagen überkam den Jungen doch bei dem Gedanken, daß dieser Pole vielleicht bei seiner Mutter würde liegen wollen. Er konnte sie sich nicht vorstellen als ein Weib, das es noch mit Männern trieb. Mein Gott, sie ist mindestens vierzig, und nach diesem Roman drehen sich weit Jüngere um, der kann so viele haben, wie er Finger an den Händen hat, den wird es doch nicht nach einer alten Frau verlangen. Da kann nichts sein. Er half dem Roman, die Kiepe abzusetzen.

Gesine lüpfte die Schürze und zeigte alle Schätze her, die darunter verborgen waren. Schau, das hat er mir geschenkt.

Der Junge grinste anerkennend. Er sagte: Du wirst ihn zum Essen einladen müssen, Mutter.

Gesine lächelte erleichtert und küßte ihn, ehe sie ihre Befehle erteilte.

Jan, schaff Wasser heran. Und du, Roman, trägst mir das Holz zum Herd. Dann wechselte sie die Schürze und machte sich selber an die Arbeit.

Wenig später prasselte das Feuer unter der gewaltigen Rauchhaube, die zur Hälfte die Rückwand der schwarzen Küche bedeckte. Es zischte und brodelte, ein feiner Bratenduft wehte durch den Raum und machte die Männer leckrig. Sie ließen sich am Tisch nieder, der war vor das Fensterchen gerückt. Dort saßen sie für eine Weile im Abendschein.

Gesine hatte sich, wer weiß wie lange, ins eintönige Tageseinerlei fügen müssen. Jetzt genoß sie es, einen Gast zu bewirten. Das war beinahe ein Fest. Sie suchte unter dem irdenen Zeug nach heilen Tellern und Schüsseln, die zueinander paßten, kramte zu den Messern auch dreizinkige Gabeln heraus. Sie deckte zur Feier des Tages ein Leinentuch auf den Tisch und fuhr glättend mit den Händen darüber, denn es war zu lange gefaltet gewesen und hob sich an den Knickstellen.

Da muß doch irgendwo in den Borden von Weihnachten her die Kruke mit dem Branntwein stehen. Jan, schaust du nach?

Das Herdfeuer rückte das wenige und um so kostbarere Kupfergerät an den Wänden ins Licht. Zu den Allerärmsten mußte sich Gesine nicht rechnen. Der Roman sollte es sehen. Aber am Tisch war es schon dunkel. Sie stellte eine Wachskerze zurecht, und als sie Licht machte, war ihr feierlich zumute.

Sie sagte: Kommt und trinkt mit mir, und goß aus der Kruke jedem einen kräftigen Schluck in den Becher. Stoßt mit mir an. Ich freu mich so.

Bald konnte sie ein paarmal ums Brot schneiden, die Täubchen waren gar. Gesine trug sie in der eisernen Pfanne herbei und legte jedem der Männer eins vor. Schwer sind sie ja nicht, riechen aber beinahe so gut wie gebratene Gänse.

Jan wollte wissen: Und du?

Ach, hungrig sei sie nicht, würde aber mal kosten. Sie drehte sich von Jans Taube ein Flügelchen ab. Schon tunkte der Junge das Brot ins Bratenfett und schmatzte genießerisch.

Roman reichte ihr auf der Gabel ein ganzes Taubenbein, und es rührte sie sehr, als er ihr sogar das winzige Geflügelleberchen auf den Teller schob, das zu verzehren ein Privileg der Männer in Polen wie in deutschen Landen war.

Als Jan endlich von seinem Teller aufblickte, sah er Gesines schmale, verarbeitete Hand auf Romans Handrücken, der von Sehnen und strotzenden Adern durchzogen war.

Der Junge schaute der Mutter voll ins Gesicht. Die wußte nicht, wie sie sich erklären sollte. Da sagt Jan: Na ja, du hast die Zähne noch. Du siehst noch ganz hübsch aus, Mutter.

Tatsächlich, der Junge schmeichelte ihr. Das mußte ihr gefallen. Sie strich mit den Fingerspitzen eine Haarsträhne aus dem Gesicht, anmutig wie eine ganz junge Frau. Sie sagte: Der Roman und ich, weißt du … Wir könnten …

Ja, was denn?

Sie wollte den Satz nicht zu Ende bringen und hätte bloß zu sagen brauchen: Wir könnten uns zusammentun oder zusammenbleiben oder zusammenleben. Aber da flog ihr der Gedanke durch den Kopf: Schwarze Hochzeit. Schwarze Hochzeit in Wargentin. Das Dorf ist ausgetilgt, das Haus verschwunden, Jörn längst dahin, wie der Vater, wie die Mutter. Die Schwestern sind fort nach Amerika. Aber die Bilder bleiben. Die Büttel treten die Türe ein, sie werfen die brennende Fackel auf den Herd, nun haben sie Licht, damit Schlöpke den Spruch verlesen kann. Wegen andauernder Hurerei, Gesine Wollner, wirst du fortgeführt ins Graue Haus. Ich muß den Gefangenenwagen besteigen, da bin ich schwanger. Mein Gott, mit wem. Ich will nicht dran denken, ich will es nicht wissen. So wenig, wie Jan das alles wissen muß. Jörn ist so lange begraben. Ich lebe heute und glaube, daß ich den Polen liebe oder brauche. Roman, ich mag dich. Er sagt kein Wort. Er schaut mich an. Er hat keine Ahnung, woran ich denke. Schwarze Hochzeit, wieder einmal. Heut tritt mir keiner die Türe ein, aber die Leute werden mich durch die Zähne ziehen. Sollen sie es doch. Ich hebe das Kinn und frage: Ist eine einzige unter euch Weibern im Dorf, die so angesehen wird von einem Mann, mit Augen, die kann er glimmen lassen, wie es die wilden Tiere tun bei Nacht, wenn sie der kleinste Lichtschimmer trifft. Ich bin es, die seine Augen leuchten macht.

Ich lasse mich gern von seinen rauhen, zärtlichen Händen berühren. Ich liege mit Lust bei ihm. Ich will mit ihm zusammenbleiben. Warum nicht schon heute nacht?

Der Junge sagte, als habe er alles, was sie gedacht hatte, tatsächlich vernehmen können. Einverstanden. Ich will von Laudeck fort und wäre eine Sorge los, wüßte ich, du bist nicht allein hier draußen in der Heide.

Nach einer Weile sagte Gesine: Auch ich will fort. Ich will mein Leben nicht in diesem elenden Heidekaten zu Ende bringen. Zuletzt schrie sie: Ich will hier heraus! Ich will raus!

Roman begriff nicht, warum Gesine so heftig aufbegehrte. Gemessen an der Erbärmlichkeit seines Knechtequartiers kam ihm die Hütte beinahe stattlich vor. Und ein geschickter Handwerker war er auch. Er meinte, man könnte was machen, stützen, mauern.

Gesine erhob sich vom Tisch. Es war, als habe sie dem Mann nicht zugehört. Halt mir das Licht! Sie war die Herrin der Hütte.

Roman folgte ihr, achselzuckend, mit brennender Kerze, bis zur Wand neben der Herdstelle hinüber, die ebenso verrußt und verräuchert war, wie die niedrige Balkendecke. Und Jan, der immer noch an einem Taubenknochen nagte, gesellte sich den beiden zu.

Gesine nahm den Schürhaken und versuchte, damit einen Umriß in die Wand zu ritzen. Das gelang ihr nur unbeholfen. Jan zerbrach den Taubenknochen, er benutzte ihn als Griffel, folgte den Linien, die seine Mutter vorgezeichnet hatte, und schabte auf der geschwärzten Wand so lange, bis sich ein heller Grundriß abzeichnete, der eines Hauses.

Ja, so ungefähr hat die Zeichnung ausgesehen, sagte Gesine. Rogalla hatte sie in seinem Laden ausgehängt. Manchmal werden Büdnerstellen gegründet, dort, wo Güter unter den Hammer kommen. Kann sein, auch Laudeck wird aufgesiedelt, oder doch ein Teil davon. Die Frau Gräfin, jedenfalls, hat mir gesagt, daß sie wird absatteln müssen und sich in ein Stift einkaufen. Ich sollte als Magd mit ihr gehen, aber ich bleib lieber hier und bau ein Haus. So eines.

Sie erläuterte den beiden Männern die Einzelheiten, indem sie auf die merkwürdige Wandkratzerei deutete. Küche, Stube, mit einer Luke in der Diele, darunter das Kartoffelloch. Und hier die kleine Kammer.

Groß genug für uns, sagte Koschoreck.

Für Jan, sagte Gesine. Für Jan möchte ich die Siedlung haben, für seine Kinder, für die Tiedemanns.

Koschoreck blieb stumm in der Enttäuschung. Er versuchte, Gesine das Licht zu übergeben. Er wollte gehen. Aber die Frau hielt ihn zurück. Sie kratzte auf der Wand und fügte dem Grundriß des Katens zwei weitere kleine Räume hinzu. Schau her, Roman, das wird die Einliegerwohnung. Vorn die Küche, dahinter die Kammer, immerhin so groß, daß Platz für zwei Betten ist. Das muß uns zum Altwerden genügen.

Nun wollte Koschoreck auf jeden Fall die brennende Kerze loswerden und gab sie dem Jan, denn er brauchte beide Hände, um Gesine an sich zu reißen und sie zu küssen.

Du nimmst mich also.

Wenn du mir hilfst.

Das versprach er und neigte sich, um ihr die Hand zu küssen, so ritterlich, wie das nur ein Pole vermag.

Darauf mußte ein Schnaps getrunken werden. Sie saßen noch eine Weile am Tisch, und die Kerze flackerte, so heftig ging ihr Atem, so lebhaft lachten und redeten sie.

Jan freute sich, daß die Mutter guter Dinge war, und Gesine freute sich, daß der Junge ihren Liebhaber gelten ließ, und der Pole war froh, daß er sich bei später Nacht nicht mehr auf den Heimweg durch die Heide machen mußte. Er war sicher, Gesine würde ihn bei sich liegen lassen. Er freute sich darauf.

Gesine sagte: Wir drei müssen schuften, alles zusammenkratzen und zusammenlegen für die Anzahlung. Da, das habe ich schon. Sie warf den Taler auf den Tisch. Wir brauchen hundert davon, hundert Taler courant.

5

Das Flüßchen schlängelte sich durch die Wiesen der Ebene, so verspielt, wie es der Schöpfung gefallen hatte. Aber die Chaussee kam schnurgerade vom Horizont herunter, wahrscheinlich hatten preußische Vermessungsingenieure den eingesessenen Hinterpommern vorexerzieren wollen, was korrekte Straßenführung bedeutet. Zur Begrenzung waren Alleebäume angepflanzt worden, mit Fleiß aber solche, deren Kronen nicht ausschweifend wachsen würden, nämlich Pyramidenpappeln. Die standen in exaktem Abstand zueinander und nahmen sich wie überdimensionale Meßlatten aus. Allerdings war den Straßenbauern gegen Laudeck zu die Natur auf unordentliche Weise ins Gehege gekommen, mit einem Ineinander und Gegeneinander von Moränen, Gesteinsschutt also, der vor Urzeiten abgelagert worden war.

Am Fuße des vorgeschobenen Hügels schüttete sich ein armdicker Quellstrahl aus, die nahe Umgebung versumpfend. Dort hatten sich scharf duftende Kräuter angesiedelt, auch Lattich, dessen Blätter so groß waren wie die des Rhabarbers in den Bauerngärten. Man hätte das Hindernis vielleicht überbrücken können, entschloß sich aber aus Gründen der Sparsamkeit, die Trasse eben an dieser Stelle zu knicken, die Quelle zu bändigen und mit einem Rohr unter dem Schotter hindurchgurgeln zu lassen. An dieser Quellkehre war ein bevorzugter Rastplatz entstanden. Wer zu

Fuß herangewandert war, konnte sich am ummauerten Brunnen niederwerfen und erfrischen. Die Gespanne, oft von weither unterwegs, hatten genügend Platz anzuhalten, und die Kutscher konnten die ermüdeten Gäule an den Trog führen.

Es war Frühsommer, ein hoher, wolkenloser Himmel wölbte sich über dem Land, als ein Trupp von etwa einem Dutzend Männern über die Landstraße in Richtung Laudeck wanderte. Die meisten von ihnen waren jung, erst um zwanzig vielleicht oder nicht einmal so alt, gekleidet in abgebrauchtes Zeug. Sie hatten ihre Habseligkeiten zum Bündel geschnürt und trugen es geschultert am Stock. Es waren Schnitter, und der sie unter Vertrag genommen hatte, mit großen Versprechungen und kleinem Handgeld, hieß Micha Stollinski, ein Pole, Anfang Dreißig. Er war als Vorschnitter schon eine Weile im Geschäft und konnte frei und ledig an der Spitze des Zuges gehen, die Jüngsten in der Gruppe schleppten zusätzlich zu ihrem Bündel Stollinskis Gepäck.

Der Vorschnitter war ein zu klein geratener Mann, ein Gernegroß und Wichtigmacher und in Wahrheit komisch anzusehen, wenn er sogar aus dem Dahingehen ein Stolzieren machte oder sich in die Brust warf, was ihm nur dann gelang, wenn er gleichzeitig seinen Arsch herausstreckte. Jeder der Schnitter war von Stollinski abhängig, keiner wagte, sich über den Mann lustig zu machen, er war brutal von Charakter und konnte unversehens zuschlagen.

Längst waren die Schnitter wegemüde, sie versuchten, sich mit Gesang bei Laune und im Tritt zu halten. Einer von ihnen, Gorski, spielte auf der Harmonika. Und so ging der Gassenhauer, der wie ein Marschlied geschmettert wurde:

In einem Polenstädtchen,
da lebte einst ein Mädchen,
das war so schön.
Sie war das allerschönste Kind,
das man in Polen findt,
aber nein, aber nein, sprach sie,
ich küsse nie.

Beim: das man in Polen findt, stieg die Melodie, und die Männer erhoben ihre Stimmen mit komischer Inbrunst, ebenso beim: Aber nein, aber nein, sprach sie. Und dann lachten sie albern. Ausgeschlossen, daß sich ihnen ein Mädchen verweigerte, die jungen Männer hatten den Weg lang damit geprahlt, wie die Weiber nach ihnen gierten.

Bald war der Refrain wiederholt, das Lied gesungen, ein neues nicht angestimmt. Gorski klopfte den Speichel aus der Mundharmonika. Er rief dem Stollinski zu: Wo treffen wir die Frauen?

Ein Dutzend Garbenbinderinnen sollten sich nämlich zu ihnen gesellen. Sie wurden sehnsüchtig erwartet und würden gewiß nicht Aber nein, aber nein sagen, wollte man sie in die Büsche ziehen.

Stollinski sagte: Steigen erst in Stettin zu, damit nicht schon bei Anmarsch drauf und drüber.

Mensch, rief einer der Schnitter, was haben wir vom Leben?

Mal ein Weib, mal einen Rausch.

Da hörten sie plötzlich Hufeklappern und Räderrattern von rückwärts her.

Alle wendeten sich um. Hallo, hallo!

Ein Panjewagen, gezogen von einem kleinen, munteren Gaul, rollte näher. Der da gekrümmt in der Schoßkelle hockte, mußte ein Jude sein, zu erkennen am Kaftan, am

Bart, an den Schläfenlocken, die unter dem Hut herabbaumelten. Neben dem Juden saß ein Mädchen, blutjung, mit langem mahagonifarbenen Haar und den Augen einer persischen Prinzessin.

Für eine Weile verschlägt es den Männern die Sprache. Die da heranfährt, ist tatsächlich das allerschönste Kind, das in Polen, geschweige denn in Pommerland, zu finden ist. Gorski verneigt sich so tief, daß seine Mütze den Straßendreck fegt.

Das Mädchen fährt vorüber. Einen Augenblick lang hatte Schönheit die Rohheit überwältigt. Nun ist es wie zuvor. Großes Männergeschrei. Laß sehn, Jude, wer mit dir fährt! Halt an! Einige grölen den Refrain des Gassenhauers, andere rennen, hast du, was kannst du, dem Wagen nach, um ihre Bündel darauf zu werfen. Jede Ordnung ist dahin. Stollinski muß sich mächtig in die Brust werfen und den Arsch herausstrecken, als er flucht: Do stu piorunów! Dann setzt er seinen Leuten nach. Die sind schon am Brunnen angekommen, haben noch einmal den Anblick des Mädchens genießen wollen, sich wohl auch erhitzt. Nun kühlen sie Arme und Stirn am eiskalten Wasserstrahl und trinken sich satt.

Schmul Rosenzweig, so heißt der Jude, ein Lumpenhändler von Profession, hält, noch gekrümmt in der Schoßkelle sitzend, die Zügel, seine Tochter sieht lächelnd dem Treiben der Männer zu, als Stollinski an den Wagen tritt.

Wohin?

Erst einmal bis Laudeck, sagt Rosenzweig, dort soll ein Gut unter den Hammer kommen. Und dann weiter. Er deutet in die Ferne, nach Westen hin. Es scheint, als wolle er niemals mehr zurück in sein Schtetl. Vielleicht steht es nicht mehr, die Häuser sind aus Holz gefügt, sie brennen wie Zunder, wenn einer die Fackel wirft.

Stollinski sagt: Gott erbarm sich. Armes Polen, ist siebenmal geplagt.

Rosenzweig nickt. Niemand weiß das besser als ein Jude.

Der Vorschnitter betrachtet das Mädchen aus Glitzeraugen. Fand sich irgendwo ein Weib, das ihm gefiel, so durfte er es als erster nehmen, das galt als ungeschriebenes Gesetz in der Kolonne. Den Mann juckt es, er kratzt sich unwillkürlich am Oberschenkel, dann wendet er sich dem Alten zu. Ich mache so ähnlich wie Moses, führe Schnittervolk in Gelobtes Land.

Der Jude meint, die Tochter und er wollten nach Amerika.

Stollinski winkt ab. Scheiß auf Amerika. Er zieht mit den Leuten nach Mecklenburg. Schönes Land, beinahe wie Paradies. Er sagt: Fehlt mir Eva, und reicht dem Mädchen die Hand, als es die Schoßkelle verlassen will.

Sie neigt dankend den Kopf. Das Mahagonihaar schimmert auf.

Und wie ist Name?

Sie heißt Mala.

Sehr schönes Name für sehr schönes Mädchen. Der Mann nickt beifällig.

Schmul Rosenzweig hat inzwischen den Gaul angebunden. Nun macht er sich mit zwei hölzernen Eimern auf den Weg zum Brunnen. Als Stollinski das bemerkt, ergreift er seinen Spazierstock am spitzen Ende und fängt den Juden wie mit einem Haken ein. Hiergeblieben!

Der Vorschnitter deutet auf seine Männer, einige laben sich immer noch am Brunnen, und sagt: Erst die Christenmenschen, der Jud zuletzt.

Hör zu, Rosenzweig macht sich unwillig frei, ich bin kein Brunnenvergifter.

Kann man wissen? Stollinski grinst. Jetzt scheucht er die Schnitter zur Seite, um sich selber, prustend und spritzend, zu erfrischen. Dann gibt er die Wasserstelle frei.

Für die Schnitter ist das der Anstoß, den Juden zu hänseln, wie Stollinski es vorgemacht hat. Hat der Alte seine Eimer gefüllt, tritt auch schon einer der Männer dagegen. Versuch's noch einmal, Jude. Der hat kaum frisches Wasser im Bottich, da wird ihm der nächste Fußtritt versetzt.

Es ist das billigste Vergnügen, wenn sich der Mensch lustig macht auf Kosten eines anderen, den er für armseliger als sich selber hält. Aber ein Spaß ist es wohl doch. Die Schnitter brüllen vor Lachen, sie schlagen sich auf die Schenkel, bis das Mädchen zornig ihren Kreis durchbricht.

Da ist es mit einem Mal so still, daß man hören kann, wie der Jude keucht. Er steht mit geschlossenen Augen. Mala nimmt ihm die Eimer ab, wortlos. Nun will sie zur Quelle.

Tu's nicht! Gorski tritt aus der Reihe. Er wird an Malas Stelle zum Brunnen gehen. Sie reicht ihm zögernd die Eimer.

Die Männer, Mundwinkel hämisch herabgezogen, sehen einander an. Dem werden sie's geben. Der Spielverderber hat Strafe verdient wie dieser Itzig, dieser Knoblauchfresser. Einen Tritt in den Arsch, ein paar Stöße gegen die Eimer. Schon hat einer der Schnitter Anlauf genommen, aber der Nebenmann ist des Spektakels überdrüssig oder will noch eins draufgeben. Jedenfalls stellt er dem Angreifer blitzschnell ein Bein, daß der längelang hinschlägt und sich am Kinn eine Wunde reißt. Nun darf auf Kosten des Gestürzten gelacht werden. Oder gibt es eine Massenschlägerei?

Der Blessierte rappelt sich auf, wischt mit dem Handrükken das Blut aus dem Gesicht. Jetzt ballt er die Fäuste. Wahrhaftig, er will auf den anderen los.

Aber da ist Stollinski, der gebieteisch sein: Do stu piorunów! brüllt. Scheiß! Schluß jetzt und Ruhe im Puff!

Also keine Schlägerei.

Hat das Mädchen begriffen, daß der Vorschnitter eine Respektsperson ist? Er stolziert um Mala herum, mit gestrammten Arsch, so ein Siegerlächeln im Gesicht. Er suche eine hübsche Schnitterin, großes Geld, kleine Arbeit.

Im Bett. Das hat Gorski hämisch gerufen. Im Bett!

Stollinski grinst selbstgefällig, er ist nicht gekränkt wegen des Zwischenrufs, im Gegenteil, es hebt sein Selbstgefühl, daß ihm andere die Vorzugsstellung neiden.

Jeder, der sich in die armselige Zunft der Schnitter eintragen läßt, weiß, was ihn erwartet. Der Gemeinschaftsschlafsaal der Schnitterkaserne, nach Geschlechtern getrennt, Feldarbeit zwölf Stunden täglich, oftmals unter gnadenloser Sonne, ausreichende Kost und am Ende der Saison der ersehnte Lohn.

Alle sind gleich in der Kolonne. Nur der Vorschnitter genießt Privilegien. Er bewohnt eine gesonderte Stube und darf sie teilen mit dem Weib, das ihm am besten gefällt. Seine Beischläferin ist frei von der üblichen Tagesfron und wird dennoch wie eine Garbenbinderin entlohnt. Sie braucht sich nur um den Vorschnitter zu mühen, seine Wäsche, seine Stube, sein leibliches Wohl, dazu gehört nun einmal, daß sie ihm zu Willen ist, so oft es ihn verlangt. Der braucht sich nicht wie seine Untergebenen zu schinden, der kann seine Kräfte sparen für die Nacht, und mancher junge Schnitter ist um den Schlaf gebracht, wenn er die Bettlade hinter dem Verschlag krachen hört und regt sich auf, bis er sich unter der Decke einen herunterreißen muß, oder man behilft sich, wenn der Bettnachbar ein hübscher Junge ist, in der Fleischesnot auch mal über Kreuz.

Stollinski sucht also eine Schnitterin. Der Jude soll ihm Mala überlassen. Entsetzt flieht das Mädchen in die Arme des Vaters. Gelächter.

Rosenzweig sagt: Sie haben mir alles genommen. Laßt mir das Mädchen.

Dann hält er den Schnittern die leeren Hände hin und fragt: Sind wir nicht alle Brüder in der Armut?

Ach, meint Stollinski, ein Jude kommt immer zu Geld, und will wissen, ob der Händler wenigstens die Bündel der Schnitterkolonne auf seinem Panjewagen bis Laudeck transportieren kann.

Der Jude nickt. Dann hilft er seiner schönen Tochter auf den Sitz.

6

Sie muß fort, die Gnädige. Morgen schon.

Roman hatte es der Gesine verraten. Er war bestellt worden, um den Reisewagen mit dem Gepäck der Herrin zu beladen, von einer Unmenge Kisten, Kasten, Truhen und dergleichen war die Rede. Er nannte auch den Zeitpunkt der Abreise: Glock zwölf.

Iduna Schwan-Schwan hatte sich bis zuletzt gesträubt, Laudeck zu verlassen, und die Herren des Gräflich Schwanschen Rentamtes Klevenow immer wieder um Aufschub gebeten. Mein Gott, das schmutzige Geld! Was wog es gegen geistige Werte?

Die Gräfin galt als eine Schriftstellerin von Rang. Sie trug sich mit Plänen zu einem umfangreichen Mecklenburg-Roman. Selbstverständlich würde die Geschichte der Schwäne und ihres Adelshauses, des größten und reichsten in Norddeutschland, eine Rolle spielen. Die Familie, meinte Iduna, sei ihr wie der Kunst gegenüber in der Pflicht und solle ihr ein paar Zimmer auf Laudeck als Dichterwerkstatt überlassen. Sie werde nicht weichen, es sei denn, man trage sie aus dem Schloß mit den Füßen voran, so hatte sie pathetisch ausgerufen.

Der Familienabgesandte von der Recke-Vollmerstein, ein ehemaliger Militär, hatte ihr zugehört, sie aber mit dem groben Wort: Zapfenstreich! beschieden. Zapfenstreich, Gnädigste!

Zapfenstreich also. Die Stunde der Vertreibung hatte geschlagen. Sie mußte Abschied nehmen von einem Gemäuer, das sie nahezu ein Vierteljahrhundert behaust hatte. Der Gräfin war, als müsse sie schuldlos auf den Block, als warte draußen schon der Henker, die groben Fäuste auf das Richtbeil gestützt. Und wie für das letzte Stündlein war sie auch gekleidet, in tiefstes Witwenschwarz.

Sie stützte sich auf das Geländer der Galerie, starrte in die Halle hinab und hob leidend eine Hand, als Roman, der Pole, mit Gepäck an ihr vorüberpolterte.

Die dicke Nonne watschelte näher, um der Gräfin zuzuzischeln: Haltung, gnädige Frau.

In diesem Augenblick sprang Jan Tiedemann die Stufen empor, Koschoreck hatte ihn als Gehilfen mitgebracht, damit er sich ein Trinkgeld verdienen konnte.

Gräfin Iduna sah in das magere Jünglingsgesicht, in mitleidige Augen und glaubte wohl, da komme ein Ritter Georg daher, ein Helfer jedenfalls, dem sie vertrauen könne. Sie fragte: Wer bist du?

Jan Tiedemann, Euer gräfliche Gnaden.

Führe mich.

Am Fuße der schön geschwungenen Treppe wartete von der Recke-Vollmerstein, Inspektor Laudenschlag stand neben ihm und zog die Uhr, denn es wurde Zeit, daß sich die Gräfin endlich davonmachte. Mehr und mehr Menschen versammelten sich vor dem Schloß. Der Lärm wuchs. Das Getöse war bis in die Halle zu hören. Nur die Dichterin schien so in sich versunken, daß sie nichts vernahm.

Von der Recke-Vollmerstein hatte gehört, daß sich Iduna Schwan-Schwan manchmal sonderbar verhalte, jetzt war er davon überzeugt, daß sie nicht alle Tassen im Schrank habe, wie eine ordinäre Redensart den Zustand geistiger Verwirrung beschreibt. Sie gebot einem Stallknecht: Führe mich!

Dieser Bursche war wohl gerade vom Melken oder Misten gekommen, jedenfalls roch er so, die Gräfin aber hielt ihm die behandschuhte Linke hin, als sei er ein Ritter oder Edelknabe, und ließ sich treppabwärts führen. Sie dankte schließlich mit einer gemessenen Neigung des Hauptes.

Wird's bald! Von der Recke-Vollmerstein kehrte den Daumen zur Türe hin und scheuchte den Jan davon. Dann knallte er, wie vor einem höhergestellten Offizier, die Hacken zusammen. Haben wunderschönen Tag zur Reise gewählt, liebste Cousine.

Jetzt sah die Gräfin die vielen Menschen auf dem Hof und schauderte. Mein Gott!

Von der Recke-Vollmerstein versuchte, der verwirrten Frau die Furcht zu nehmen. Er sprach wie zu einem Kinde: Gnädigste können den Ärger mit dem Gutsvolk ganz mir überlassen und von heute an getrost der Kunst leben oder ganz in Gott.

Iduna entging die Ironie. Sie blickte auf die Leute und sagte: Sie sind krank gewesen, und ich habe sie besucht. Sie sind hungrig gewesen, und ich habe sie gespeist. Und was ich ihnen, den Geringsten, getan habe, nicht genug vielleicht, das habe ich immer auch dem Herrn getan.

Von der Recke-Vollmerstein grinste unverschämt. Wir stehen ihm mit straffer Betriebsführung zu Diensten. Scheint dem da oben auch zu gefallen. Na, dann wollen wir mal.

Inspektor Laudenschlag stieß die Tür auf.

Gesine stand unter den Wartenden. Sie fühlte sich verloren zwischen all den Menschen, die gekommen waren, um die einstige Herrin noch einmal zu sehen, aber auch um einzufordern, was ihnen zustand. Noch im letzten Jahr hatten sie ihren Tagelohn auf die Hand bekommen, auch das gewohnte

Deputat, ein paar Sack Korn nach der Ernte, also das tägliche Brot, dazu Kartoffeln für den Futtertrog wie für den Familientisch. Daß der Gutsbetrieb nachlässig geführt wurde, war den Tagelöhnern zum Vorteil ausgeschlagen, was ihnen mangelte, holten sie heimlich von den Feldern und hielten zu Laudeck für ein Gewohnheitsrecht, was anderswo als Diebstahl geahndet wurde. Das alles war aus und vorbei. Die Gräfin würde davonfahren, zurück blieben die Ungewißheit und die Ängste. Der Lohn von diesem Jahr stand aus. Niemand wußte, ob er morgen noch Broterwerb hatte, wie lange noch ein Dach überm Kopf. Gesine dachte, daß die Patronin sie als Dienerin nach Dobbertin mitnehmen wollte, sie hätte sich dafür von Jan und Roman trennen müssen. Zu hoch der Preis.

Aber ist das tatsächlich der Grund gewesen, das Angebot auszuschlagen?

Dobbertin ist Mecklenburg, ich will nicht zurück nach Mecklenburg, nicht einmal zurückdenken möchte ich. Was gewesen ist, ist gewesen, geschehen ist geschehen. Ich hab es vergessen und will mir irgendwas ins Gedächtnis fallen, irgendwas aufscheinen von ferne her, ich dräng es zurück in die Dunkelheit, ich schlag es mir aus dem Kopf. Niemand soll mich erinnern, niemand von meinem Geheimnis erfahren. Nur dem Herrn hab ich in schlaflosen Nächten Schuld eingestanden. Aber immer ist wieder ein Tag gewesen, die Arbeit, die Sorge, und wieder ein Kind.

Ich bin arm dran. Was hab ich denn, außer meinem bißchen Stolz. Ich bin niemandem Rechenschaft schuldig und kann auf die Stunde warten, nach meinem Tod, da alle in den Gräbern die Stimme hören werden. Jeder muß vor den Richterstuhl Christi, auch die Schwäne von Klevenow, auch Minna Krenkel, auch Schlöpke, der mich verhaftet hatte. Ich kenn die Geschichte vom Jüngsten Gericht, wir alle sind gleich im Tode, also gleich vor Gott. Herr, ich hab niemals gebarmt und mein Schicksal bejammert und auf das bessere Jenseits gehofft, ich hab versucht, jeden Tag meine Pflicht zu tun, du wirst mich dafür nicht zum Teufel jagen.

Jan und Roman schoben sich durch die Menge, Gesine winkte die Männer neben sich, hakte sich ein und vergaß im Augenblick, was sie bedrängt hatte.

Mit einem Mal kam Bewegung in die Menge, man reckte die Hälse, man hob sich auf die Zehenspitzen, man drängte einander zur Seite, jeder wollte wissen, was da vorn geschah.

Das Eingangsportal des Herrenhauses öffnet sich. Heraus tritt Gräfin Iduna, gekleidet wie zur Beerdigung, aber mit modisch geschnürter Taille und weit gebauschten Rökken. Jetzt bleibt sie stehen und zaudert. Mag sein, sie will ein paar Abschiedsworte sagen, scheint aber, von der Recke-Vollmerstein wünscht keine Verzögerung. Er deutet zur Kutsche hin, die wartet, zur Abfahrt bereit, am Fuße der Freitreppe, und nun hätte die Patronin davongehen sollen. Da führt sie die Fingerkuppen gegen die Lippen und wirft Kußhändchen unter das Gesinde. Zu billig dieser Abschied, ein ordentliches Lebewohl hätten die Leute von Laudeck erwartet, ein Wort, das die Nachzahlung der ausstehenden Löhne verspricht, aber nicht, daß sich die schwarze Gräfin aufführt wie die Primadonna im Sommertheater. Der eine oder andere hat es auf dem Jahrmarkt erlebt, daß eine Komödiantin nach dem aufrauschenden Beifall Kußhändchen verschenkte, aber hier hat kein Mensch applaudiert.

Unmut wird laut. Die will uns verarschen, ruft jemand

mit heiserer Stimme. Gelächter, dann aber Buhgeschrei, und nun die Forderung aus vielen Kehlen: Wir wollen unseren Lohn! Was ist mit dem Deputat? Mißmut, gellende Pfiffe.

Die Gräfin knickt ein. Die dicke Nonne kann, hinzuspringend, Iduna Schwan-Schwan gerade noch vor dem Umfallen bewahren. Ist das schon wieder Theater? Oder ist ihr übel, soll sie uns leid tun, muß sie ins Haus zurück?

Die Menge drängt nach vorn. Da packen die dicke Nonne und von der Recke-Vollmerstein auch schon zu. Es sieht aus, als würde die Gräfin mehr in die Kutsche hineingeworfen als gehoben. Die Nonne steigt nach, Tür zu, von der Recke-Vollmerstein knallt die Hacken zusammen, der Kutscher gibt den Gäulen die Peitsche, und ab geht die Post, fehlt nur das Hornsignal, vielleicht hätte es die Pfiffe der aufgebrachten Menge übergellt. Dem Gefährt fliegen Flüche nach, ein paar Steine sogar.

Und nun erlebt jedermann, daß der Graf von der Recke-Vollmerstein beim Militär gewesen ist, ein Befehliger, daß er eine Kommandostimme besitzt, laut genug, ein ganzes Regiment zusammenzubrüllen. Er schreit: Aus! und noch einmal: Aus! Genauso gebieten die Jäger ihren Hunden, die Beute loszulassen. Aus! also. Tatsächlich, die Meute kuscht. Es wird ruhiger auf dem Platz. Und nun: Acht gehabt, Leute! Mal herhören!

Also Maul aufgesperrt, Augen gemacht, Hand hinters Ohr gelegt. Wir wollen wissen, was uns angesagt wird.

Die Zeit der Weiberwirtschaft ist vorüber! Das klingt nicht schlecht. Das ist kein übler Satz. Hat sie nicht alles verkommen und verschlampen lassen, die schwarze Gräfin, das eigene Haus, geschweige denn unsere Hütten?

Das alles soll Vergangenheit sein. Die Zeit der Weiberwirtschaft ist vorüber. Da es uns elender kaum ergehen kann, verheißt das Wort Besserung. Da muß man ein wenig die Hände rühren und Beifall spenden. Zustimmung vernimmt jeder gerne. Den neuen Herrn dort vorn wird es freundlicher stimmen.

Schneidiger Mensch, bißchen zu klein geraten, wahrscheinlich wippt er deshalb auf den Fußspitzen. Er muß sich größer machen, als er ist.

Und was spricht er jetzt?

Ein Teil des Ackerlandes und sämtliche Waldungen gehen zurück in den Schwanschen Besitz. Der Rest wird aufgesiedelt. Der Wirtschaftsbetrieb zu Laudeck ist eingestellt.

Eingestellt. Das Wort verschlägt jedermann die Sprache. Die Leute senken die Köpfe, als wäre ihnen verkündet worden, daß Seine Majestät der König von Preußen verstorben ist, und tatsächlich entblößen die Männer ihre Häupter, als stünden sie am Rande eines Grabes. Warum sollten wir nicht die Mütze ziehen, um uns selber zu bedauern und zu betrauern, da wir nun herrenlos sind und arbeitslos, wieder einmal verstoßen, ausgesperrt wie Bösewichte? Wir sind angeschissen.

Ein Fauchen geht über den Platz, als machten viele zugleich den letzten Seufzer. Oder ist es der Wind, der die Schürzen, die Röcke der Weiber rascheln läßt?

Mein Gott, was nun?

Aber dann schrecken die Menschen auf. Ein häßliches Geräusch zerschmettert die Stille, lärmender Hammerschlag. Was geht vor?

Der Herr von der Recke-Vollmerstein bedeutet uns, daß er es bitter ernst meint mit der Schließung des Gutes. Zimmerleute steigen die Treppe hoch, mit Brettern, vorsorglich zugeschnitten. Sie vernageln das Schloßportal, die Fenster, es ist, als drückten sie dem unbelebten Haus die Augen zu, als schlügen sie Bretterkreuze als Zeichen des Todes an das Herrenhaus. Ihr könnt es hören und müßt es sehen, was dort ins Holz getrieben wird, sind die Nägel zu unserem Sarg. Dort wird unsere Hoffnung begraben, und wir stehen dabei, gottergeben, mit hängenden Armen, als hätten wir nichts zu tun, als zu seufzen und drei Hände voll Dreck in die eigene Grube zu werfen. Viele denken so oder so ähnlich und grämen sich und empfinden es beinahe als Hohn, als der Graf von der Recke-Vollmerstein sich wippend auf die Schuhspitzen erhebt, um zu rufen: Wer fleißig und sparsam war, darf sich um eine Büdnerstelle bewerben.

Als Gesine das hört, krallt sie ihre Finger in Koschorecks Arm. Wir könnten siedeln, Roman.

Wovon?

Roman zwängt sich mit vorgeschobener Schulter durch die Gutsleute. Er will dem Grafen näher sein, nicht herausschreien müssen, was er zu beklagen hat.

Euer Gnaden, sie schuldet uns Lohn und Deputat, die Frau Gräfin. Ein Monat, zwei Monate, drei Monate.

Jetzt schiebt sich auch Gesine nach vorn, damit sie dem Roman zur Seite ist. Er sagt die Wahrheit. Wir alle sind betrogen.

Mit einem Mal wollen viele zur Freitreppe hin, murrend und rufend.

Wir haben kein Geld. Wir wollen das Deputat. Wir brauchen unseren Lohn!

Der Herr wird ihnen glauben müssen, wenn er ihre bettelnden Augen sieht, die bittend ausgestreckten Hände. Die Menge drängt vor, sie brandet und wogt, wird womöglich bis auf die Freitreppe schwappen.

Von der Recke-Vollmerstein springt zurück, als fürchte er, nasse Füße zu bekommen. Er will es noch einmal versuchen mit der Kommandostimme, mit dem gebrüllten Befehl: Aus! Aus!

Das kann er sich schenken. Die Menge schwenkt plötzlich um. Da wird eine Händlerglocke geschwungen, von rückwärts ist Pferdegetrappel zu vernehmen. Eine Stimme, marktschreierisch: Lumpen, Felle, Lumpen!

Dort, wo vor ein paar Minuten erst die Kalesche mit der schwarzen Gräfin den Gutshof verlassen hatte, fährt Schmul Rosenzweig mit dem Panjewagen ein.

Der hat uns grade noch gefehlt, ein Lumpenhändler, so ein Kaftanjude. Wo was zerbricht und verrottet, wo was zugrunde geht, findet so einer immer noch was, das er zu Geld machen kann.

Roman schreit: Jud, was zahlst du für das Fell, das man uns über die Ohren gezogen hat?

Und Gesine – die ihr nahestehen wissen, daß sie im Zorn heftig werden kann wie ihre Mutter, Gott hab sie selig, die Sanne Wollner aus Wargentin, ihr ist eine Nachfolgerin erwachsen –, Gesine ruft: Nimm uns ganz, Mensch. Wir sind ja nichts anderes als Haderlumpen!

Da ihnen nichts bleibt, als sich selber zum besten zu halten, haben die Leute von Laudeck endlich was zu lachen. Sie stimmen der Gesine kreischend zu, und was der Herr Major jetzt von der Freitreppe herunterruft, das hebt ihre Laune.

Neue Zeiten brechen an, wenn auch der eine oder andere von den Veränderungen arg betroffen scheint, niemand soll es bedauern und niemandem wird es schlechter gehn. Ich lad euch alle miteinander zu Rogalla in die Ausspanne ein. Ich spendiere euch Freibier, und ich hab eine Zahlstelle eingerichtet. Wer Forderungen gegenüber der Frau Gräfin Schwan-Schwan zu erheben hat, mag sich dort melden.

Und dann kommt das Fest bei Rogalla.

Ein Abend, sommerlich lau, ein Schicksalsabend, wie Gesine viel später wissen wird, wenn sie mit Gott hadert und erfahren will, ob es wirklich sein unerforschlicher Ratschlag gewesen, daß Jan sich an diesem Abend hatte blindlings verlieben müssen, ob es der Herr tatsächlich hat schicken und fügen wollen, daß dieser widerliche Stollinski für eine Nacht bei Rogalla rastete, so daß er den Roman und ihren Sohn als Schnitter mieten konnte für eine Saison, die mit Mord und Totschlag enden sollte. Wie oft wird sich Gesine die Faust gegen die Stirn schlagen und sich fragen, ob das Schreckliche wäre zu verhindern gewesen, hätte sie sich mit allen Kräften gegen die Fahrt der Männer nach Mecklenburg gestemmt.

Aber noch ist kein Gedanke an Todesgefahr, noch beschwert Gesine nichts, als sie in Begleitung von Jan und Roman dem Dorf entgegenwandert.

Gesine freut sich auf das Fest, sie hat sich schöngemacht. Da war das Kleid in der Truhe, seit der Hochzeit mit Jörn hatte sie es nicht mehr getragen, seit beinahe zwanzig Jahren, nun hat sie es herausgekramt, erst einmal prüfend vor sich gehalten, dann ist sie hineingeschlüpft und hat triumphierend gelacht, als es in der Taille wie damals paßte, bißchen knapp über der Brust allerdings. Warum soll sie den Knopf am Ausschnitt nicht offenlassen, sie könnte was herzeigen, der Hals allerdings, das sieht sie mißbilligend in der Spiegelscherbe, ist ein wenig zu sehnig, zu dünn. Aber da findet sich in der Truhe das blutrote Tuch, Jörn hat es ihr vor einer Ewigkeit geschenkt, es schmeichelt und schmückt und läßt jedermann sehen, wie lavendelblau das einzige Festkleid ist, das sie besitzt, solchen Stoff gibt es heutzutage nicht mehr, Jörn hatte ihn bei einem jüdischen Händler preiswert gekauft und die Mutter das Gewand in wochenlanger Arbeit zusammengestichelt. Mit der alten Sanne ist eine Künstlerin gestorben, der Rock nämlich, wenn Gesine sich tanzend dreht, schwebt auf und gibt ein Gutteil ihrer Beine preis. Das Problem sind die Schuhe, rissig und alt, am besten, sie bewegt sich würdevoll auf Rogallas Fest und vermeidet, daß sich die Säume kreiselnd heben.

Gesine hat sich also hübsch gemacht, am Nachmittag sogar die Haare mit Kernseife gewaschen und sich zum Gaudium der Männer ein Hühnerei auf dem Kopf zerschlagen und einmassieren lassen. Die gewesene Gnädige soll das so gehalten haben, warum darf es eine Magd nicht probieren? Zu guter Letzt hatte Roman einen Eimer Wasser aus der Regentonne geschöpft und Gesine mit einem Schwall über den Kopf gestürzt, daß sie kreischend und prustend protestieren mußte. Als das Haar aber von Sonne getrocknet war, ist es ihr weich und schimmernd über die Schultern gefallen, beinahe zu schade, in einen straffen Zopf geflochten zu werden, also hat sie es so aufgesteckt, daß sich wenigstens über der Stirn und an den Schläfen ein paar Locken ringeln können und Roman staunen muß, wie hübsch die Frau ist, an deren Seite er zum Fest gehen darf.

Rogalla hat es auch gesehen.

Gesine und ihre Begleiter waren beinahe als letzte erschienen. Musik schon von weitem, Ziehharmonika und darüber jammernd die Geige, bald auch Rauchgeruch, der Duft gebratenen Fleisches, da dreht einer seit Stunden einen Ochsen am Spieß über glimmenden Buchenkloben, und dort steht der feiste Rogalla, um die Gäste zu begrüßen, dienernd, mit breitem Grinsen und gekrümmtem Rücken, solange es sich um Herrschaften handelt, die sich die Ehre geben, Herr von der Recke-Vollmerstein und die Frau Baronin, sie schreitet unterm Sonnenschirm daher, geblümt, gebauscht und gerüscht, er trägt den Jägerloden wie eine Galauniform. Herzlich willkommen unter Rogallas bescheidenem Dach.

Nun stapeln Sie mal nicht so tief. Jedermann weiß, daß Sie der reichste Mann von Laudeck sind.

Nach Euch, Euer Gnaden, nach Euch.

Ich bin nur die Treuhand meines Vetters, des Grafen Schwan auf Klevenow, der allerdings wiegt hundertmal schwerer als Sie, Herr Rogalla, geldmäßig, versteht sich.

Gelächter.

Na, und dann recht viel Spaß.

Und nun der Bückling nicht ganz so tief. Guten Abend, gnädige Frau Laudenschlag.

Die junge Frau des Inspektors ist hübsch herausgeputzt, aber grämlich von Angesicht. Ihr Gemahl wird überflüssig, sobald das Gut unter den Hammer kommt.

Herr Inspektor, ich begrüße Sie. Wissen Sie schon, wohin?

Keine Ahnung, denke aber, Herr von der Recke-Vollmerstein wird mich vermitteln.

Pastor Reinecke ist ohne Gemahlin erschienen. Sie fühlt sich nicht. Alle wissen, daß es im Pfarrhaus ab und an Prügel setzt, könnte sein, die Pfarrfrau hat ein blaues Auge und kann deshalb nicht unter die Leute.

Migräne, Herr Rogalla.

Na, gottseidank nichts Ernstes.

Auch Pastor Reinecke wird mit Verbeugung und einladender Geste hereingebeten.

Bei den Gutsleuten genügt ein Kopfnicken und Durchwinken. Vielleicht zählt der Wirt die Köpfe, er hat nichts zu verschenken, die Gutsverwaltung muß zahlen.

Und da steht also diese Gesine, mit Sohn und wahrhaftigen Gottes schon wieder in Begleitung des Polen. Für den ist kein Platz in Laudeck, wenn der Gutsbetrieb eingestellt wird, und auf meinem Hof will ich nur dulden, was deutsch ist.

Rogalla, kaum über fünfzig, steht noch im Saft. Sein Eheweib wird gleichaltrig sein und verfügt über einen Leibesumfang, der beträchtlich ist, sehr zu Rogallas Kummer. Liegt so eine erst mal rücklings im Bett, dann liegt sie, ein Berg von Fleisch, nicht vom Fleck zu bewegen. Wie soll man der Reglosigkeit beikommen? Ein schweres Stück Arbeit. Und an die jungen Stallmägde macht er sich nur ungern heran, die mögen's oft nicht so, wie er es haben will. Diese Gesine wird sich nicht zieren wie die Zicke am Strick, immer noch hübsch die Person und so rank.

Rogalla fällt allerhand ein, daß die Frau bald ohne Brot sein wird, daß sie in seiner Gaststube bedienen könnte, so hübsch gekleidet wie jetzt, und nach Mitternacht, sobald die Stühle auf den Tischen stehen, gleich nach dem Kassensturz, wenn die Alte gurgelnd schnarcht, könnte man auf dem Wachstuchsofa beieinander sitzen, der Frau das Halstuch lockern, um ein bißchen vorzufühlen.

Der Wirt läßt sich tatsächlich zu einer angedeuteten Verbeugung herab. 'n Abend, Frau Tiedemann, und so hübsch zurechtgemacht. Kompliment!

Man gibt sich Mühe. Man ist ja schließlich nicht jeden Tag zu Gast bei dem Herrn Rogalla.

Du kannst, wenn du magst, tagtäglich Arbeit haben und zwar in der Schankstube. Ein Posten, der lohnt, weil kaum einer der Gäste beim Trinkgeld knausert. Der Dienst, freilich, dauert bis in die Nacht, sie kann nicht in die Heide zurück zu so später Stunde. Eine Kammer wird sich finden.

Das ist ein Angebot. Sie könnten beieinanderbleiben, die Männer und sie. Gesine lächelt. Ist das Ihr Ernst?

Rogalla nickt. Er lächelt auch.

Aber Roman blickt scheel auf den Wirt. Hat er Arbeit auch für ihn?

Nein. Aber dort an der Scheune wirbt einer Schnitter an, ein gewisser Stollinski, auch so ein Pole. Soll auf der Stelle Handgeld zahlen.

Gesine nimmt Romans Arm, jeder mag sehen, daß sie einander zugehören, auch Rogalla soll es wissen. Roman, wo ist der Junge?

Jan ist davon. Er hat ein Mädchen gesehen, das sieht fremdländisch aus, wie eine Prinzessin aus dem Morgenland, nachtschwarze Augen und Brauen geschwungen wie die Mondsichel. Das Mädchen lehnt gegen die Planken der Scheune und hält ein buntes Kätzchen im Arm, ein Glückskätzchen also, das es streichelt, Jan ist, als handle er unter Zwang, es zieht ihn hin zu dem Mädchen. Er geht seinem Schicksal entgegen.

Gesine plaudert mit Rogalla, viele beobachten es. Die Wirtin bekommt den durchdringenden Blick. Es ziemt sich nicht, daß sich eine Stallmagd aufzäumt, als sei sie von Stand. Ausgerechnet diese Schlampe, diese dahergelaufene Person, da war auch ein dunkler Punkt in der Vergangenheit, Genaues weiß man nicht, womöglich hatte es mit einem Verbrechen zu tun.

Im Grasgarten, unter dem Apfelbaum, sind weißlackierte Tische und Stühle aufgestellt, sie nehmen sich hübsch aus vor dem rot geklinkerten Stallgemäuer und bieten den Herrschaften Platz, den Damen in sommerlich hellen Roben, den Herren in Loden oder Leinen. Die Frau Wirtin, assistiert von hübschen Mädchen, bedient höchstpersönlich die Honoratioren, und Frau von der Recke-Vollmerstein greift zum Lorgnon. Da geht eine Frau, die hebt sich ab, weil sie nicht ländlich gekleidet ist wie andere aus dem Gesinde. Sie trägt ein blaßblaues Gewand und ein blutrotes Halstuch dazu, entgegen jeder Mode. Wer ist der Mann an ihrer Seite?

Frau Rogalla neigt sich der Dame zu, flüsternd, als verrate sie Gruseliges. Sie stehen zusammen, sie gehen zusammen, sie liegen zusammen, eine Deutsche und ein Pole.

Nicht möglich!

Frau Rogalla sagt: Auf einem großen Hof wie unserem sieht man manches und nicht nur, wie sich das Vieh bespringt, gnädige Frau.

Das ist ja furchtbar.

Endlich kommt Rogalla mit den Krügen, bestes pommersches Bier, das tropfend überschäumt.

Die Frau Wirtin preßt mißbilligend die untere Gesichtspartie gegen den Hals, daß sich ihr Doppelkinn mehrfach wulstet. Wird aber Zeit!

Pardon, ich hatte zu tun.

Die Wirtin hat es gesehen. Wenn sich der Mann doch nicht dauernd mit den Leuten gemein machen würde.

Das Bier also für die Herren.

Setzen Sie sich doch einen Augenblick zu uns, Herr Rogalla!

Erst einmal Prost und dann das Biertischgespräch.

Irgendwas liegt in der Luft. Bismarck seit vielen Tagen in Varzin. Der Kanzler rührt sich nicht, sondern liegt auf der Lauer wie der Luchs im Gebüsch. Und der Franzose bläst sich immer noch auf wegen der spanischen Thronfolge durch einen Hohenzollern. Es riecht nach Krieg.

Aber Sie glauben doch nicht, Herr von der Recke-Vollmerstein, daß man heutzutage ins Feld zieht aus dynastischem Interesse? Die Zeiten sind vorbei, als die Heere rasch mal einen Landstrich erobern konnten, um anschließend Winterquartier zu beziehen.

Herr Pastor, Kriege sind unvermeidlich. Es muß zu Streitigkeiten kommen, solange die Nationen ein gesondertes Dasein führen. Wie soll man sie schlichten, wenn nicht mit Waffengewalt? Der Franzose will Rache für Sadowa.

Und was glauben Sie denn, wie hoch sich seine Staatsschulden belaufen, meine Herren. Ich will was Kühnes sagen, heutzutage hat die Börse so großen Einfluß gewonnen, daß sie in der Lage ist, die bewaffneten Mächte für ihre Interessen ins Feld zu rufen. Jawohl, heutzutage werden Kriege geführt, um die Forderungen der Hochfinanz zu liquidieren.

Bei allem Respekt, das können Sie selber nicht glauben.

Ja, was hat sich denn in Übersee abgespielt?

Wir leben im Herzen Europas, Herr von der Recke-Vollmerstein.

Sehr wohl, Herr Pastor, aber einen deutschen Nationalstaat haben wir immer noch nicht, deshalb sind wir im Nachteil gegenüber anderen, die sich gesundstoßen.

Trinken wir auf Bismarck in Varzin. Er möge was ausbrüten, das Deutschland zum Vorteil gereicht.

Na, und nun hören Sie doch mal rüber zum Volk. Ganz hübsche Musik, finden Sie nicht?

Noch ein Bierchen, Herr Rogalla, und, wenn ich bitten darf, einen Kümmel dazu.

Es ist noch hin bis zur Ernte, leer das Gefach von Rogallas Scheune. Man hat das Gerät beiseite geräumt, die Leiterwagen auf den Hof gerollt, die Tore vorn und an der Rückseite aufgetan. Nun ist ein lichtdurchfluteter, geräumiger Saal entstanden. Man weiß ja nicht, ob das Wetter hält. Wohin dann mit den Menschen? Die Knechte haben frisch geschnittenes Tannenreis ans Gebälk genagelt, wilde Kamille und Minze auf den Estrich gestreut, damit es nicht länger nach Muff und Moder stinkt. Wer weiß, in welchem Scheunenwinkel eine verreckte Katze herumliegt oder ein anderes Aas. Bohlen und Bretter, wie Schiffsplanken breit, auf Böcke und Klötze gelegt, sind provisorische Tische oder Bänke, auch nicht härter als das Kirchengestühl. Auf Rogallas Tenne finden mehr Leute Platz als in Sankt Michael zu Laudeck, und sie können sogar die Ellenbogen bequem auf den Tisch stützen, wenn sie das gut gewürzte und gegarte Fleisch mit den Fingern zerrupfen, ehe sie sich's in die Mäuler stopfen. Schon sitzt das halbe Dorf im Gefach, schmatzend und schwatzend, weit über hundert Leute, Weiber, Männer und Kinder. Das Bierfaß ist angezapft. Schwitzende Mägde eilen mit den Krügen hin und her, und es ist also Schmul Rosenzweig, der die Geige kratzt. Wozu doch ein Jud alles taugt. Und es ist Gorski aus der Schnitterkolonne, der sich müht, mit seiner Harmonika der Melodie zu folgen, die schwermütig ist, aber so rhythmisch fordernd, daß sie ins Blut geht. Irgendwas Polnisches oder ein jiddisches Lied. Die Leute pressen ihr Gesäß auf die Planken, ein guter Platz kann nicht besser behauptet oder verteidigt werden als mit dem Hintern. Aber manche wiegen den Oberkörper, klopfen mit der Schuhspitze den Takt und würden tanzen, wäre die Freßlust nicht stärker. Heut ist die letzte Gelegenheit, sich auf Kosten der Laudecker Herrschaft den Wanst vollzuschlagen.

Zwei unter den vielen haben weder Essen noch Trinken im Sinn, sondern starren sich an mit solcher Verwunderung, weil es gerade jetzt geschieht, daß sie aufeinander zugehen, als hätten sie sich ein Leben lang erwartet. Endlich stehen sie sich gegenüber.

Jan sagt: Ich wollte, das Kätzchen, das du im Arm hältst, wäre ich.

Das Mädchen lacht. Ein Hüne, dieser Junge, er ist es, der sie auf den Arm nehmen könnte.

Wo kommt sie her?

Von weit, aus russisch Polen. Das Schtetl brannte, sie haben fortgemußt und beinahe alles verloren. Das Kätzchen hat sie mitgenommen, damit ihr was zur Erinnerung bleibt.

Sie ist jüdisch?

Kopfnicken. Und er?

Er ist deutsch, das sagt Gesine, die den Jungen beim Ärmel packt. Komm!

Nie hat er sich so unwillig von seiner Mutter frei gemacht.

Sie sagt: Der Buchhalter wartet. Du weißt doch, wir brauchen das Geld.

Jan hebt beschwörend eine Hand gegen das Mädchen. Lauf nicht davon.

Der Scheune gegenüber, vor der Wand des Wohnhauses, hat Buchhalter Krause die Zahlstelle eingerichtet, ein Stuhl, auf dem er hockt, ein Tisch, auf dem die Lohnlisten liegen und eine stählerne Kassette steht. Daneben ein schnauzbärtiger, bewaffneter Polizist mit Pickelhaube, damit erst gar keiner auf den Gedanken kommt, in die Kasse zu greifen.

So wenig der Restlohn, keine drei Taler? Das stimmt nicht.

Gesine will aufmucken, aber dann läßt sie es sein.

Gendarm Gründlich hält die Pickelhaube im Arm, um das Schweißband trockenzureiben. Der Abend ist warm, der Durst ist groß, der Mann ist ungeduldig. Da stehen immer noch ein Dutzend Leute hintereinander in der Reihe. Geht es nicht rascher?

Also dankeschön, Unterschrift und der nächste.

Jan und Roman haben ein wenig mehr auf der Hand. Männer werden besser entlohnt. Gesine nimmt ihnen ganz selbstverständlich die Münzen ab und verknotet den kleinen Schatz im Schnupftuch, das sie in den Falten ihrer Röcke verbirgt.

Also dann. Jan will davon.

Gesine hält ihn energisch fest, indem sie sich einhakt.

Der Roman bietet ihr zur Linken den Arm.

Auf ein Wort noch. Sie redet im Dahingehen von Jörn. Er hat gesagt, damals in Klevenow vor zwanzig Jahren, wir müssen Geld haben, wenigstens siebenundzwanzig Taler courant, so viel kostet die Passage nach Amerika. Wir sind nicht davongekommen. Er hat inzwischen sein Grab, wir sind noch immer ohne Bleibe, und nun liegen wir wieder einmal auf der Straße.

Rogalla bietet ihr eine Stelle.

Weißt du, um welchen Preis?

Sie gehen auf die Feuerstelle zu. Langsam verglimmen die Buchenkloben, manchmal verzischt noch ein Tropfen Fett rauchend in der Glut. Was am Spieß hängt, ist kaum mehr als das sperrige Gerippe eines Ochsen, aber der Bratenduft steigt noch in die Nase und lockt die Leckrigen an, auch die Katzen des Dorfes schleichen mit gierig gesträubten Barthaaren herum, und in der Dämmerung stehen Hunde mit grünlichen Augen, wie hungrige Wölfe. Sobald sich einer näher wagt, wird er mit Flüchen und Steinwürfen zurückgejagt ins Dunkel.

Gesine sagt: Der Mensch braucht ein kleines Stück Land,

eine Hütte darauf, bißchen was Eigenes, sonst hat er keinen Schutz auf dieser Welt und keine Heimat. Jeder kann den Stein auf ihn werfen, jeder kann ihn davonjagen. Wir müssen die Häuslerstelle haben, also müssen wir zusammenhalten. Wenn Gesine gewollt hätte, daß sie sich feierlich verschwören sollten, dann wäre der Ort falsch gewählt gewesen.

Sie stehen vor dem Bratspieß.

Spät seid ihr dran.

Hatten ja auch den weitesten Weg.

Der sie anredet, ist Dallmann, der Schmied, rotgesichtig, mit nacktem Oberköper, Lederschürze vorm haarigen Bauch, beinahe wie ein Schinder anzusehen. Der kennt sich aus mit dem Feuer, und was ein Selcher verstehen muß, hat er sich angenommen. Der pökelt den Spießbraten mit gesalzenem Rotwein, und wer ein Eisen zur Weißglut bringt, der macht allemal einen Ochsen gar. Viel ist nicht übriggeblieben, selbst die Herrschaften von Adel haben heute gefressen wie die Scheunendrescher, aber zwischen den Rippen hängt noch manch saftiges Stückchen Fleisch. Dallmann wetzt das Schlachtermesser am Stahl, greift zur langen, zweizinkigen Gabel und spießt ein paar feine Happen auf.

Probier mal, Gesine.

Sie muß den Bauch einziehen und sich weit nach vorne beugen, damit ihr nichts auf das Festkleid tropft.

Ganz nahe, in Frau Rogallas Grasgarten, schießt der Rhabarber ins Kraut. Jan stiehlt ein paar Blätter, die geben Teller und Mundtücher ab.

Einfälle hat der Junge. Gesine lacht, als sie sieht, daß sich der Sohn saftige Fleischbrocken aufhäufen läßt, und will zugreifen.

Da faßt sie ins Leere. Der Kerl ist verschwunden. Der will die kleine Jüdin füttern. Noch eine Sorge. Sie macht einen langen Hals, hebt ärgerlich das Kinn, um nach Jan auszuspähen. Umsonst.

Längst ist der Abend vom Wald herübergekrochen, der Umriß von Rogallas Scheune steht nachtschwarz vorm gläsernen Abendhimmel, darin die Toröffnung, ein riesiges gelbes Rechteck. Hunderte feiern unter blakenden Stallaternen und hätten allen Grund zur Sorge. Keine Spur von Trauer, weil Laudeck abgewickelt wird.

Fast jeder hat ein paar Münzen auf die Hand gekriegt und kann sich außerdem am Freibier schadlos halten. Die Ängste sind weggespült. Neue Zeiten brechen an, hat der Herr von der Recke-Vollmerstein gesagt. Warum sollen wir ihm nicht glauben. Heute geht es uns gut, also warum nicht lärmen, lachen und tanzen?

Ach, die Musik!

Laß uns hinübergehen, Gesine. Wo den Jungen finden, wenn nicht dort unter den Leuten.

Die wenigsten sitzen an den Tafeln, die Musik hat sie von den Bänken gerissen, dieses lockende Lalalei, lalalei.

Mein Gott, wie hoch hinauf will sie noch steigen, diese jubelnde Melodie? Ob das Mazurka ist? Was Zwingendes, Wildes jedenfalls, das die Paare herumspringen läßt, keuchend und kreischend, krebsrote Gesichter, naßgeschwitzte Hemden.

Gesine, darf ich bitten!

Keine Zeit für ein Ichweißnicht, Ichkannicht. Schon hat sie der Pole an erhobener Hand mitten hinein in den Trubel geführt.

Das ist ein Mann, mit größerer Grandezza kann sich kein Schlachtschitz bewegen, und keiner kann besser tanzen.

Jetzt kommt das Lalalei, lalalei, wirbelnde Drehung, hoch

auffliegender Rock. Gesine pfeift auf zerschlissenes Schuhwerk, auf ihre vierzig Jahre, sie läßt sich von Roman führen, noch einmal der Wirbel und dann der weitgreifende Schritt, Joschke, Joschke, spann dem Loschek …

Wer kann sagen, ob den Tanzenden die Musik so einpeitschend in die Glieder gefahren ist, daß sie sich schneller und schneller drehen, um dann mit den Füßen zu stampfen, Joschke, Joschke, oder ob es die Zuschauer sind, die im Kreis stehen oder im Scheunengebälk hocken und mit ihren Händen den Takt schlagen, anfeuernd, schneller und schneller, daß der arme Schmul Rosenzweig die Fiedel so heftig traktiert, bis ihr die Saite reißt.

Aus jetzt, Schluß jetzt und Tusch, Geschrei und Riesenapplaus, und wenn es vielleicht polnisch oder jiddisch war, das die Leute tanzend mitgerissen hatte, was sie jetzt brüllen, klingt deutsch: Bier her! Bier her!

Und eine Ovation den Herrschaften dort drüben. Hoch solln se läwen, Schluck solln se gäwen!

Milder Schein der Windlichter fällt auf die Tische im Grasgarten, und die Sterne hängen im Laub der Bäume. Die Kerzen leuchten von unten her und malen den Damen und Herrn von Stand Nasenschatten auf die Stirn.

Scheint, daß die Baronin von der Recke-Vollmerstein Lust auf ein Tänzchen hat. Sie taxiert die möglichen Tänzer, den salbadrigen Pastor Reinecke, wie Rogalla zuviel Bauch, und der Inspektor Laudenschlag reicht ihr gerade mal bis ans Dekolleté. Der eigene Gemahl, leider ein geborener Kavallerist, ist säbelbeinig gewachsen, und seine Tanzkunst reicht zur Not für den Schieber. Ach, das Volk hat es gut, beinahe unbegrenzte Auswahl. Da paart sich ganz selbstverständlich, was zueinander paßt. Und hört doch, man läßt uns leben. Die Baronin winkt mit dem Spitzentuch. Sie sagt: Es amüsiert mich doch sehr, so nahe bei den Leuten zu sein.

Unsere liebe Iduna Schwan-Schwan ist heute mittag beinahe von ihnen gesteinigt worden.

Die kleine griesgrämige Frau des Inspektors hatte bislang kaum zur Unterhaltung beigetragen, aus Furcht, sie könnte was Falsches von sich geben. Nun verkündet sie mit großem Nachdruck, was ihr auf jeden Fall richtig erscheint: Die besitzlose Klasse ist unberechenbar.

Allerdings auch enttäuscht worden, gibt von der Recke-Vollmerstein zu bedenken. So wie in Laudeck kann heutzutage nirgendwo mehr gewirtschaftet werden. Der Technik gehört die Zukunft.

Übrigens, dies hat Herr Pastor Reinecke neulich im Blatte gelesen, soll der Franzose ein Zündnadelgewehr entwickelt haben, das doppelt so weit wie eine deutsche Waffe schießt.

Mein Gott, da muß man sich ja fürchten vor dem Krieg, sagt die kleine Frau Laudenschlag und wird auf eine Weise von den Damen und Herren angesehen, daß sie ängstlich nachfragen muß: Hab ich was Falsches gesagt?

Es dauerte, bis Schmul Rosenzweig eine neue Saite aufgezogen hatte. Viele Paare freuten sich über die Pause. Gehen wir nach draußen, schauen wir den Mond an, lassen wir uns in Gras fallen, ehe uns der Tau den Hintern näßt.

Gorski genoß, daß er von den Tanzenden nicht angetrieben wurde, sondern sich selber zum Spaß ein bißchen herumklimpern konnte, nur mit der rechten Hand, zögerlich, als suche er nach der Melodie, die doch jeder kannte: In einem Polenstädtchen, da lebte einst ein Mädchen …

Und dort lehnte sie, die Schöne, an den Planken neben

Stollinskis provisorischem Büro, einer umgestülpten Transportkiste, darauf die Stallaterne, damit jeder, der sich einschreiben wollte, Licht hatte, den Namenszug auf das Papier zu setzen oder seine drei Kreuze. Eine zweite Lampe hing zu Häupten Stollinskis, um zu erhellen, was mit Kreide auf ein Brett gemalt worden war: Gesintevermietlung Micha Stollinski.

Neben Mala stand Jan. Er zählte lächelnd das Handgeld nach, ehe er es in der Hosentasche verschwinden ließ.

Als Gesine ihren Jungen endlich gefunden hatte, war es zu spät.

Was tust du hier? Sie fragte heftig, sie sah nicht mehr schön aus wie am Nachmittag, eine Zornfalte zwischen den Brauen, als hätte sie den Jungen bei einer Missetat erwischt.

Das ist Mala, Mutter.

Ja, ich weiß, ein jüdisches Mädchen.

Sie gefällt mir, Mutter. Leider muß sie schon am Morgen weiterziehen in Richtung Stettin.

Der Stein wollte ihr grade vom Herzen fallen, da sagte der Junge: Ich werde mit ihr gehn, jedenfalls für eine Weile. Ich hab mich als Schnitter verdingt für eine Saison, nach Mecklenburg.

Es verschlug ihr die Sprache, sie konnte sich nur auf die Lippen beißen, nur den Kopf schütteln in der Erbitterung. Erst nach einer Weile fuhr sie den Stollinski an: Machen Sie das rückgängig, Herr! Der Mensch war ihr im Augenblick zuwider, wie einer, der zuviel Knoblauch gefressen hat und ihr mit Fleiß den stinkingen Atem ins Gesicht bläst. Stollinski grinste, wie nur ein Betrüger grinsen konnte, ein Dummenfänger, der die Beute im Netz hat.

Vertrag ist Vertrag, geschrieben ist geschrieben, ausgezahlt ist ausgezahlt.

Ich gebe das Handgeld zurück. Ich will nicht, daß er nach Mecklenburg geht. Der Junge bleibt hier.

Stollinski schien verwundert. Viel schönes Land, das Mecklenburg, liebe Frau.

Gendarm Gründlich mußte feststellen, daß sich vor der Gesindevermittlung Leute drängten, beinahe konnte von einer Zusammenrottung gesprochen werden. Wie oft gibt's Streit und Schlägerei, wenn Ausländer und deutsche Menschen aufeinandertreffen. Eine Frau fuchtelte aufgeregt mit den Händen herum. Ist es nicht diese Gesine vom Heidekaten? Den besten Leumund hat sie nicht. Gründlich stülpte die Pickelhaube auf den Schädel, um einen amtlichen Eindruck zu machen, verhakte beide Daumen hinterm Koppelschloß und trat in den Kreis.

Was gibt es?

Nichts, was die Polizei verbieten müßte. Stollinski hatte den Gendarmen längst mit einem Trinkgeld gespickt, er konnte sich leisten, frech zu sein. Und er pries Mecklenburg: Weniger Gendarm als in Preußen, auch weniger Floh, was einen piesacken kann. Bißchen mehr Arbeit, na gut, dafür bißchen mehr Geld. Schnaps billig, Weiber umsonst.

Die an der Kiste standen, lachten, kaum einer war nüchtern, jeder starrte auf Mala, sie hielt sich an dem Jungen fest, Gorski ließ den Blasebalg seiner Harmonika fauchend Luft holen, und schon vernahm jeder die Melodie vom Polenmädchen: Aber nein, aber nein, sprach sie, ich küsse nie.

Die Männer lachten, Gründlich lachte auch und tippte an die Pickelhaube. Kein Streit also, er konnte sich zurückziehen.

Roman Koschoreck, der hinter Gesine stand, packte die

Frau an den Schultern und schob sie beiseite. Keine Angst, ich laß den Jungen nicht alleine ziehen.

Ein Schritt auf die Kiste zu. Hast du noch einen Platz frei, Stollinski?

Für einen Landsmann immer.

Handschlag, Unterschrift, zehn Mark auf den Tisch.

Stollinski blickte in die Runde. Haben alle gesehen, korrektes Vertrag. Morgen früh ziehen wir.

Und wohin geht die Fahrt?

Grafschaft Klevenow, das ist feinstes Revier von ganz Mecklenburg.

Roman konnte Gesine gerade noch an sich reißen, sonst wäre sie zu Boden gestürzt.

*

Der Morgen kam nebelverhangen und kalt. Gesine fror, als sie in aller Frühe die Tür des Katens verriegelte. Sie hüllte sich enger in das dünne Umschlagtuch, das auch ihr Haar bedeckte, und folgte den beiden Männern. Der Pfad durch die Heide war schmal, er gestattete nicht, daß sie nebeneinander bis zur Wegscheide wanderten. Sie konnten nicht miteinander reden, es war ja auch alles gesagt.

Gestern hatte Gesine, nachdem ihr schwarz vor Augen geworden war an Stollinskis Tisch, versucht, die Männer von ihrem Vorhaben abzubringen, zuletzt sogar weinerlich, was sonst ihre Art nicht war.

Es geht mir nicht gut. Wie soll ich ohne euch zurechtkommen? Ihr könnt mich doch nicht alleine zurücklassen.

Wie sollte Roman begreifen, was der Grund ihrer Erschütterung war. Er mußte für launisch halten, was sie gegen die Reise vorbrachte.

Nach der Ernte sind wir mit praller Börse zurück.

In ihrer Verzweiflung war Gesine drauf und dran gewesen, das Geheimnis preiszugeben, hatte es aber in Gegenwart des Jungen nicht über die Lippen gebracht. Da war auch die Hoffnung, daß es zum Schlimmsten nicht kommen werde, solange sie schwieg. Es wird sein, als gingen Fremde aneinander vorüber. Was soll geschehen? Und es war überhaupt nicht sicher, daß die Kolonne auf dem Klevenower Stammgut arbeiten würde. Die Grafschaft ist groß, Gesine kennt längst nicht die Namen aller Dörfer.

Als sie in der letzten Nacht endlich den Heidekaten erreicht hatten, nahm Gesine die Schnapskruke vom Brett, schenkte den Männern ein und vergaß auch sich selber nicht.

Auf gute Fahrt!

Sie hatte kein Wort mehr über die Sache verloren, sondern den Männer geholfen, ihre Bündel zu schnüren. Viel war es nicht, was sie mitnehmen konnten, ein bißchen Wäsche, ein Sonntagshemd, eine Sonntagshose. Was sie tagtäglich brauchten, trugen sie am Leibe. Zu guter Letzt schenkte Gesine die beiden Stücke Lavendelseife her, die sie wer weiß wie lange im Fach verwahrt hatte, damit die Wäsche einen feinen Duft bekäme.

Haltet euch sauber in Mecklenburg.

Dort, wo der Pfad die Chaussee erreichte, standen sie noch ein Weilchen schweigend beieinander, schauten sich an, lächelten sich zu und mußten nicht lange warten, bis sie Hufeklappern vernahmen, das Knarren von Wagenrädern, das Schlurren vieler Schuhe auf dem Weg. Aus den Nebelschwaden, die über den Wiesen schwammen, tauchte der Panjewagen auf. Eine Zeitlang schien es, als fahre das Gespann des Juden über den Wolken, die jederzeit in den Himmel aufschweben konnten, und die Schnitterkolonne, die dem Gefährt folgte, watete bis zu den Knien im Nebel, unsicher und taumelig, als wisse sie nicht den Weg, die Männer hatten alle zuviel getrunken.

Als Jan Mala in der Schoßkelle erkannte, umarmte er, hastig Abschied nehmend, seine Mutter und war schon davon.

Gesine und der Pole sahen, wie der Junge mit hochgerissenen Armen dem Wagen entgegenstürzte.

Er ist manchmal zu wild und zu unbeherrscht, sagte die Frau.

Roman versprach, auf ihn zu achten. Er küßte Gesine, dann fragte er: Wartest du auf mich?

Ja, das wollte sie tun.

Nun war die Kolonne heran, der Wagen vorübergerollt, sie mußten sich trennen.

Der Mann war schon einen Schritt von ihr entfernt, und sie hielt ihn immer noch fest mit ausgestreckter Hand.

Was ist?

Sie sagte: Roman, mir lebt ein zweiter Sohn dort in Klevenow. Er müßte jetzt über zwanzig sein. Er hieß Jörn.

Willst du, daß ich nach ihm suche?

Gesine nickte. Aber stell es heimlich an. Er kann nichts von mir wissen. Frag nicht, warum ich ihn fortgeben mußte. Ich wüßte gern, wie er aussieht, und ob er uns nachgeraten ist, dem Jörn, seinem Vater, und mir.

*

Ich bin der Rabe im Baum. Meine Ahnen zählen zu den Auserwählten, die Noah in den Kasten nahm, und noch früher hatte mein Urrabenvater, dessen Name Gedächtnis war, auf Odins Schulter gesessen. Er hat uns die Gabe der Entsinnung vererbt. Ich weiß alles, bis auf das wenige, das Gott für sich selber behielt.

Mein Urrabenvater hatte im Baum gesessen auf der Insel, die Patmos heißt, und hinter sich die Stimme, stark wie eine Posaune, gehört. Die Zeit ist nahe, hatte der Herr gerufen, und mein Rabenvater hatte ein Pferd gesehen, rot wie Feuerbrand, der darauf saß, war der Haß. Er reitet mit blutigem Schwert immer noch um die Welt, damit sich die Menschen gegenseitig vertilgen. Und er hatte ein fahles Pferd über den Horizont heraufreiten sehen, der darauf saß, war der Tod, und ihm folgte die Hölle nach, um ein Großteil der Erde zu vernichten mit Schwert, Hunger und Pest. Noch ist das sechste Siegel nicht erbrochen, noch ist er nicht gekommen, der große Tag des Zorns. Noch habe ich ihn nicht herabfahren sehen, den starken Engel mit dem Schlüssel zum Abgrund und einer schweren Kette in der Hand. Ich warte darauf, daß er den verdammten Satan ergreift, um ihn für tausend Jahre zu fesseln, damit er die Völker nicht länger verführen kann. Noch reitet der Haß auf dem Pferd, rot wie Feuerbrand, noch hetzt er an allen vier Enden der Welt, damit sich die Unvernunft versammle und waffenklirrend auf die Ebenen der Erde steigt. Herr, die Völker erwürgen sich gegenseitig, größere die großen und kleinere die kleinen, bis endlich die Brüder haßerfüllt gegen die Brüder stehen.

Auf meiner Erde ist der Teufel los, und hätte ich Schwingen wie ein Adler, ich würde mitten durch den Himmel fliegen und schreien: Es ist Zeit für das Gericht!

Ich bin der Rabe und leider abgeschweift in meiner Weltenangst. Mein Baum steht in Klevenow. Was dort im Sommer achtzehnhundertsiebzig geschah, war ein Verbrechen aus Haß. In den Gutstagebüchern wie im Kriminalbericht wird es als Unglücksfall beschrieben, aber ich erzähle die Geschichte, wie sie wirklich war, damit sie niemals vergessen werde.

7

Man saß am Frühstückstisch auf der Schloßterrasse von Klevenow. Wegen des warmen Julitages hatte Gräfin Agnes die Witwenrobe gegen ein nebelgraues Sommerkleid getauscht. Die Komteß war in Weiß, schulterfrei schon am Morgen, gebräunt bis zum Rüschenrand des Dekolletés. Graf Kuno zeigte immer noch, wie sehr er um den Vater trauerte, er hatte den Hemdkragen mit einer schwarzen Florschleife gebunden.

Was für ein Tag.

Gräfin Agnes blickte hinab in ihren Blumengarten. Die Rosen blühten so inbrünstig, als sollte niemals wieder Sommer werden. Selten war der Gräfin der Park so schön erschienen, wie heute unter der Morgensonne. Da war zur Linken die romantische Burgruine, künstlich errichtet und wie ein Dornröschenschloß umrankt. Zur Rechten, über das Gewölk der Büsche ragend, der Marstall, weitläufiger und stolzer als beinahe jedes herzogliche Schloß in Mecklenburg, und in der Mitte der Schwanenteich, in dem sich die Bäume spiegelten und der Himmel darüber, so wie es Lenné geplant hatte, die Anmut sollte sich verdoppeln. Und hinter dem Teich dehnte sich das Wiesengrün in der Senke, von Bäumen umstellt, viele vor kaum einem Vierteljahrhundert erst gesetzt und inzwischen zu einem lebendigen Schutzwall erwachsen, der hier und dort unterbrochen war, damit er den Blick freigab bis zu den fernen Hügeln hin. Der Gräfin ging durch den Kopf, daß der Gärtner des Königs damals in den vierziger Jahren in Klevenow nichts vorgefunden hatte außer der Tristesse, dem sumpfigen Grund, öder baumloser Steppe und dem grauen, halbverfallenen Dorf Wargentin in der Ferne. Es war verschwunden und vergessen, seit Parkrasen die Brandstelle überdeckte.

Sie sagte: Lenné hat niemals gesehen, wie der Garten herangewachsen ist in vollendeter Harmonie. Ich sollte den alten Herrn für ein paar Tage einladen, falls er noch lebt.

O ja, Armgard wollte ihn gerne kennenlernen. Sie stieß ihren Bräutigam, Beistand heischend, an.

Der Erblandmarschall versuchte gerade, weiche Eier aus dem Glas zu löffeln. Jetzt bekleckerte er die Trauerschleife und hatte Mühe, sie mit der Serviette zu säubern. Er sagte verärgert: Den Rabenbaum hätte er schon damals fällen sollen.

Armgard widersprach. Der Baum ist tausend Jahre alt, mindestens. Schließlich hat er am Hünengrab schon gestanden, laß mich mal rechnen, Kuno, als die alten Römer ...

Die sind nicht bis Klevenow gekommen, entgegnete der Graf, immer noch verstimmt.

Aber wieso nicht, wenn sie doch bis Britannien gefahren sind?

Das liegt im Westen, Armgard. Klevenow befindet sich im Osten.

Sie gestand lächelnd ein, daß ihre Kenntnisse in Geographie wie in deutscher Geschichte mangelhaft waren. Aber wer, wenn nicht die Römer, war es dann, der vor tausend Jahren unter dem Baum von Klevenow hätte picknicken können? Belehre mich.

Die Slawen, ehe sie von den alten Deutschen aufs Haupt geschlagen wurden.

Ach, die Deutschen. Jetzt war es Armgard, die spöttisch ihre Stimme erhob. Die Dänen sind es gewesen. Sie war ganz sicher, hatte nämlich einmal das wandbreite Gemälde in Frederiksborg betrachtet, das den Triumph des Bischofs Absalom darstellte. Er war es, der das slawische Heiligtum Arkona in Schutt und Asche gelegt hatte.

Ja, aber das geschah auf Rügen, liebe Armgard. Und das ist eine Insel im Norden. Bis Klevenow konnte der wilde Bischof nicht segeln. In unserer Gegend ritt Heinrich der Löwe auf Heidenjagd.

Meinetwegen. Dort steht der Baum, ich kann mich in seinen Schatten stellen, ich kann seine Rinde berühren, tausendjährige Runzeln, ich fühle sie und bin verbunden mit Heinrich dem Löwen. Ich nehme an, daß auch er ihn berührt hat, als er die heidnischen Slawen in die Äste hängen ließ.

Jetzt war Armgard tatsächlich im Eifer, sie wandte sich der Gräfin zu. Sie werden nicht zulassen, maman, daß Kuno die Eiche fällt.

Auch der Graf ereiferte sich. Ich kann die verdammten Raben nicht leiden, die in ihrer Krone hausen, dauernd dieses mißtönige Geschrei.

Grade im Augenblick ertönte es wieder.

Gräfin Agnes hatte dem Dialog amüsiert gelauscht, jetzt wendete sie den Kopf, da sah sie den Reiter, einen jungen, uniformierten Mann, der mitten durch den Park daherstürmte, sein Pferd überflog die Wassergräben, die Wege, die feingestutzten Hecken, zerfetzte den Rasen unter trommelnden Hufen, pflügte eine häßliche Spur.

Agnes erhob sich vom Frühstückstisch, sie raffte die Röcke,

um an die Brüstung zu treten und dem rücksichtslosen Reiter ein Donnerwetter entgegenzurufen.

Da sprang er schon ab.

Die Terrasse war aus Feldsteinen gemauert und so hoch wie eine Bastion. Der Mann mußte den Kopf in den Nakken legen, als er hinaufschrie: Nachricht vom Hofe, Eure Gnaden! Frankreich hat Preußen den Krieg erklärt.

Mein Gott! Die Gräfin beugte sich über die Brüstung. Er mag sein armes Pferd versorgen lassen, und in die Küche mit ihm. Man soll ihm ein gutes Frühstück servieren.

Sie hatte es kommen sehen. Zu lange war schon die Rede vom Krieg. Jetzt, da er erklärt war, schien die Gräfin betroffen. Sie nahm wieder am Tisch Platz.

Krieg mit Frankreich!

Dann hat Bismarck also endlich erreicht, was er wollte. Armgard sagte es wie nebenbei, während sie mit dem Löffel ein gewürfeltes Zuckerstück in die Kaffeetasse senkte.

Wie bitte? Kuno blickte mit solcher Mißbilligung auf die Komteß, daß sie sich verteidigen mußte.

Für mich, sagte sie, ist der Staat der beste, der stark genug ist, einen Krieg zu verhindern. Ich brauch keinen Krieg, ich mag keinen Krieg.

Das durfte nicht wahr sein. Kuno zerknüllte die Serviette. Begriff Armgard nicht, was auf dem Spiele stand? Die Zukunft der deutschen Dinge. Es ging um das Schicksal der deutschen Nation, um die Jahrhundertfrage. Und da äußerte sich seine zukünftige Frau wie eine Gegnerin.

Nun sagte sie sogar: Jedenfalls hätten die Leute warten können, bis wir die Ernte vom Feld haben.

Ich denke vaterländisch, sagte Kuno mit Schärfe, und du machst dich lustig. Ja, maman, sie macht sich lustig über uns.

Agnes hob beschwichtigend die Hand.

Pardon, Kuno. Armgard dachte nicht daran zu kuschen. Du weißt, daß ich dänisch bin und die Preußen nicht mag, seit wir Krieg mit ihnen hatten. Erst ein paar Jahre her, und nun schon wieder Krieg. Du wirst ins Feld ziehen müssen, alle unsere jungen Dienstleute werden ins Feld ziehen müssen. Sie unterbrach sich, wie in plötzlicher Ergriffenheit, und Agnes Schwan mußte denken, sie ängstigt sich um ihren Bräutigam, die Gute. Aber die Komteß hatte ein kleines sehnsüchtiges Ziehen im Leib verspürt und an ihren strammen Beireiter gedacht, den sie in der nächsten Stunde treffen wollte. Übrigens war nicht auszuschließen, daß sie der wilde Liebhaber geschwängert hatte, eine neue Sorge, die sie jäh überfiel.

Armgard war ehrlich betroffen. Sie sagte: Zurück bleiben die Frauen mit ihren Kümmernissen.

Kuno seufzte: Es ist ja nicht nur, daß du dänisch bist und ich bin deutsch. Wir denken verschieden in so vielen Dingen.

Ach, Kinder, sagte Agnes Schwan, wir sind allein auf der Terrasse, außer dem Raben dort oben auf dem Wasserspeier kann uns niemand hören. Wir müssen denken und empfinden, wie es der Besitz erfordert. Ihm gehört die Priorität, und dann erst urteilen wir mecklenburgisch oder preußisch, dänisch oder deutsch. Schaut hinaus in den Park, soweit das Auge reicht, alles unser. Hier ist unsere Heimat, und ob nun der preußische König unterliegt, was ich nicht wünsche, oder Napoleon zugrunde geht, was schert uns das, solange der Schwansche Besitz überdauert. Armgard, du hast in dieser Stunde an die Ernte gedacht. Du bist eine Schwiegertochter nach meinem Herzen.

Und nun zeigte es sich, daß die schöne junge Armgard Löwenholm nicht nur geradeheraus und ländlich rauh von

Sitte war, wenn es sein mußte, konnte sie sich höfischer als eine Prinzessin bewegen.

Sie kniete vor Agnes Schwan, um ihr die Hand zu küssen. Sie sagte: Kuno wird in den Krieg ziehen müssen, und ich hätte ihm so gern einen kleinen Erbgrafen geschenkt. Bitte, lassen Sie uns bald vermählen, maman. Sie barg ihren Kopf in Agnes' Schoß und duldete, daß ihr die Gräfin zärtlich übers Haar strich. Sie kniete eine ganze Weile, so lange jedenfalls, wie sie zu ihrer Sammlung brauchte, sonst hätte sie dem Grafen womöglich frech ins Gesicht gelacht. Sie würde aus Klevenow nicht weichen.

8

Der Krieg, für den wir rüsten, wird ein gewaltiger sein, so war auf der Titelseite des Mecklenburgischen Anzeigers zu lesen. Es sind zwei große Staaten, die ihre Kräfte miteinander messen wollen. Beide sind reich an Hilfsquellen jeder Art, reich an Kriegsmaterial, reich an geübten Streitkräften, weshalb kein Mensch ermessen kann, wie weit ein solcher Schicksalkampf die Kreise ziehen wird. Dennoch darf nicht an der Überlegenheit der deutschen Armee gezweifelt werden. Schon der Krieg von 1866 hat ganz Europa mit Bewunderung erfüllt. Alle Welt staunte über die Waffentüchtigkeit, die Ausdauer und die Intelligenz der preußischen Krieger. Wir aber weisen heute auf den Geist hin, der das ganze deutsche Volk belebt. Aus seinem Schoße sind die Heldenkrieger hervorgegangen. In diesen Tagen werden sie von einem einzigen großen Gefühl beherrscht, dem des zu allem entschlossenen Ingrimms gegen die leichtsinnige französische Nation wie deren nichtsnutzige Regierung. Deshalb wurde die Kriegserklärung, welche uns Frankreich entgegenschleuderte, mit Jubel aufgenommen, denn jedermann ist überzeugt: Nur der Krieg, nur ein bis zur äußersten Entscheidung getriebener Krieg kann uns den dauerhaften Frieden geben. Jetzt gibt es keine Parteien, keine Stände, keine Sonderinteressen mehr. Der Krieg ist zur Ehre aller geworden.

Damit niemand auf den Gedanken käme, die Kriegszurüstung beschnitte die allgemeine Volksfürsorge, hatte der umsichtige Redakteur unter dem Leitartikel einen Bericht eingerückt mit der Schlagzeile: Idiotenanstalt bei Schwerin eröffnet. Der Leser erfuhr, diese Anstalt zur Aufbewahrung geistesschwacher Kinder sei am 17. Juli 1870 in dem zur Eisengießerei des Herrn Voigt gehörigen Wohnhause mit zwölf männlichen Idioten eröffnet worden.

Die Truppenverschiebung per Eisenbahn hatte Jahr für Jahr während der großen Herbstmanöver exerziert werden müssen. Im Sommer 1870 war aus kriegsmäßiger Übung bitterer Ernst geworden. Statt mit Handelsware aller Art wurden die Güterwaggons mit jungen Soldaten beladen, sie fuhren von Ost nach West, von der Elbe zum Rhein, vom Süden zu den Meeresküsten im Norden hinauf, und wenn sie auf einem Bahnhof halten mußten, sahen die jungen Kämpfer Kriegsgerät an sich vorüberrattern, Munitionstransporte, Kanonen und Haubitzen, die auf Plattenwagen festgekeilt waren, Geschützrohre, mit Blumensträußen und Laubgewinden geschmückt, als sollten diese nicht Tod und Verderben speien, sondern lediglich Böller schießen bei irgendeinem Schützenfest.

Die Kriegszurüstungen durften nicht gestört, die Schienenwege nicht überlastet werden, aus diesem Grunde war ein Güterwagen älterer Bauart am Bahnhof Penzlin auf ein Nebengleis geschoben und offenbar vergessen worden.

Bis Stettin hatte alles seine Ordnung gehabt, Stollinski, der Vorschnitter, konnte fünf Frauen zusteigen heißen, eine von ihnen hätte er gern auf dem Bahnsteig stehen lassen wie ein überflüssiges Gepäckstück, das war Olga Kalusa, seine Beischläferin während einiger Erntesommer, jetzt auch schon über dreißig. Aber Olga, eine hochbusige Blondine mit schönen braunen Augen, hatte nur die Hand hinters Ohr gehalten, als verstehe sie nicht, was Stollinski brabbelte von leider voll besetzt und nächstes Jahr vielleicht, dann hatte sie mit ihrer rauhen Männerstimme Quatsch! gerufen und Gorski so gebieterisch die Hand hingehalten, daß er sie mitsamt der Bündel hinaufhieven mußte.

Seit Stettin saß sie nun oder lag an Stollinskis Seite, der selbst in diesem Viehwaggon sein Privileg behauptete. Er hatte ein Geviert abgezirkelt, das er zu seiner Bequemlichkeit beanspruchte, während sich die anderen wie die Heringe aneinander pressen mußten, wenn sie sich zum Schlaf niederlegten.

Olga achtete darauf, daß keines der Weiber die Bannmeile überschritt, um sich dem Vorschnitter zu nähern. Die hübsche Mala hatte sie ins Herz geschlossen, die war in den blonden Hünen verschossen, wie jedermann sehen konnte, und bedeutete keine Gefahr.

Und nun stand der Waggon also bei Penzlin auf einem Abstellgleis und wartete auf die Lokomotive.

Die Schnitter genossen den unfreiwilligen Aufenthalt. In Klevenow erwartete sie gnadenlose Tagesfron, hier am Bahndamm waren sie ungebunden und besaßen alles, was ein anspruchsloser Mensch zu seiner Zufriedenheit benötigt. Da war ein Wäldchen nicht weit, in dem sie ihre Notdurft verrichten oder Holz sammeln konnten für das Lagerfeuer. Kartoffeln stahlen sie von den Feldern, manchmal auch Hühner, die sich zu weit von den Gehöften entfernt hatten, was sich jeder Fuchs holen durfte, mußte einem hungrigen Schnitter erlaubt sein. Da war auch ein Bächlein, klar genug, sich satt zu trinken oder sich, wenn's nötig war, zu waschen. Auf einer Sommerwiese neben dem Bahndamm konnten die Leute in der Sonne liegen oder abends ums Feuer hocken.

Gorski spielte ihnen oft das Lied, das sie in diesen Tagen zu ihrer Hymne erkoren: Lustig ist das Zigeunerleben, faria faria, fa. Und manchmal glaubten sie, ihre Freiheit sei ihnen von Gott geschenkt, gewiß nur für eine Weile, aber die wollten sie auskosten, so lange es ging. Kaum einer besaß eine Uhr, sie mußten zählen, was die Stunde vom Penzliner Kirchturm geschlagen hatte. Niemand dachte daran, ihnen eine Zeitung vorbeizutragen, sie wußten nicht einmal, ob Frankreich und Preußen schon aufeinander eingeschlagen hatten und konnten den lieben Gott einen guten Mann sein lassen, während alle Welt doch rackern mußte.

Nur zwei Männer machten sich Sorgen. Der eine war Stollinski, er wußte nicht, wie lange das Geld für die Kolonne reichen würde, ab und an mußte ja einer in die Stadt laufen, um Brot zu kaufen, ein Stück Butter oder eine Flasche Schnaps. Er wollte auch keineswegs von der Schwanschen Kämmerei regreßpflichtig gemacht werden, deshalb ging er jeden zweiten Tag zum Bahnhof, verlangte, daß man nach Klevenow telegraphiere, er sitze fest mitsamt der Truppe, höhere Gewalt, und er fragte immer wieder nach einer Lokomotive. Vergeblich, sie sahen es ja, sie hörten es in der Nacht, daß die Militärtransporte vorüberrollten. Es ging darum, den Übermut der französischen Nation zu dämpfen, was bedeutete es da, ein paar Polacken sitzenzulassen, wo sie waren, auf einem Abstellgleis bei Penzlin.

Größere Sorgen als Stollinski machte sich Schmul Rosenzweig. Er saß mit den anderen am Feuer, er aß mit ihnen, was koscher war, er spielte ihnen mit seiner Fiedel auf, so oft sie es verlangten, aber er grämte sich, weil er sah, daß sich der blonde Jan, der Goi, und seine einzige Tochter näher und näher kamen. Eine Zeitlang wollte er mit dem eigenen Gespann in Richtung Hamburg davon, aber auch auf den Landwegen hatten Militärtrains die Vorfahrt. Überall, hieß es, würde scharf kontrolliert, an jedem Chausseehaus Polizei. Jedenfalls war es leichter, per Bahn von Mecklenburg nach Hamburg zu gelangen als über die Straßen. Der Jude machte sich zwei-, dreimal am Tag zum Bahnhof auf und drängte auf Weiterfahrt. Dem Bahnhofsvorsteher kam dieser Mann unheimlich vor, war ja auch merkwürdig genug anzusehen in seinem Kaftan, schwarz behütet trotz der Sonnenhitze und mit lang herunterhängenden Schläfenlocken, wie sie sonst nur die Weiber hatten. Dieser Mensch blickte den mit Kriegsgerät beladenen Zügen nach, bis sie in der Ferne verschwunden waren, mit Kanonen, Pferden oder Leuten, womöglich war er ein Spion in französischen Diensten.

Der Bahnhofsvorsteher war zu gesundem Mißtrauen in Kriegszeiten angehalten worden und zur Meldung verpflichtet, sobald sich Absonderliches auf dem Bahnhofsareal begab. Vorsicht ist besser als Nachsicht, dachte der Beamte und unterrichtete das Kriminalkollegium in Penzlin, daß sich ein fremdländisch aussehender Mann auf der Station auffällig verhalte. Das Kriminalkollegium war als Untersuchungsgericht für alle nicht besonders peinlichen Fälle verantwortlich, es unterstand einem Herrn von Maltzan, Freiherrn zu Wartenberg, der sich entschloß, den Vorsteher der berittenen Gendarmerie von Waren um Hilfe zu bitten.

Schmul Rosenzeig sorgte sich um seine schöne Tochter. Sie hockte im Schneidersitz ihm gegenüber zwischen den anderen am Feuer, nur dieses eine Licht in der Finsternis, rötlich flammende Scheite, ein paar Menschen im Kreis, Polen und Deutsche, ein Jude und seine Tochter, schöne Gesichter, vom Licht aus der Schwärze gerissen, häßliche Gesichter, gute Augen, böse Augen.

Mein Gott, ich sitze im Kreis mit diesen Andersgläubigen

und bin froh, daß ich mich an ihrem Feuer wärmen darf. Ich schau in ihre Gesichter, aber du, ewiger Gott, läßt jeden einzelnen an dir vorüberziehen und wägst und schreibst den Urteilsspruch. Du weißt, wie viele vergehen, du weißt, wer leben wird, wer sterben muß durch Feuersglut und Wasserflut, durch Krieg und Hunger. Schmul Rosenzweig redete mit Gott. Da sah er, wie sich die Hand Jan Tiedemanns zu Mala hin bewegte und ihre Hand der seinen entgegenkroch, bis sie sich ineinander verhakten. Mein Gott, er ist ein Goi, das Mädchen erst sechzehn Jahre alt, so lange schon mutterlos. Ich liebe sie und hab sie gelehrt, meine Hausfrau zu sein. Sie hat mir die Stube reinlich gehalten, sie weiß, wie man ein Scholet kocht, sie hat mir am Sabbath die Lichte gebenscht, die Menorah hab ich aus der brennenden Hütte gerettet, auch ein wenig Geschirr für Fleischernes und Milchernes. Im Kaftan trag ich einen kleinen Schatz versteckt, damit wir in der neuen Heimat einen Anfang haben, Mala muß bei mir bleiben, wenn ich wie ein Jude leben will. Ich darf sie nicht verlieren.

Rosenzweig fürchtete sich und wollte nicht länger vor Augen haben, was er für sein Unglück halten mußte. Er ließ sich rücklings fallen und starrte hinauf in den finster gähnenden Himmelsschlund. Warum betet ein Mensch? Er hofft auf Gutes, er wünscht, das Böse abzuwenden. So wie Rosenzweig hatten schon die Urväter zu Gott gesprochen: Höre unsere Stimme, o ewiger Gott, erbarme Dich unser und nimm unser Gebet in Wohlgefallen an. Amen.

Seit Stollinskis Kolonne auf das Abstellgleis geschoben war, durfte Schmuls Panjepferd auf der Wiese grasen, jetzt wieherte das Tier in der Nacht, vielleicht war ein Fuchs vorbeigeschnürt. Der Jude erhob sich. Es ist Zeit, Mala, wir wollen uns niederlegen.

Das Mädchen gehorchte auf der Stelle.

Rosenzweigs Wägelchen war an eine der Schmalseiten des Waggons festgekeilt. Der Mann hatte auf dem Gefährt die wenigen Habseligkeiten verstaut, die ihm noch geblieben waren, das Geschirr, den Leuchter, Bettzeug, ein paar Dekken. Aber als sein reichster Schatz galt ihm die Tochter. Er hatte darauf bestanden, daß sie sich auf dem kleinen Leiterwagen zur Ruhe legte, dort war sie geschützt durch die hölzernen Sprossen und lag beinahe so gut wie in einem Himmelbett. Ihr zu Füßen rollte sich der Vater ein. Er hörte noch eine Weile, wie die Leute draußen in der Nacht miteinander redeten oder leise sangen. Bald schlief er so fest, daß er nicht wahrnahm, wie Mala in der Morgenfrühe vorsichtig aus dem Gefährt kletterte und den Güterwagen verließ.

*

Jan stand mitten auf der Wiese. Er hatte an der Feuerstelle nach Resten gesucht, die von der Abendmahlzeit übriggeblieben waren, ein paar Kartoffeln, in der Asche gegart, ein paar Brocken Brot, nun bot er sie auf flacher Hand dem Pferdchen an, das gerne naschte.

Mala trat lächelnd neben den Jungen, damit sie zusehen konnte, wie gut dem Gaul die Leckereien mundeten.

Ob er uns beide trägt?

Ich denke schon.

Jan schwang sich auf, seine Füße reichten fast bis zum Boden. Das Tier war kaum stattlicher als ein kräftiger Esel, aber es duldete den Reiter.

Mala band die Leinen los, ließ sich hinaufheben von dem Jungen. Er setzte das Mädchen vor sich zurecht, und dann ritten sie tiefer und tiefer in die Wiese hinein, bis dorthin, wo Gesträuch und Gestrüpp einen Weiher umstanden. Sie sahen das Reh und sein Kitz, die ihnen aus dem Wege sprangen, den Reiher, der sich aus dem Ufergebüsch erhob, sie hörten, wie hell die Morgenvögel sangen.

Da war der Teich, blank wie eine Spiegelscheibe. Mala und Jan entkleideten sich wortlos und wateten ins Wasser, Hand in Hand, damit einer dem anderen beistehen konnte, falls es gefährlich würde. Beide konnten nicht schwimmen, sondern lediglich eintauchen ins laue Gewässer, ein wenig herumalbern, dort wo sie sicheren Boden unter den Füßen hatten.

Später, am Ufer stehend, froren beide, sie hatten vergessen, Tücher mitzunehmen, mit denen sie sich trocknen konnten. Jan hob sein Hemd auf, um Mala den Rücken zu reiben. Es schien ihr zu gefallen, sie machte sich summend krumm, wendete sich plötzlich, damit sie der Junge in die Arme schließen konnte, und es erschreckte sie, als sie spürte, daß ihm jäh sein Glied aufstand.

Er lachte und schlüpfte rasch in die verschlissene Hose. Dann warf er ihr die Kleider zu. Ich hab dich lieb, Mala.

Ach, sie liebte ihn auch.

Dann zieh mit mir.

Ich bin mosaisch, Jan.

Na und? Meine Mutter hat einen Polen gern, den Koschoreck, du kennst ihn. Selbstverständlich reden die Leute, es schert sie nicht.

Sie wrang sich das Wasser aus dem nassen Haar. Es gibt einen Brauch bei uns, wenn ein Mädchen davongeht, gegen den Willen der Eltern, mit einem Andersgläubigen, mit einem Goi, dann ist sie für ihre Familie gestorben. Ein Rosenstrauch wird an ihrer Stelle beerdigt.

Ihr Gesicht war naß, es war nicht zu erkennen, ob ihr das Wasser aus den Haaren tropfte oder aus den Augen. Als Jan sie küßte, schmeckte er das Salz.

Er sagte: Ich kann mir nicht denken, daß wir uns übern Weg gelaufen sind für nichts und wieder nichts. Wir sind füreinander bestimmt, das fühl ich, das weiß ich. Das ist unser Schicksal. Es kann nicht sein, daß es uns beide bis an diesen Ort verschlagen hat, damit wir auseinandergehen und haben uns nicht ein einziges Mal geliebt.

Er hockte neben Mala am Ufer, nackt bis auf die Hose, sein Hemd hing klatschnaß im Gezweig.

Mit einem Mal sah sie, daß ihn fror. Komm zu mir, sagte sie, damit ich dich wärmen kann, mein Lieber.

Sie blieben am Teich, bis es die Sonne war, die ihre Leiber erhitzte, bald würde sie im Mittag stehen.

Plötzlich war ihnen angst. Wir müssen zurück.

Betretene Gesichter am Bahndamm, Schweigen.

Wo ist mein Vater?

Helle Aufregung am Morgen, euretwegen. Schmul Rosenzweig hat die Hände zum Himmel gereckt, wildes, gellendes Geschrei, als sollte der ferne Gott ihn hören, und dann sieht es aus, als wollte sich der Mann den Kaftan in Stücke reißen. Mala ist fort, der Gaul ist fort. Der verdammte Goi hat das Mädchen entführt.

Er weint und schluchzt, er schlägt sich die Fäuste gegen die Brust, und wir anderen stehen im Kreis und wedeln mit den Händen, als könnten wir so die Verzweiflung dämpfen.

Still, Schmul, sagt Koschoreck. Jan ist wie mein eigener Sohn, ich bürge für ihn.

Die blonde Olga zeigt deinem Vater das buntscheckige Kätzchen. Sie wäre nicht davongegangen ohne ihr Glückstier.

Das scheint ihm einzuleuchten. Er nimmt die Katze, er streichelt sie und trägt sie aus dem Kreis.

Jetzt kommt der Mann mit der roten Mütze gelaufen. In

knapp zwei Stunden fährt ein Viehtransport ein, euer Waggon wird angehängt.

Schiefer Blick auf unsere Lagerstätte. Die Weiber hatten Wäsche zum Trocknen ins Gras gelegt. Schafft euern Dreck beiseite, sonst laß ich euch Beine machen.

Also gut, wir räumen das Lager. Wir packen die Bündel, jeder hat's eilig.

Dein Vater, Mala, steigt auf den Damm, um Ausschau zu halten.

Sie werden schon kommen, Schmul.

Dein Vater schüttelt den Kopf. Ich rieche das Unheil.

Und dann sehen wir, wie er die Schaufel vom Wagen holt, daß er ein Loch zu schaufeln beginnt, dort könnt ihr's sehen, neben dem Wildrosenstrauch.

Mensch, was tust du da, Jude?

Ich schaufle ein Grab, ich werde die Rose begraben und Kaddisch sprechen:

Geheiligt und gepriesen sei Dein großer Name in aller Welt … lasse Frieden walten über uns, ganz Israel und die gesamte Menschheit. Amen.

Da hören wir das Klappern der Hufe von rückwärts her und wenden uns. Euer Gaul war's nicht.

Zwei berittene Gendarmen kommen heran, einer von Rang, das ist an den Litzen zu sehen, den blinkenden Kragenspiegeln. Hinter ihnen rennt keuchend der Bahnhofsvorsteher, erhitztes Gesicht, rot wie die Mütze, und reckt seinen Arm aus und zeigt deinen Vater an.

Dieser da ist der Verdächtige.

Schmul Rosenzweig läßt die Schaufel fallen und hebt die Hände, als sei ein Gewehr auf ihn gerichtet.

Ich bin aus dem Königreich Polen ausgewiesen, aber ein ehrlicher Handelsmann.

Was hat ein streunender Jude in Mecklenburg verloren?

Dein Vater zeigt einen Zettel mit Behördenstempel. Die Gendarmen haben es schwarz auf weiß, daß er auf der Durchreise ist, nach Moisling hin, der reichen israelitischen Gemeinde bei Lübeck. Dort wird man ihm nach Hamburg weiterhelfen, nach England weiter und weiter.

Der gemeine Gendarm ist abgestiegen. Er kann lesen, was geschrieben steht, der Paß ist ordentlich, er reicht ihn an den Silberbetreßten. Der sitzt immer noch auf dem hohen Roß und sagt, sein Gefieder sträube sich, sobald er eine jüdische Visage erblicke, und will wissen, ob Schmul im Besitz von Reisemitteln sei.

Dein Vater kramt in den Taschen, es dauert, bis er zögernd die Faust öffnet und ein paar schwere Goldstücke auf der flachen Hand vorweist.

Wir armen Hunde kriegen den gierigen Blick, wir hatten ja keine Ahnung, daß Schmul Rosenzweig ein reicher Mann ist.

Ergaunert und erstohlen, so meint der Offizier und wendet sich an den Bahnhofsvorsteher und sagt: Jeder dieser polnischen Kaftanjuden pflegt verbrecherischen Umgang mit der niederen Menschenklasse in deutschen Landen. Ihre gemeinsame Sprache ist das Rotwelsch. Man sieht ja, mit welchem Abschaum sich der Jude auf Reisen begeben hat.

Da sind wir also gemeint, die Schnitter. Da geht uns das Messer in der Tasche auf, da hat sich Stollinski stark gemacht, Arsch zusammengekniffen, Brust rausgestreckt.

Gesindevermittlung Micha Stollinski. Ordentliches Vertrag mit Herrschaft Klevenow. Bitteschön, Papier einzusehen.

Ist dieser Jude ihm zur Arbeit verpflichtet?

Der Jude nicht.

Sie haben ihn gefesselt, zwischen ihre Gäule genommen und im Trab abgeführt.

Wohin?

Der kommt nach Güstrow, ins Graue Haus.

Jan wiegte Mala tröstend, bis ihm Koschoreck die Hand auf die Schulter legte.

Von rückwärts rollte dampfend und stampfend die Lokomotive heran.

Wir müssen das Pferd noch verladen, rasch.

9

Selbst bei seiner Einweihung vor Jahrzehnten war der Bahnhof von Waren nicht so festlich geschmückt wie an diesem Julitag 1870. Alle Bahnsteige wie naß gewischt, Mastbäume hoch aufgerichtet, Fahnen im Wind, üppige Girlandenbögen von der Schalterhalle bis hin zu den frisch gechlorten Aborten, und selbst diese wimpelbekränzt, denn heute war ein großer Tag für die Stadt.

Eine Batterie des Großherzoglich Mecklenburgischen Dragonerregiments Nummer 18, unter Führung des Herrn Rittmeisters Viereck auf Viereck, sollte per Bahn verladen werden, um die zum Küstenschutz abkommandierten Einheiten zu verstärken.

Menschen und Menschen auf dem Bahnhofsgelände, Angehörige, die ihre Söhne verabschieden wollten, Offizianten, wie der Herr Landrat von Rodde, die Herren der Ämter, die Vertreter der Stände, zur Feier des Tages schwarz befrackt, mit Ordensschärpe und Zylinder, Damen in wehenden Sommerkleidern, Neugierige und etwa zwei Dutzend Ehrenjungfrauen, dickzöpfige, stämmige mecklenburgische Landeskinder in schneeweißem Musselin, sie trugen Blumensträuße in den festgeballten Fäusten.

Übrigens bewegte sich auch Armgard Löwenholm, in Begleitung des ersten Beireiters Jörn Schlöpke, unter den Leuten und hatte zu tun, im Gedränge ihren wagenradgroßen Hut auf dem Kopf zu behalten.

Schon hörte man fröhlichen Lärm aus der Ferne, die Kavalleristen ritten über die Teterower Straße heran, voraus die Musik, klirrender Schellenbaum, wummernde Pauke, Fanfaren, gellendes Blech. Was klingt verführerischer, als dieses schneidige Tschingteratätä, Tschingteratätä? Es machte, daß sich die Damen viel zu weit aus den Fenstern der Bürgerhäuser hängten, um der Reiterei zu winken, und alle Kinder der Stadt den Zug begleiten wollten, zum Glück war schulfrei befohlen, also hüpften sie über die Bürgersteige, die Jungen im Matrosenanzug, die Mädchen in frisch gewaschenen Sonntagskleidern und mit riesigen Schleifen im Haar.

Jetzt bogen die Reiter mit klingendem Spiel in die Bahnhofsstraße ein, blau uniformierte Männer, in den Sätteln wippend, silbern schimmernde Blechmützen. Es sah aus, als ritte Gottes eigenes Regiment heran.

Endlich die Kommandostimme: Das Ganze halt!

Rittmeister von Viereck auf Viereck meldete, daß die Truppe, wie befohlen, zur Stelle sei.

Für die Honoratioren war im Rücken des Bahnhofsgebäudes ein hölzernes Gerüst aufgeschlagen, mit Fahnentuch bespannt und girlandenbehängt.

Als Landrat von der Rodde Komteß Armgard in der Menge erkannte, versuchte er, sie auf die Tribüne zu winken, schließlich handelte es sich bei der Dame, wie man wußte, um die Braut des reichsten Grundherrn in Mecklenburg.

Bitte sehr, meine Gnädigste!

Aber die Dame machte keinen Gebrauch von der Einladung.

Ich danke sehr, Herr Baron.

Da wurde auch schon die Meldung gebrüllt: Truppe, wie befohlen, zur Stelle!

Jetzt mußte die Ansprache folgen. Herr von der Rodde

rückte den Zwicker zurecht und stützte sich mit beiden Händen auf das Geländer.

Meine lieben mecklenburgischen Heldensöhne, ich grüße Sie.

Beifall.

Meine sehr verehrten Damen und Herren, nahezu zwei Wochen sind ins Land gegangen, seit jenem verhängnisvollen Tage, da von der Seine die Nachricht kam, die uns tief bewegte: Der Krieg ist erklärt!

Heute nun, meine lieben Dragoner, erfüllt es unsere Herzen mit Freude und Stolz, daß Ihr hinausreiten werdet, um den frivolen Übermut des französischen Cäsarentums in den Staub zu treten.

An dieser Stelle seiner Rede wurde Herr von der Rodde durch einen gellenden Pfiff gestört. Er wiederholte irritiert: In den Staub, und sah er zu seinem Entsetzen einen Güterzug, der in aller Gemächlichkeit auf Gleis zwei näherrollte. Mein Gott, doch nur zur Durchfahrt, hoffentlich.

Herr von der Rodde mußte seine Stimme heben und scharf akzentuieren, damit die Menge verstand, daß der alte Gott auch diesmal den Sieg ans deutsche Banner heften würde.

Kreischende Räder, quietschende Bremsen, die Lokomotive atmet fauchend aus. Sie hat ein halbes Dutzend Viehwaggons nach Waren geschleppt. Geladen ist Rindvieh, wahrscheinlich soll es nach Rostock weitergeleitet werden und ist zur Versorgung der hungrigen Truppen an der Heimatfront bestimmt.

Den Beschluß des Zuges bildet ein Waggon ältester Bauart mit weit geöffnetem Tor, das gleich seine Fracht ausspeien will, Männer und Weiber, schäbig gekleidet wie das Lumpengesindel.

Die Störung muß um jeden Preis verhindert werden. Der

Landrat gestikuliert zum Bahnhofsvorstand hinüber. Ach, im Festtagsrummel ist dem Mann auf dem Stellwerk ein Fehler unterlaufen. Das Signal für den Viehtransport war nicht auf Halt gestellt.

Es ist alles zu spät, und während die Soldaten, hoch zu Roß, Augen ge- ra- de- aus! eiserne Disziplin bewahren, während die Honoratioren wie erstarrt auf der Tribüne verharren, während Herr von der Rodde immer noch den Arm ausreckt, als könne er sich mit fünf gespreizten Fingern gegen das Unheil wehren, quillt schon der liederliche Haufen aus dem Güterwagen, werfen sich Schnitter und Garbenbinderinnen lärmend die Bündel zu, staunend, mit den Fingern auf den Festschmuck weisend, Girlanden bunte Fahnen, offenbar alles zu ihrem Empfang aufgeboten.

Stollinski begreift im Augenblick, daß seine Kolonne ungewollt eine vaterländische Veranstaltung stört. Er weiß so wenig wie alle anderen, wie dem noch abzuhelfen ist, versucht aber, angesichts der Kavallerie, so etwas wie eine militärische Haltung einzunehmen, also Arsch gestrammt, Brust rausgestreckt und die Mannschaft angebrüllt: Zieht Mütze, macht Verbeugung, macht euch angenehm!

Und das probieren seine Leute nun, indem sie groteske Kratzfüße darbieten.

Herr von der Rodde flüstert erbittert: Polnische Zustände auf einem gut deutschen Bahnhof.

Da wird krachend, zu allem Überfluß, auch noch ein Panjewagen heruntergelassen. Das scheint leichter zu veranstalten, als das dazugehörige Pferd über die Planke auf den Bahnsteig zu locken. Ein schwarzhaariges Mädchen gibt der sturen Rosinante gute Worte, zerrt mit den Männern am Strick, vergeblich. Die flatternden Fahnen schrecken das Tier, auch das Rindvieh fängt zu blöken an.

Wer lacht da!

Es ist Armgard Löwenholm, die sich nicht mehr halten kann.

Aber schon rufen andere: Sauerei! Was hat das Pack hier verloren? Raus mit ihnen!

Herr von der Rodde schüttelt erbittert das Haupt. Wie konnte geschehen, daß bei einer militärischen Veranstaltung von solchem Rang vergessen wurde, eine halbe Hundertschaft Polizisten abzukommandieren?

Nun der Ruf: Freiwillige vor!

Ein paar beherzte Zivilisten schicken sich an, den Bahnsteig von Gleis zwei zu stürmen. Ein würdeloser Zustand soll beendet werden, am besten zurück mit dem Gesindel in den Waggon, Klappe zu, Riegel vor! Und fort mit ihnen bis dorthin, wo der Pfeffer wächst.

Wahrscheinlich wäre die Geschichte so ausgegangen, aber da ist Armgard Löwenholm. Jörn hatte ihr gesagt, der Mensch mit dem komischen Gehabe sei Stollinski. Er kennt den Vorschnitter seit der letzten Saison.

Dann los! Armgard Löwenholm rafft mit beiden Händen die Röcke bis unters Knie und setzt, ohne jede Anmut, über die Gleise, gefolgt von Jörn. Sie stellt sich dem Warener Volkssturm entgegen.

Halt, das sind Schwansche Leute!

Sie, eine couragierte junge Frau, sorgt augenblicklich für den geordneten Abzug von Stollinskis Kolonne.

Jörn mag sie ein Weilchen unter Aufsicht halten.

Auf dem Rückweg nimmt die Komteß nicht den Weg über die Gleise, sondern schreitet über die Bahnsteige zurück, ohne Eile, im weißen, weitschwingenden Kleid, das mit einer Schärpe von Schwanschem Rot gegürtet ist. Hunderte schauen ihr zu, als wohnten sie einem Ereignis bei.

Jetzt ist sie vor dem Ehrengerüst angekommen und muß den wagenradgroßen Hut mit flacher Hand auf dem Kopf halten, als sie nach oben blickt.

Bitte gütigst um Entschuldigung, Herr von der Rodde.

Und nun kann es endlich weitergehen mit dem Programm. Der Landrat ruft:

Laßt uns einstimmen in den Ruf, der durch alle deutschen Gaue schallt. Hoch Deutschland, hoch König Wilhelm, hoch deutsches Schwert!

Und der Warener Gesangverein intoniert ein brandneues Lied, während die Soldaten ihre Pferde auf die Rampe führen, geleitet von den strammen blondzöpfigen Maiden.

Der Feind ist da, hurra, hurra!
Sein Hochmut übersiedet.
Wacht auf, ihr Tapfern, fern und nah,
euch ward das Schwert geschmiedet.
Die Eisenkraft aus deutschem Mark
macht unsre gute Klinge stark,
den Störenfried zu hauen, zu hau – hau – en.

Das also ist Jörn Schlöpke. Wie ein Herr geht er mit dem Stollinski um. Wer deutsch versteht, kann hören, daß man sich auf längeren Fußmarsch einzurichten hat, von Waren bis Rottmanshagen, dann weiter nach Gielow, dort ist man schon in der Nähe von Klevenow.

Der also ist Jörn Schlöpke. Roman Koschoreck kennt jede Linie von Gesines Gesicht, so genau, daß er sie malen könnte. Wie oft ist er mit streifendem Finger darüberhin geglitten, über die Stirn, die Brauenbögen, die Wangenknochen, die Lippen, so zärtlich, so lange, bis sie auf seinen Finger biß. Wenn er diesen Mann betrachtet, erkennt er Gesines jugendliches Antlitz, oder doch vieles davon, die hellen

Augen, die klare Stirn. Von ihrem Mann wird er die buschigen Brauen haben, die Nase, das energische, gespaltene Kinn. Jan hat es auch. Koschoreck wird also schreiben können: Tatsächlich, er lebt in Klevenow, dein zweiter Sohn, und er ist euch nachgeraten, vom Äußeren her, ein schöner Kerl. Freilich stolz wie ein Spanier.

Jan hatte das bockige Pferdchen vor den Panjewagen gespannt, jetzt, da es das gewohnte Joch spürte, bewegte sich das Tier, wie man es von ihm verlangte, ließ sich willig führen, während Mala schon in der Schoßkelle hockte. Fußmarsch also bis Klevenow. Wie gut, daß wir einen Bagagewagen haben. Ein Wink den Kumpanen. Werft die Bündel auf, Freunde!

Jan schwang sich in die Schoßkelle, aber die Rechnung war ohne den Wirt gemacht, ohne Stollinski. Der schlenderte heran, Brust rausgestreckt, ebenso den Hintern, den kann er im Näherwatscheln schwenken wie ein eitler Enterich.

Runter vom Wagen!

Jan zeigte fragend auf sich.

Ja, du.

Mala sagte: Er bleibt.

Wer bestimmt?

Das ist mein Wagen, sagte Mala fest und blickte in die Runde der Schnitter, die das Gespann umstanden. Jedes der Weiber, jeder Mann konnte bezeugen, es gehörte dem Juden Schmul Rosenzweig, wegen Spionageverdachtes zu Penzlin festgenommen, aber hoffentlich bald in der Freiheit. Sie ist die Tochter des Händlers. Ist da einer, der ihr den Anspruch auf Pferd und Wagen streitig machen will?

Stollinski lächelte wieder sein Gaunerlächeln, als hätte er die Beute schon im Sack. Wie alt ist schönes Mädchen?

Sechzehn.

Also, wie sagt man, volljährig nicht. Er ist wie ein Vormund. Er meint es gut, und jetzt: Do stu piorunów, runter vom Wagen, verdammt.

So ein Panjegefährt muß keine hochaufgetürmten Fuder dorfwärts karren, es ist für den Handel bestimmt, beinahe zierlich, gemessen an einem mecklenburgischen Leiterwagen. Auch ein kleiner Mann kann mühelos in die Schoßkelle langen. Stollinski tut es. Er packt Jan grob am Hemd, er würde es ihm zerfetzen, wäre nicht Koschoreck.

Laß ihn los!

Stollinski weiß, wo er sich Verstärkung holen kann. Dieser Bengel wird sich jedenfalls nicht höchst angenehm den Arsch kutschieren lassen, während er, der Oberste der Truppe, über die Landstraße latscht.

Er verneigt sich vor Jörn Schlöpke.

Der sagt: Die Saison fängt gut an, Stollinski.

Der Vorschnitter hebt die Schultern, die Hände und deutet mit dem Kopf auf Koschoreck und Jan. Sind beide nicht vom Stamm, müssen erst lernen, daß Stollinski ist tüchtigstes Vorschnitter von ganzes Mecklenburg.

Jörn tippt den Jan mit der Reitgerte an. Steig ab!

Und der Junge gehorcht.

Koschoreck hatte ihm zugeflüstert: Wir haben kein Futter für das Pferd, keinen Stall, keine Remise für den Wagen. Wir müssen das alles erst klären. Gib nach.

Der Junge steigt ab, widerwillig, ohne jede Eile, und dann stehen die beiden Männer voreinander. Dem Roman klopft das Herz am Hals, als er es sieht. Jan, der Jüngere, ist kaum größer als Jörn, aber kräftiger, stämmiger, weil von klein auf an harte Arbeit gewöhnt. Der eine ist gekleidet in feines Tuch, der andere steht da in zerschlissenem Werggarnzeug, aber was für ein Kerl, mein Gott. Sieht denn keiner, außer ihm, daß sie einander ähneln wie Brüder? Und sehr viel später, wenn er Gesine Rechenschaft geben muß, wird sich Koschoreck fragen, ob es in diesem Augenblick geschah, auf dem Bahnhof von Waren, daß Jörn Schlöpke und Jan Tiedemann begannen, einander zu hassen.

Jan war also abgestiegen, weil es ihm der andere befahl, und Mala wollte es nicht verstehen.

Sie rief: Das ist eine Ungerechtigkeit!

Jörn Schlöpke sah, das Mädchen war schön. Er gab ihr freundlich zur Antwort: Ihr müßt dem Vorschnitter gehorchen, und mir übrigens auch.

Jan war größer als der andere und war ihm ähnlich. Mag sein, daß er sich ihm ebenbürtig fühlte. Er fragte: Bist du der Herr?

Stollinski erschrak über die respektlose Anrede. Das sein Leibkutscher von seine gräfliche Gnaden. So gut wie ein Herr.

Auch Mala stieg ab.

10

Als sich die Schnitterkolonne Klevenow näherte, schien das Land unter dem offenen Himmel zu leuchten, Koppeln und Wiesen, die Wäldchen auf den Hügeln waren in ein wundervolles Abendlicht getaucht, und Schloß Klevenow ragte rötlich schimmernd wie eine Märchenburg über den bläulichen Baumkronen auf. Kaum einer der Leute hatte Augen für so viel Schönheit, jeder wurde von Hunger und von Durst geplagt, und nicht nur Jan verfluchte den verdammten Stollinski, der mit Malas Gespann vorausgefahren war, Klevenow gewiß längst erreicht und sich den Wanst vollgeschlagen hatte. Hätte das Schwein nicht wenigstens die armen Weiber mit sich nehmen können? Mala taumelte vor Müdigkeit. Jan hatte es schwer, sie zu stützen.

Roman Koschoreck war wohl der einzige unter den Leuten, der jeden Baum und jeden Turm beachtete, die Dinge hatten Wert für ihn, weil auch Gesine sie gesehen hatte. An diesem Ort, oder nicht weit davon, hatte sie gelebt, auf diesem Weg ist sie gegangen, auf diesem Feld mag sie die Garben gebunden haben. Ich muß mir das alles einprägen, damit ich es beschreiben kann, dachte er, während Jan wie alle übrigen voranstolperte und nur eins im Sinn hatte, wo find ich endlich den Platz, an dem ich mich neben Mala hinwerfen kann für die Nacht.

Die Schnitterkaserne, ein zweistöckiger Bau, hatte das

harmonische Ineinander von Landschaftsgarten und Architektur nicht stören dürfen, deshalb war sie hinter dem Marstall versteckt.

Im Erdgeschoß, neben dem Eingang, lag die kleine Wohnung für den Vorschnitter. Wer die Kaserne betreten oder verlassen wollte, mußte an Stollinskis Tür vorüber. Zu ebener Erde war auch der Männerschlafsaal eingerichtet, während sich die Frauen im ersten Stock niederlegen mußten.

Neben der Schnitterkaserne stand der Brunnentrog, groß wie eine Badewanne und offenbar aus einem einzigen Sandstein gehauen. Es gab Leute im Dorf, die behaupteten, es handele sich um eine steinerne Leichenkiste, um einen Sarkophag, ein uraltes Ding jedenfalls, das am Schloß als Pferdetränke gedient hatte, bis es nach jahrhundertelangem Gebrauch mehr und mehr beschädigt und zuletzt hierher gebracht worden war. Ein beinahe armdicker Quellstrahl ergoß sich in den Trog, und als die Schnitter endlich heran waren, stürzten sie darauf, um zu trinken.

Stollinski schrie: Zuerst Formalität!

Am Eingang der Schnitterkaserne war ein Tisch aufgestellt, dahinter sahen die Ankömmlinge einen ordentlich gekleideten alten Mann, der dünn war und bleichgesichtig, blankschädelig bis auf einen weißgelockten Halbkranz, der ihm über die Ohren und bis in den Nacken hing. Das war der Gutssekretär Schlöpke, und vor ihm, auf dem Tisch, lag eine Namensliste, die abzuhaken war. Die Formalitäten also.

Jan sah, wie erschöpft Mala war. Er rief: Wir sind den langen Tag unterwegs und sehr hungrig, Herr. Gibt es nicht eine Kleinigkeit zu essen?

Und die Schnitter umringten den Jungen zustimmend.

Stollinski bestimmte: Vorstellung, Männer zuerst. Er nannte

die Namen: Gorski, Josef, Augustiniak, Stanislaw, Butt, Ignatz, Galinski, Thomas.

Die Aufgerufenen traten an den Tisch, um sich von Schlöpke mustern und abhaken zu lassen, dann mußten sie unterschreiben oder wenigstens ihre drei Kreuze machen. Und weiter: Kwiatkowski, Michael, Watzek, Woijcech, Hase, Anton und so weiter, bis Jan Tiedemann an der Reihe war.

Schlöpke erklärte: Ihr besiegelt mit eurem Namenszug den Arbeitskontrakt mit dem Gräflichen Rentamt zu Klevenow und bestätigt, daß ihr mit dem Lohn, dem Essen, der Arbeitszeit von zwölf Stunden einverstanden seid, auch mit dem Quartier selbstverständlich.

Wir haben es noch gar nicht gesehen, sagte Jan.

Schlöpke hob das Gesicht. Seine Augen waren alt, er putzte die Nickelbrille, während er zu dem ellenlangen Mann aufblinzelte.

Den kenne ich, dachte Schlöpke, den habe ich schon einmal gesehen, so einer hat mich, als ich nichts als meine Pflicht getan im Dienste der Herrschaft, ein Schwein genannt und vor mir ausgespuckt.

Schlöpke fühlte sich angegriffen und sagte drohend: Aufwiegelei wird geahndet wie jeder Bruch des Vertrages. Wir sind im Krieg, und jeder von euch untersteht der deutschen Gerichtsbarkeit.

Jetzt hakte er die Brillenbügel mit spitzen Fingern hinter den Ohren fest und blickte noch einmal hoch, da wurde ihm mit einem Mal himmelangst. Mein Gott, was ist mir, daß ich auf einmal Gespenster sehen muß. Das ist Jörn Tiedemann und kann doch gar nicht Tiedemann sein. Besser, ich sag was Vermittelndes. Er meinte, schlecht sei die Unterkunft zu Klevenow nicht, gewiß besser sogar als anderswo, gut gestopfte Strohsäcke, wollene Decken.

Wird sich Arsch schon wärmen, rief Stollinski dazwischen.

Schlöpke war noch nicht am Ende, frohe Botschaft zu verkünden. Was die Kost betreffe, könne sich ein Gut wie Klevenow trotz der Kriegszeit immer noch leisten, das Gesinde satt zu machen.

Dann wollte er den Namen wissen.

Tiedemann.

Tiedemann, wiederholte Schlöpke. Er legte die Feder aus den zitternden Fingern. Wo kommst du her?

Gut Laudeck in Pommern.

Gehört es nicht der Gräfin Iduna Schwan-Schwan?

Ja, Herr. Sie hat absatteln müssen. Deshalb bin ich ja hier.

Dein Vater heißt?

Jörn Tiedemann, Herr. Er ist schon lange tot.

Und deine Mutter?

Sie lebt mir, Gott sei Dank.

Wie ist der Name?

Gesine. Jan wunderte sich sehr über das merkwürdige Verhör.

Da erhob sich Schlöpke taumelnd. Das Herz, das Herz.

Der Vorschnitter mußte den alten Mann stützen.

Der sagte: Sie sammeln die Unterschriften, Stollinski. Die Liste muß heute noch in die Kanzlei.

Als sie sich ein paar Schritte von den Schnittern entfernt hatten, machte sich Schlöpke frei. Danke, es geht schon wieder. Schräger Blick zurück. Er sagte: Dieser Bengel gefällt mir nicht.

Stollinski teilte die Abneigung des Alten. Ist frech auch zu mir.

Dann sieh zu, daß du ihn loswirst.

Später konnten die Quartiere bezogen werden, zuerst von den Weibern, wie der Vorschnitter bestimmte. Er ging voraus, öffnete die Tür zu seiner Behausung und winkte eine nach der anderen wie zur Musterung vorbei, diese erschien ihm zu mager, jene zu fett oder zu häßlich, aber jede sollte doch wenigstens einen Blick auf das Paradies werfen dürfen, ehe sie mit dem Bündel die Treppe hinauf mußte, um sich im Massenquartier eine Pritsche zu suchen. Seine Wohnung konnte sich sehen lassen, in der Kammer zwei solide Bettstellen nebeneinander und an der Wand, über den Kopfenden, eine Bierreklame in wundervollen Farben, zwei dicke Brauereipferde vor einem Wagen, der mit einem Dutzend Fässern beladen war, und darüberhin zogen schneeweiße Wolken im Blauhimmel. In der Küche eine richtige Kochmaschine, auf den Borden emailliertes Blechgeschirr, nur wenig beschädigt. Auch hier die Wände mit Plakaten geschmückt, die für Kathreiners Malzkaffee warben und irgendein Waschmittel.

Stollinski sperrte mit ausgestrecktem Arm den Aufgang nach oben, er ließ Mala nicht hinauf, nachdem auch sie sich lange genug hatte sattsehen dürfen.

Du wirst es gut haben bei mir. Er lächelte.

Mala schüttelte den Kopf. Sie war ohne Furcht, im Eingang standen die Männer mit verschränkten Armen, Roman, Jan und Gorski.

Jan sagte: Sie hat keine Lust.

Und als Stollinski den Kopf wendete, um den Jungen strafend anzublicken, war Mala schon unter dem Arm hindurchgeschlüpft. Die Frauen auf der Treppe empfingen sie lachend.

Nach der Musterung war nur Olga Kalusa übriggeblieben, die Stollinski unbedingt gegen eine junge Beischläferin hatte tauschen wollen. Da stand sie, gegen die Wand gelehnt, und lächelte und kaute an einem Kürbiskern.

Dann du, befahl Stollinski.

Olga kaute ein Weilchen, ehe sie sagte: Ich muß mir überlegen.

Sie fiel mit dem Hinterkopf gegen das Gemäuer, so brutal hatte der Vorschnitter zugeschlagen.

Olga strich sich die Haare aus dem Gesicht, spuckte die Kernschale auf die Dielen und hob die Schultern. Dann griff sie nach ihrem Bündel und ging hinein.

11

Sie ritten tagtäglich aus, Armgard Löwenholm und Jörn Schlöpke, inzwischen zum ersten Stallmeister aufgestiegen. Die Komteß hatte durchgesetzt, daß er vom Kriegsdienst freigestellt worden war, solange die mecklenburgischen Truppen zum Schutz der Nord- und Ostseeküste abkommandiert blieben.

Oft ritt der Stallmeister schon in aller Morgenfrühe am Schloß vor und führte das Leibpferd der Komteß mit sich. Er brauchte nicht lange zu warten, bis Armgard erschien, ihm ein Bündel zuwarf, das er lachend fing. Er mußte nicht einmal aus dem Sattel, um ihr in den Steigbügel zu helfen, sie schwang sich mühelos auf ihr Pferd, es machte ihr Spaß, sich selber zu beweisen, wie selbständig und sportlich sie war. Übrigens enthielt das Bündel die Badelaken.

Was die Kommoditäten betraf, war Schloß Klevenow nicht auf dem modernsten Stand, und Armgard wollte nicht einsehen, daß sie sich morgens in einer Schüssel, wenn auch von feinstem Porzellan, erfrischen sollte, wo ihr doch sommers mit dem nahegelegenen See ein besseres Waschbecken zur Verfügung stand, groß genug, daß man zu zweit hineintauchen konnte. Manchmal ritten sie sogar zu ihrem Vergnügen nackt auf den Pferden ins Wasser.

Kuno Schwan wußte bald, daß die zukünftige Schloßgräfin von Klevenow und ihren Stallmeister mehr als ein dienstliches Verhältnis verband. Dieser Jörn war ihm übrigens bekannt und während der Knabenjahre sogar vertraut gewesen.

Sie waren gleichaltrig und hatten beide bei Pastor Christlieb am Konfirmationsunterricht teilgenommen. Merkwürdigerweise waren es nur zwei Knaben gewesen, die seinerzeit auf die Einsegnung hatten vorbereitet werden müssen. Es war dem alten Christlieb gelungen, Gräfin Agnes davon zu überzeugen, daß es eine überflüssige Anstrengung sei, den Jungen des Gutssekretärs im Gemeinderaum zu unterrichten, um anschließend im Schloß dem Erbgrafen das gleiche zu erzählen. Kuno hatte ins Pfarrhaus gedurft und eine ganze Weile genießen können, ohne Aufsicht des strengen Hauslehrers zu sein. Ja, bald schien es dem jungen Grafen, als gäbe es nichts Unterhaltsameres und Aufregenderes, als die wöchentliche Stunde im Pfarrhaus und die Stunde danach.

Zuerst hatten sie nachbeten müssen, was ihnen Christlieb über das Wesen Gottes beibrachte und eine Art lustigen Singsangs veranstaltet zur ernstesten Sache der Welt.

Der Alte fragte: Wer hat Himmel und Erde erschaffen und alles, was darin ist und darauf ist?

Die Knaben antworteten prompt: Der dreieinige Gott!

Nun wieder der Alte schelmisch: Wo ist er denn, der liebe Gott?

Die Knaben wußten es. Im Himmel und allenthalben.

Und wie ist sein Name?

Jörn und Kuno plärrten: Gott Vater, Sohn und heiliger Geist.

Jetzt stellte sich der alte Pastor dumm und fragte, als sei er maßlos erstaunt: Wie denn, haben wir mehr als einen Gott?

Die Kinder mußten ihm erklären: Es sind drei, die da zeugen im Himmel, der Vater, das Wort und der Heilige Geist, und diese drei sind eines, also haben wir einen dreieinigen Gott in einem göttlichen Wesen.

Sie sagten den Text auf, wie es dem Pastor gefiel, konnten aber nicht im mindesten begreifen, daß drei Dinge eine einzige Sache sein sollten.

Später nach dem Unterricht trieben sich die beiden Knaben im Dorf herum oder in den Ställen, und der körperlich weit entwickelte Jörn durfte den jungen Grafen in die Geheimnisse des Lebens einweihen und ihm beweisen, daß Geschlechtlichkeit eine Sache war, von der das Wort und der Geist im Himmel gewiß keine Ahnung hatten.

Sie standen im Pferdestall dicht hinter einer rossigen Stute, sie hob den Schweif, und der Graf sah staunend, daß sich die Geschlechtsöffnung des Tieres bewegte, sich auftat und schloß, als wolle sie nach etwas schnappen.

Paß auf. Jörn hatte eine Forke ergriffen und dem Tier das dicke Ende des Stieles wer weiß wie weit in die Öffnung geschoben. Jetzt du.

Nun mußte sich Kuno nur noch einen armlangen Hengstriemen vorstellen und wußte, was Paarung war.

Bald zogen sich die beiden Jungen ins Dunkel des Stalles zurück, und es kam ihnen selbstverständlich vor, die Hosen herunter zu lassen, um sich vorzuweisen, wie groß ihr Gemächt war, nachdem man es steif gemacht hatte. Jedenfalls brauchten sie kein Wort darüber zu verlieren, und es gefiel ihnen, sich gegenseitig anzufassen, bis sie es zufrieden waren. Es war nichts dabei, alle Jungen im Dorf spielten das gleiche Spiel. Warum sollten sie keinen Spaß daran haben?

Aber dann kam Pfarrer Christlieb in der Präparande auf die Übertretung der göttlichen Gebote zu sprechen. Man nannte sie die Sünde und das Unrecht.

Er fragte, ob denn Adam und Eva allein gefallen seien, oder ob sich ihr Sündenfall auf die Nachkommen der ersten Menschen fortgeerbt habe?

Und die beiden Knaben mußten die Augen niederschlagen und antworten: Leider ja, wir haben alle in Adam gesündigt.

Und nun die Frage: Wie vielerlei Sünde gibt es demnach?

Die beiden hatten eine Weile zu lernen, bis sie die Antwort wußten. Es gibt zweierlei Sünde, die Erbsünde, fortgepflanzt durch die Geburt, und die wirkliche Sünde durch die Tat eines jeden, denn alle sind abgewichen und allesamt untüchtig. Da ist niemand, der Gutes tut, und in Matthäus steht sogar geschrieben, aus dem menschlichen Herzen kommen die ärgsten Gedanken: Mord, Ehebruch, Hurerei, Dieberei, falsches Zeugnis und Lästerung.

Eine Zeitlang fürchtete Kuno um sein Seelenheil. Er wollte des Paradieses nicht verlustig gehen, der Gemeinschaft Gottes, und mied den Freund ein paar Wochen, bis er ihm doch wieder nachlief und ihn suchte in der schwülen Dämmerung der Ställe. Er bewunderte den kräftigen Körper des Jungen, die freche Selbstsicherheit des Freundes, und Jörn ließ sich dafür gern bestaunen und befühlen. Nach und nach fiel ihm aber schwer, dem Grafen gefällig zu sein, und als ihm später die Stallmägde zu Willen waren, wurde ihm die Knabenspielerei lästig.

Nicht lange nach der Konfirmation besuchte der Graf eine Privatschule in Dresden, die ihm ermöglichte, auch künstlerische Studien zu treiben, er wurde in der Malerei ausgebildet.

Die Jungen sahen sich nur noch in den Ferien. Ein paarmal waren sie noch zusammen auf den See hinausgerudert, bis das Boot allen Blicken entzogen war, aber auch das geschah seltener und seltener. Kuno hatte im Internat längst

Freunde aus den eigenen Kreisen gefunden, manche von ihnen weilten als Sommergäste auf Klevenow. Eines Tages waren die Jungen erwachsen, nur noch der Herr und der Knecht, wenn sie einander begegneten. Der eine zog die Mütze, der andere dankte flüchtig. In letzter Zeit wollte es dem Grafen scheinen, als würde ihm die Reverenz mit nachlassendem Respekt erwiesen.

Kleinjohann war befohlen, in Kunos Suite die Kamine zu heizen. Die Räume lagen gegen Norden hinter dickem Mauerwerk, selbst die Julisonne hatte es schwer, sie zu erwärmen. Aber nun züngelten die Flammen, die Birkenscheite knallten und prasselten im Feuer, dem jungen Grafen war es wohl.

Bleib noch einen kleinen Augenblick. Setz dich.

Kuno Schwan rückte dem Diener eigenhändig den Stuhl zurecht.

Ach nee, ach nee. Der Alte wollte davon.

Aber nun wurde ihm eine Zigarre zugesteckt. Es war also wieder so weit, er mußte angeben, was er über Leute wußte. Diesmal handelte es sich sogar um eine Dame, die der Familie zugerechnet werden konnte.

Es bleibt unter uns, Kleinjohann, selbstverständlich.

Der Mann hatte nicht viel zu berichten, oder er war zu klug, sich über Einzelheiten auszulassen. Sicher war, daß Komteß Armgard und der Stallmeister morgens bei Glock acht einritten. Bis die nächste Stunde schlug, duldeten sie keine Dienerschaft in ihrer Nähe, in dieser Zeit wollten sie die Gäule besorgen.

Er wird es ihr besorgen.

Kleinjohann hob die Schultern. Nichts zu sehen, nichts zu hören, bis auf einen lustigen Schrei gelegentlich, Gelächter.

Kuno verlangte, der Alte sollte ihm das Versteck hinter

der Lasterbox im Marstall zeigen. Er wollte das Paar belauschen, er wollte Gewißheit.

Aber am Abend hatte der Graf dort das merkwürdige Mädchen getroffen. Es suchte nach einem Pferd. Mala hieß die Kleine, Mala Rosenzweig, und war anzusehen wie ein Wesen aus Tausend und einer Nacht.

Den Block trug Kuno beinahe zu jeder Zeit bei sich. Er wollte sie zeichnen, sie hatte nichts einzuwenden, und es gelang Kuno, mit wenigen Strichen Malas schönes Antlitz festzuhalten, die mandelförmigen, traurigen Augen, die geschwungenen Brauen darüber, die schmale Hand am Hals, ein wenig nach außen gekehrt, in einer Geste der Abwehr oder des Leidens, so drückte sie unbewußt die uralte Erfahrung ihres Volkes aus.

Da stand sie also, gegen das Mauerwerk des Marstalls gelehnt, und plauderte unbefangen, während sie dem jungen Mann Modell stand.

Kuno erfuhr, daß ihr Unrecht geschah auf Klevenow, der Herr Stallmeister hatte nämlich befohlen, Pferd und Wagen dem Vorschnitter Stollinski zu überlassen, obwohl jedermann aus der Kolonne bezeugen konnte, das Gespann gehörte ihr.

Ist es dieser Mann dort?

Jörn kam neben der Komteß Armgard herangeritten.

Er war es, sprang federnd ab, um der Dame aus dem Sattel zu helfen, reichte ihr stützend die Hand. Sie dankte mit leichter Neigung des Kopfes und trat näher, um Kuno neugierig über die Schulter zu blicken.

Du bist begabt.

Was nutzt es, da mir bestimmt ist, Landwirtschaft zu betreiben? Er sagte es mit gewisser Bitterkeit und nannte dann den Namen des Mädchens, das zu Stollinskis Kolonne zählte.

Ach ja, Armgard erinnerte sich der lustigen Szene auf dem Bahnhof zu Waren. Aber was hatte das Mädchen im Marstall zu suchen?

Ihr Pferd, antwortete Kuno an Malas Stelle und winkte herrisch dem Stallmeister.

Jörn ging zwischen den beiden Gäulen, die er führte. Zu dienen, Euer Gnaden.

Mala knickste vor Schreck, als sie erfuhr, wer ihr da so freundlich begegnete. Der Herr Graf Schwan auf Klevenow persönlich hatte sie gemalt.

Jetzt musterte er den ersten Stallmeister so eindringlich, als sollte der gezeichnet werden. Kuno dachte, wozu noch die beiden belauschen oder überführen, Armgard und ihrem Liebhaber ist die Schuld deutlich auf die Stirn geschrieben. Wozu noch durch ein Astloch blicken und betrachten, was er sich bildhaft vorstellen konnte.

Jörn hielt den forschenden Blicken stand, er lächelte sogar ein wenig, und der Graf fragte sich, woher bezieht dieser Mensch seine Hoffärtigkeit, da er sich nur einer Sache sicher sein darf, einer primitiven Männlichkeit, die gewisse Weiber anzieht.

Kuno verachtete den Stallmeister, aber er fühlte sich auch von ihm verraten. Er sagte: Das Pferd wird diesem Mädchen unverzüglich zurückgegeben. Seinen Stallplatz mag das Tier behalten, es soll den Sommer über auf meine Kosten versorgt werden.

Das war ein Befehl, so nachdrücklich vorgetragen, daß Jörn Schlöpke das Blut ins Gesicht stieg. Der Marstall war Armgards Domäne. Er blickte die Komteß fragend an.

Sie senkte die Lider. Sehr wohl, Euer Gnaden.

Laßt euch nicht stören, sagte Kuno Schwan leichthin, dann schenkte er Mala die Zeichnung.

12

Seit Herzog Ulrich von Mecklenburg das Renaissanceschloß von Güstrow auftürmen ließ, hatte es das Stadtbild beherrscht. Einst war es das stolzeste und schönste Gebäude des Ortes gewesen, heute gab es kein Gemäuer von üblerem Ruf, es war als Residenz der Fürsten längst verlassen und zu einem Gefängnis heruntergekommen.

Im Sommer 1870 wurden dort über dreihundert Personen verwahrt, überwiegend Männer. Es hatte wohl mit den Kriegszeiten zu tun, daß weit mehr Gelichter aufgegriffen wurde als in friedlichen Tagen.

Einer der Insassen war Schmul Rosenzweig, verdächtigt der Spionage zugunsten des französischen Kaiserreiches. Der Mann wartete immer noch auf eine ordentliche Verhandlung vor Gericht. Er galt als besonders verstockt und widersetzlich, hatte sich beispielsweise so heftig gegen eine Gefängnisordnung gesperrt, die aus Gründen der Hygiene das Scheren von Haupt- und Barthaar verlangte, bis man ihm gewaltsam die Schläfenlocken und den Vollbart nehmen mußte.

Von diesem Tag an war er zur Arbeit in der Tretmühle verurteilt worden. Das Graue Haus verfügte über eine kunstvolle, technische Einrichtung solcher Art, die schon im Altertum bekannt war, eine von Menschenkraft betriebene Maschine, ganz ähnlich einem Göpelwerk, in welchem

Pferde oder Ochsen im Kreise gehen mußten. Diese Anlage wurde im Landesarbeitshaus von Güstrow seit dem Ende des achtzehnten Jahrhunderts betrieben und hatte sich im doppelten Sinne bezahlt gemacht.

Ihr Mahlwerk schrotete Getreide jeder Art, zum Vorteil des Hauses wie der Stadt, konnte sogar Mehl von bester Qualität produzieren, und zum anderen erschöpfte und ermüdete es die Delinquenten in einem Maße, daß sie sich gefügiger verhalten mußten.

Diese Maschine war in einem der klobigen Ecktürme des ehemaligen Schlosses eingebaut worden, ein gewaltiger Wellenbaum führte von der ebenerdig gelegenen Mühle durch eine Öffnung des Gewölbes bis hinauf an die Decke des Turmgeschosses. Auf der kreisrunden Arbeitsfläche war die Welle etwa in Brusthöhe der Gefangenen mit einem stabilen Gestänge versehen, das von der Achse abstrebte ähnlich den Speichen eines Rades, und an diese Streben wurden die Verurteilten gekettet. Sie hatten nichts anderes zu tun, als sich gegen das Holz zu stemmen und stundenlang im Kreis zu gehen.

Die Luft im Turm war feucht und schwül, die Männer gingen und hingen, nackt bis zum Gürtel, in den Sielen, sie trieften und stanken vor Schweiß, er tropfte ihnen von der Stirn, und es machte ihre Qualen unerträglich, daß sie sich nicht einmal mit der Hand ins Gesicht fahren konnten, um sich die ätzende Flüssigkeit aus den Augen zu wischen.

In der ersten Zeit hatte sich Schmul Rosenzweig einen auffallenden Stein im Mauerwerk gemerkt und zu zählen versucht, wie oft er sich an diesem Punkt im Kreis vorüberschleppen mußte, ehe er und seine Leidensgefährten abgelöst wurden. Er gab es bald auf. Eine Weile hatte ihm das merkwürdige rhythmische Geräusch geholfen, das die Welle machte, die sie drehten, das Knarren im Holz, das Tappen ihrer Füße im Takt, es untermalte, beinahe wie eine Begleitmusik, jede Melodie, die ihm in den Sinn kam, jedes Gebet des Kantors, an das er sich erinnerte.

Aus der Tiefe rufe ich Dich, Herr! Höre meine Stimme, sei geneigt meinem Flehen ...

Aber schließlich wurde er doch vom Stumpfsinn übermannt und ging nur noch aus Furcht vor der Peitsche im Joch und im Kreis, immer wieder.

Von irgendwoher schlug die Stunde. Der Aufseher ließ sie stille stehen.

Was ist mit dem Juden?

Fertig, antwortete einer der Gefangenen. Er frißt ja nichts.

Und tatsächlich sah Rosenzweig aus wie das Leiden Christi am Kreuze, als man seine Fesseln löste.

Ein mitleidiger Gefährte schleppte ihn treppab in ein feuchtes Gewölbe, dort warteten die acht Männer, die sie ablösen sollten, und warfen ihnen die härenen Kapuzenmäntel zu, die sie solange getragen hatten. Der Anstaltsarzt beharrte darauf, sonst hätte sich womöglich einer der verschwitzten und erschöpften Delinquenten den Tod holen können im Wind, der ihnen entgegenpfiff auf dem Weg über den Hof. Die praktische Tretmühle wäre Gefahr gelaufen, nicht ordentlich betrieben zu werden. Den Verlust wollte niemand riskieren.

Bald waren die Männer der Ablösung halbnackt im Turm aufgestiegen, die Mühle rumpelte schon wieder, die anderen hockten in den Kutten gegen das Mauerwerk gelehnt und warteten. Eine Verschnaufpause war den Männern sicher, ebenso eine Mahlzeit, ehe man sie hinaus auf den Hof trieb. Ein Wärter teilte Blechnäpfe und hölzerne Löffel aus, schon kellte ein anderer die Suppe aus dem Kübel. Was Gutes heute, sagte er, Erbsen mit reichlich fettem Schweinespeck.

Schmul schob den Napf zurück.

Warum frißt der nicht? fragte der Wärter die Gefangenen.

Sie löffelten so gierig, daß sie nicht antworten konnten.

Schmul sagte: Mein Glaube verbietet es.

Dein Glaube, höhnte der Wärter. Du bist doch bloß ein dreckiger Jude. Deine Leute waren es, die unseren armen Herrn Jesus Christus ans Kreuz genagelt haben. An was willst du glauben, Mensch?

Schmul antwortete nicht. Er schloß die Augen, wiegte ein wenig den Oberkörper und versuchte zu beten.

Herr, laß stark sein, die dir treu bleiben wollen.

13

Er fragte, ob er stören dürfe, und stand schon mitten im Zimmer.

Agnes Schwan blickte befremdet auf ihren Sohn, dann winkte sie ihn zu einem Sessel. Bitte!

Seit dem Tode ihres Gemahls benutzte die Gräfin sein Arbeitskabinett, wenn sie mit amtlichen Angelegenheiten beschäftigt war. Hierher lud sie die Beamten der Begüterung, um Befehle zu erteilen oder Rat zu suchen, hier empfing sie die Herren der Stände.

Der junge Graf sah, daß die Mutter ein strenges, dunkles Arbeitskleid trug und kerzengerade hinter dem gewaltigen Schreibtisch mit den Löwentatzenfüßen saß. Die Wand hinter ihrem Rücken war mit einem lebensgroßen Gemälde des Ahnherrn Friedrich I. Graf Schwan geschmückt, der, wie man en famille wußte, beinahe zwergenhaft, jedenfalls aber verwachsen gewesen war, aber so einflußreich, daß ihn der Maler für ein Aufgeld ins Reckenhafte gestreckt hatte. Die Kunst war schon immer nach Brot gegangen. Kuno verstand so viel vom Metier, daß er das Bildnis seines Urgroßvaters belächeln konnte, und der Alte schien ihn dafür strafend anzublicken.

Freut mich, dich heiter zu sehen, Kuno.

Pardon, maman, er nahm sich augenblicklich zusammen, es war auch kein Anlaß zu Ausgelassenheit, der Krieg sei erklärt, es würde mobilgemacht, die jungen Leute drängten zu den Fahnen, auch er sei längst in der Pflicht, trug er eindringlich vor.

Das war's also. Der Junge machte sich Gedanken. Sie, die Mutter, ebenfalls. Selbstverständlich würde Kuno ein standesgemäßes Unterkommen finden müssen, am besten in einer der Eliteeinheiten. In welcher aber? Der junge Graf war zart von Konstitution und hatte zwar über das gebräuchliche Bildungsniveau seines Standes hinaus Studien, vor allem künstlerischer Art, getrieben, aber leider die simpelste militärische Grundausbildung versäumt. Immerhin war er in Besitz eines großen Namens, ein leidlicher Reiter auch, zum Offizier in einem Ulanenregiment würde ihn das befähigen. Sie sagte: Du kannst dir noch etwas Zeit lassen, denke ich. Die mecklenburgischen Truppen sorgen im Augenblick lediglich für Küstenschutz, sie sitzen tatenlos an Nord- oder Ostsee herum und langweilen sich zu Tode auf dem Heiligen Damm oder in Hamburg.

Du weißt so gut wie ich, maman, daß französische Panzerschiffe im Hafen von Kopenhagen festgemacht haben. Wenn sich die Dänen fortreißen lassen, kann es hier im Norden zu einem schrecklichen Landkrieg kommen. Wir sind bedroht.

Die Gräfin stimmte zu. Deshalb solltest du dich unverzüglich mit Armgard Löwenholm vermählen.

Längst waren dem jungen Grafen Zweifel gekommen, ob ihm die rechte Braut von seiner Mutter zugeführt worden war. Er stand erst im einundzwanzigsten Lebensjahr und war sich seiner selbst gar nicht sicher, jedenfalls hatte er noch nie bei einem Weib gelegen, noch trieb ihn nichts dazu, und am wenigsten konnte ihn die grobe Armgard verlocken. Er sagte: Sie ist unbeherrscht und wild. Sie treibt sich stundenlang in den Ställen herum. Sie hat kaum Interesse an Kunst. Sie liest kein einziges Buch. Mein Gott, worüber soll ich mit ihr reden?

Kuno, es geht nicht um Konversation. Die Gräfin war ärgerlich. Du mußt für einen Erben sorgen.

Er bat um Aufschub. Laß uns darüber reden, wenn ich aus dem Krieg zurückgekommen bin.

Dann kann es zu spät sein. Sicherheit für den Besitz ist das Gebot der Stunde. Wir haben uns ein wenig übernommen in den letzten Jahren, mit dem Bau des Marstalls zum Beispiel. Mein Gott, Junge, würdest du einen einzigen Blick in die Bücher werfen, du müßtest begreifen, daß wir auf die Löwenholmsche Mitgift angewiesen sind. Außerdem versteht Armgard von unserem Beruf mehr als du.

Kuno blickte seiner Mutter voll ins Gesicht. Schließlich sagte er: Manchmal denke ich, du weißt so gut wie ich, daß Armgard viel zu vertraut mit ihrem Stallmeister ist, mit diesem … Hengst.

Agnes Schwan hob abwehrend eine Hand. Erspare mir Details.

Kuno sprang auf, trat an den Schreibtisch, dicht vor seine Mutter hin. Sie treibt es am liebsten im Stall, zwischen den Pferden.

Contenance! Die Gräfin patschte mit der Hand auf den Tisch, aber Kuno kannte keine Hemmungen mehr.

Er rief: Du unternimmst alles und alles, um der Unzucht unter dem Gesinde zu wehren, und duldest ihre Hurerei. Nur wegen der Millionen. Sage die Hochzeit ab, ich bitte.

Agnes Schwan hatte sich erhoben. Sie war majestätisch von Erscheinung und konnte sich nötigenfalls so verhalten wie jede andere Mutter, die ein ungezogenes Kind zur Raison bringen muß. Sie hob die Hand, als wolle sie den Erbgrafen ohrfeigen. Genug jetzt! Kein Wort mehr über diese widerliche Angelegenheit.

Kuno erinnerte sich, daß ihm die hohe Mama nicht nur einmal geschlagen hatte. Pardon! Plötzlich haschte er nach ihrer Hand, um sie zu küssen. Er beugte sich, wie ein braver Junge, ehe er gehorsam wieder Platz nahm.

Auch seine Mutter ließ sich nieder, ordnete, noch ein wenig echauffiert, die Falten des Kleides, bis sie aufblickend sagte: Ich will nicht wissen, was sie getrieben hat. Nach der Vermählung ist Armgard in deine Hand gegeben, und in die meine auch. Was diesen Kutscher angeht, den habe ich vom Kriegsdienst zurückstellen lassen. Ein Wink von mir, und er geht ab ins Feld.

Und dann ließ sie den Sohn wissen, wie sie sich seine Kriegskarriere dachte. Man müsse den Mut haben, der Wahrheit ins Auge zu blicken. Nicht nur seine körperliche Haltung lasse zu wünschen übrig. Mein Gott, wie oft habe sein Papa gefordert: Brust raus! Kinn an die Binde! Der Gesündeste sei er nicht, diese fatale Neigung zu Erkältungskrankheiten, asthmatischen Beschwerden und so weiter. Er sehe sich doch nicht etwa an der Spitze einer Schwadron? Sie hat mit Onkel Maltzan auf Grubenhagen gesprochen, er ist Chef der Freiwilligen Krankenpflege beim Korps des Großherzogs, einer sehr noblen Einheit. Dort kann sich Kuno melden, um der vaterländischen Verpflichtung Genüge zu tun.

Kuno sagte: Ich bin einundzwanzig, maman, also volljährig.

Niemand bestreitet das, mein Sohn.

Kuno fühlte sich verletzt und gedemütigt von der stolzen, starken Mutter. Sie hatte alle seine Anfälligkeiten, seine körperlichen Mängel benannt, mit einem leichten Groll in der Stimme, genauso, wie man jemandes Fehler auflistet, die er besser vermieden hätte, oder Verfehlungen, für die er um Verzeihung bitten müßte. Sie nahm ihn nicht an, wie Gott ihn geschaffen hatte, sie reglementierte ihn wie einen ihrer Beamten, mit dem sie unzufrieden war.

Er sagte: Ich hatte der alten Hoheit geschrieben, meiner Patentante Alexandrine, und um Vermittlung gebeten. Mit Erfolg, maman. Ich werde, zusammen mit dem Schwager des Großherzogs, dem Prinzen Günther von Schwarzburg, in das 17. Dragonerregiment Ludwigslust eintreten, wie der Prinz als einfacher Soldat, um meine Grundausbildung zu absolvieren. Wenn wir Glück haben, sind wir in ein paar Wochen Unteroffiziere und können ab Mitte August als Leutnants Kriegsdienst leisten in der Großherzoglichen Adjutantur. Es wäre lieb, wenn du Onkel Maltzan abschreiben würdest. Ich gehe nicht zu den Sanitätern.

Die Gräfin lehnte sich entspannt im Sessel zurück, lächelnd, und die Hände hielt sie vorm Bauch verschränkt wie ein zufriedener Mensch. Sie sagte: Respekt, Kuno. Die Hochzeit, denke ich, setzen wir für Mitte August an, aber das Aufgebot wollen wir heute schon bei Pistorius bestellen. Bitte, laß Armgard holen.

*

Der Pastor war nicht im Hause. Die Pfarrfrau knickste, als sie den Herrschaften die Tür öffnete. Der Mann weile in der Kirche, er habe nämlich, so verriet sie schelmisch, ein ganz neues, ganz reizendes Kriegsliedchen gedichtet und den Kantor nach einer passenden Melodie suchen lassen, nun übe man mit den Dorfkindern. Ob sie Pistorius holen solle?

Bewahre.

Schon schritten Gräfin Agnes und Armgard Löwenholm Arm in Arm über den Friedhof der Kirche zu, der Erbgraf folgte schlendernd, die Hände auf dem Rücken verhakt.

Thomas Pistorius hatte das Amt vom alten Pastor Christlieb schon vor einigen Jahren übernommen. Er war ein genußfreudiger, also beleibter Mann von etwa vierzig Jahren, schütteres Haupthaar, dafür aber mit einem um so wilder sprießenden roten Schnauzbart geschmückt und weit über Klevenow hinaus berühmt wegen seiner blumig ausgeschmückten Predigten. Sogar als Heimatdichter hatte er sich einen gewissen Namen gemacht, einige seiner Verse waren vom Malchiner Stadtanzeiger gedruckt worden, und seine Jahreszeitenlieder, an denen die gewöhnlich Platt snakende Landjugend die hochdeutsche Aussprache der Vokale üben konnte, gehörten zum Unterrichtsstoff aller Schulen der Grafschaft.

A, a, a! Der Winter, der ist da.
E, e, e! Nun gibt es Eis und Schnee.
I, i, i! Vergiß des Armen nie.
O, o, o! Wie sind die Kinder froh.
U, u, u! Ich weiß wohl, was ich tu:
Christkind lieben, Christkind loben,
mit den lieben Englein droben.

Über dreißig Mädchen und Jungen drängten sich in den Bänken, die sich vor dem reich geschmückten Altar des Gotteshauses von Klevenow gegenüberstanden, gewiß alle Kinder, die heuer zur Schule mußten. Da saßen sie und versuchten, nicht allzu wild mit den Beinen zu baumeln, weil sie sonst die Pantinen verloren hätten. Viele waren dürftig gekleidet, aber alle gewaschen, gestriegelt und gekämmt zur Feier des Tages, und alle miteinander waren gut gelaunt, denn Pistorius führte ihnen mit Hilfe des Kantors vor, daß die Schwalbennestorgel von Klevenow nicht nur gewaltig dröhnende Musik machen konnte, sondern auch Spaß. Der Herr Kantor brauchte nur das mechanische Werk zu betätigen, und die Kinder fühlten sich auf den Jahrmarkt versetzt.

Aufgemerkt!

Sie hörten es rumpeln und knacken im hölzernen Gestänge, und mit einem Male streckten die beiden geschnitzten Löwenköpfe unterhalb der Hauptpfeifen die Zungen aus den weit geöffneten Mäulern, leckten damit hin und her, während ihnen auf furchterregende Weise die Augen im Kopf herumrollten. Da vergaßen die Kinder, daß sie an geweihter Stätte weilten, kreischten, lösten die gefalteten Hände und schlugen sie in der Begeisterung gegeneinander, bis die wilden Löwenhäupter den Zungenschlag und die Augenrollerei wiederholt hatten. Die Rasselbande war so gut gelaunt, daß Pistorius vorschlug, man wolle es noch einmal mit dem neuen Lied versuchen, das sei ja auch von heiterster Stimmung und Gesinnung.

Er winkte dem Küster, der brauchte heute nicht alle Register zu ziehen, sondern lediglich die Melodie zu führen. Dann zeigte sich, daß Pastor Pistorius nicht nur ein Verseschmied war, sondern auch ein Gesangskünstler, der es mit manchem Opernbariton aufnehmen konnte. Er sang die Kinder an, und sie zwitscherten mit dem lautesten Eifer zurück.

Was kraucht denn da im Busch herum?
Ich glaub, das ist Napoleum.
Was hat der rum zu krauchen dort?
    Drauf Kameraden, jagt ihn fort!
    Napoleum, Napoleum, mit deiner Sache
        geht es krumm.

Mit Gott drauf los,
dann ist's vorbei,
mit deiner ganzen Kaiserei.

Noch ein Bums drauf, eine Art Paukenschlag von oben, ein Posaunenstoß, die Orgel konnte viele Instrumente nachahmen.

Pistorius rief begeistert: Na, Kinder, dem haben wir aber den Marsch geblasen, was?

Kreischende Zustimmung aus den Bänken, und sehr dünner Applaus von rückwärts her.

Pistorius fährt herum, da sieht er die Herrschaften stehen. Höchster Besuch!

Im Nu springen die Kinder von den Bänken hoch, lärmendes, dreißigfaches Pantinengepolter, darüber die Mädchenstimmen, in der Aufregung viel zu schrill, und darunter die grobkehligen Laute der Knaben, die sich mit dem Stimmbruch herumplagen müssen.

Guten Tag, Euer gräfliche Gnaden.

Hübsch habt ihr gesungen, sagt die Dame und tritt heran mit rauschendem Gewand. Sehr hübsch.

Die Kinder wissen nicht, ob man der Frau Gräfin antworten muß, womöglich im Chor. Einige entschließen sich zu einem verlegenen Lächeln, während andere offenmäulig staunend ihre Zahnlücken vorweisen.

Pistorius, Hand auf dem Herzen, verneigt sich tief, und die Gräfin reicht ihm die behandschuhte Rechte zum Kuß.

Ihr seid also unter die Kriegsdichter gegangen, Herr Pfarrer.

Pistorius lächelt geschmeichelt. Er deutet auf seine Pfarrkinder hin, ehe er auf blumige Weise antwortet: Wir begleiten unsere tapferen Helden auf dem Flügelroß, Euer gräfliche Gnaden, um die Franzosen im Gemüt zu schlagen oder im Herzen, mit vaterländischem Gesang.

Das junge Paar war am Portal zurückgeblieben, jetzt blickte es sich an.

Kuno sagte: Das könnte ja von Tante Iduna sein.

Armgard, die einen Lachreiz niederkämpfte, stöhnte: Herrlich. Tu mir den Gefallen, Kuno, und lade die Dichterin zur Hochzeit ein.

Beide lächelten, beide wunderten sich, daß sie, wenn auch im Spott, sich einig waren.

Agnes Schwan nahm den Arm des Pastors und ließ sich von ihm zu Armgard und Kuno führen.

Wegen des Feldzuges wünschen die Kinder sich rasch zu vermählen, Herr Pfarrer.

Und wieder verneigte sich Pistorius.

14

Schlöpke quälte sich. Er hatte Minna nicht beunruhigen wollen und für sich behalten, daß ein Tiedemann unter den Schnittern war, ein Sohn Gesines, also ein Bruder von Jörn. Schrecklicher Gedanke.

Er war ein penibler Mensch, ein korrekter Buchhalter auch, sein Lebtag gewohnt, die Bücher offenzulegen, jede Rechnung auf den Pfennig zu begleichen. Seit zwanzig Jahren ließ er sich von Minna raten, nicht nur in den wesentlichen Dingen des Lebens, sondern auch in Kleinigkeiten. So besprachen sie beispielsweise Abend für Abend, was anderen Tages gekocht werden sollte. Der Gutssekretär hatte einen schwachen Magen und vertrug Hülsenfrüchte gar nicht mehr, und eben auf diese Anfälligkeit des Leibes führte Minna zurück, daß sich der Mann noch schweigsamer als früher verhielt und sich geradezu vor ihr verschloß.

Fehlt dir was, Schlöpke?

Nein.

Zu seinen Privilegien gehörte, daß er die ausgelesenen Zeitungen der Herrschaft mitnehmen durfte, um darin zu blättern. Auch heute saß er am Fenster, mußte sich trotz Brille die Blätter vor die Nase halten, um nach Neuigkeiten zu suchen.

Hör zu, Minna: Es hat auf meine Bitte Seine Königliche Hoheit der Großherzog mir für die Dauer seiner Anwesenheit im Felde das Patronat über den Mecklenburgischen Landesverein zur Pflege im Felde verwundeter und erkrankter Krieger übertragen. Es gibt mir die Veranlassung, alle, welche die Leiden braver Krieger zu lindern wünschen, hiermit aufzufordern, ihre Hilfe und Unterstützung unserem Vereine im reichen Maße zuzuwenden. Schwerin, im Juli 1870. Marie, regierende Großherzogin von Mecklenburg-Schwerin.

Von den Toten schrieb sie nicht. Freund Hein malt blutig rot. Zu Hunderten würden sie ins Gras beißen müssen, zu Tausenden, die besten deutschen Männer. Und dieser unwerte Bengel lebte unbehelligt in den Tag, nur Steinwürfe entfernt, unter den Pollacken. Schlöpke war bislang nicht eingefallen, wie man den Menschen wegbringen könnte. Umbringen, dachte er mit einem Mal, wenn ihn doch einer umbringen wollte. Er erschrak, als er sich bei diesem lästerlichen Gedanken ertappte und wehrte sich mit einem stillen Stoßgebet. Führe uns nicht in Versuchung, sondern erlöse uns von dem Übel. Herr Gott, so tu es doch, so hilf mir doch!

Noch mehr vom Kriege im Blatt? wollte Minna wissen. Sie saß dem Mann gegenüber am Fenster, damit sie genügend Licht hatte für die Handarbeit, an der sie stichelte.

Gott ja. Am zwanzigsten Juli ist der erste Franzose getötet worden. Der ihn erschossen hat, ein Gefreiter aus Berlin, heißt Krause. Das Eiserne Kreuz ist ihm sicher. Und dann haben die deutschen Truppen mit dem besten Erfolg die Rheinbrücke bei Kehl gesprengt. Und hier steht etwas von einem Vermittlungsgerücht. Stell dir vor, Minna, es heißt, Frankreich habe sich an Rußland mit dem Antrag gewendet, es möge zwischen ihm und Deutschland vermitteln, damit der Krieg beendet werde, kaum daß er begonnen hat. Das könnte denen so passen. Nein, nein. Er ließ das Blatt sinken, neigte das Haupt und blickte Minna über den Brillenrand hinweg an, um sie zu belehren. Es gibt Dinge, die man nicht vermitteln kann. So ein Ding ist die offene Machtfrage zwischen ..., er bemühte sich, den schwierigen Begriff fehlerlos auszusprechen, zwischen dem bonapartistisch-revolutionären Frankreich und dem monarchistisch-konservativen Deutschland. Das muß durch den Krieg entschieden werden.

Ja, und die Kölnische Zeitung schreibt, daß die Kriegsbegeisterung in der gesamten Rheinpfalz genauso groß ist wie in Preußen. Die Beurlaubten strömen mit größtem Jubel zu den Fahnen. Wer von Neutralität spricht, wird als Volksfeind beschimpft. Er dachte, das beste wäre, Jörn ginge fort. Er sagte: Der junge Graf ist nach Ludwigslust zur Truppe abgereist. Mich wundert ein wenig, daß es unseren Jörn nicht zur Fahne zieht.

Minna blickte nicht einmal von ihrer Handarbeit auf, als sie sagte: Aber du weißt doch, Schlöpke, daß ihn unsere gnädige Frau Gräfin partout nicht entbehren kann.

Die Frau Gräfin, murmelte Schlöpke, die Frau Gräfin. Er grämte sich.

*

Jan Tiedemann konnte nicht ahnen, daß ein alter Mann seinetwegen litt und sich bis zu finsteren Mordgedanken verstieg. Er kannte nur einen Widersacher, den Vorschnitter Stollinski. Diese Gegnerschaft teilte er mit vielen.

Der Junge war fröhlich von Wesensart, arglos und offen gegen die Gefährten der Kolonne, seien es die Weiber oder die Männer, er wollte jedermanns Geselle sein, und seine Liebe zu Mala machte ihn stark. Manchmal glaubte er, daß er vom Glück bevorzugt sei, jedenfalls hatte es sich gefügt, daß er zur Stelle war, als man Mala den Vater entriß, also mußte ihm bestimmt sein, für die Sicherheit des Mädchens aufzukommen. Er wollte ihr Schutz und Schirm sein und ein zärtlicher Liebhaber auch.

Dieser junge Mensch war so gerade von Charakter, daß auch Ältere aus der Kolonne seine Freundschaft suchten und seinen Rat. Es war also nicht schwer für ihn, die Feindseligkeiten Stollinskis zu ertragen, er nahm sie nicht wahr und machte seine Arbeit so gewissenhaft, daß der Vorschnitter nichts auszusetzen fand.

Die Gerste hatte heuer als erste vom Feld gemußt, sie stand starr, fahlgelb und kurzhalmig auf den Schlägen. Die Männer mußten sich vorsehen, daß sie bei der Mahd nicht nur die Ähren köpften, und die Weiber hatten Mühe, Bänder zu drehen, die lang genug waren, die Garben zu binden. Für Mala war die Arbeit ungewohnt und mühevoll, oft genug wollte sie zurückbleiben, dann mußten ihr andere beispringen, und es dauerte Tage, bis ihr endlich gelang, mit der Kolonne Schritt zu halten. Wenn Gorski zur Pause pfiff, warf sie sich am Feldrain nieder und wollte nicht warten, bis die Wasserkruke von Hand zu Hand gegangen und zu ihr gewandert war. Sie band das Kopftuch los, um damit ihr Gesicht zu verdecken, und war im Augenblick eingeschlafen. Die Garbenbinderinnen lächelten darüber oder machten auch ihre Witze und rieten dem Mädchen, es solle die Nacht besser zur Ruhe nutzen. Es war ihnen nicht entgangen, daß sich Jan oft genug des Nachts in ihren Schlafraum schlich, um für eine Weile bei Mala zu liegen. Keine schlug Lärm, jede gönnte den Liebenden diese Stunde der Lust, und der Junge verschwand ja auch, heimlich, wie er gekommen war, in aller Frühe, ehe es graute.

Eines Tages geschah es. Als Stollinski, wie jeden Morgen Glock fünf vor der Kasernentür den Schraubenschlüssel gegen eine ausgediente Pflugschar schlug, überraschte er Jan mit dem gellenden Lärm. Der Junge fuhr aus dem Schlaf, sprang aus dem Bett und sah sich zu seinem Schrecken mitten unter den Weibern. Die hatten so lange stillschweigend geduldet, was nach der Gesindeordnung von Klevenow verboten war, als sie aber den Kerl herumtanzen sahen, splitternackt, mit morgensteif schwankendem Glied, um nach den Kleidern zu suchen, konnte keine länger schweigen, sondern eine schrie sich schriller als die andere das helle Vergnügen aus dem Leibe. Jede wollte Tränen lachen über das Mißgeschick des Liebhabers, bis der endlich in die Sachen hatte schlüpfen können, bis Stollinski die Türe aufriß, fluchend: Do stu piorunów! Ruhe im Puff!

Da hatte sich Jan längst am Fensterkreuz hinausgeschwungen und am Seil hinuntergelassen. Mala konnte in letzter Minute den Knoten lösen und ihm die Leine zuwerfen.

Weiber! Weiber! schrie Stollinski. Verdammt, was ist los?

Eine sagte: Mein Gott, wir hatten eben auch mal ein bißchen Spaß.

Jörn Schlöpke war schon früh auf den Beinen, um die Pferde vor dem morgendlichen Ritt zu versorgen, da sah er den Kerl, wie er sich aus einem Fenster der Schnitterkaserne abseilte.

Halt! Er deutete, nähertretend, auf das Seil, das der andere wickelte. Daran wirst du noch einmal hängen.

Jan Tiedemann lächelte. Er hob eine Hand. Kein Einbruch, kein Diebstahl, es ist die Liebe. Er schaute dem Livrierten in die Augen, immer noch lächelnd. Der Mann hat ein gutes

Gesicht, es kommt mir bekannt vor. Wer hat mich so angesehen im Zorn? Das ist lange her, ich weiß es nicht mehr, aber ich wollte, der da wäre nicht zornig, sondern wäre mein Freund. Ich versteh mich mit so vielen Leuten, warum soll ich diesen Mann nicht gewinnen können.

Er sagt: Du bist doch ein richtiger Kerl. Du mußt mich verstehen.

Jörn Schlöpke mustert den Schnitter, zerlumpter Anzug, wirres Haar. Er sieht Augen, die brennen und betteln und werben, daß ihn eine merkwürdige Empfindung überläuft. Was will der von mir? Wie kommt es, daß dieser dahergelaufene Strolch sich mit mir gemein machen will, mich angrinst, vertraulich, als wäre ich nicht ernst zu nehmen, als wär ich seinesgleichen?

Sehr viel später, wenn Roman Koschoreck der Gesine Rechenschaft ablegen muß, wird er sagen, die beiden Männer hätten lange, lange dagestanden, den Blick ineinander verhakt, als gäben sie einander Rätsel auf, als suchte einer die Lösung im anderen. Sie hatten sich auch eine Weile umkreist, bis Jan noch einmal sagte: Es ist die Liebe.

Und der andere schrie: Ihr vögelt die Weiber kreuz und quer. Tags liegen sie schlapp auf den Feldern herum. Wir vom Gut haben das Nachsehen.

Jan bat: Zeig mich nicht an, bitte. Ich müßte davon, das Mädchen zurücklassen.

Der Gedanke erschreckte ihn so, daß er noch einmal versuchte, den anderen auf seine Seite zu ziehen.

Er sagte: Du gefällst mir, obwohl du so schreist. Wir gehören zusammen, Mensch, du bist doch einer von uns.

Ich bin kein dreckiger Pole wie du, sagte der andere und hatte kaum seine Verachtung in den Sand gespien, da traf ihn Jans Faust mit solcher Gewalt unterm Kinn, daß er, rückwärts taumelnd, gegen die Bretterwand des Schuppens stieß und sich an einem Nagel riß.

Unerhört! Einer von diesen Galgenvögeln hatte Hand angelegt an einen Schwanschen Mann. Wer hat die schändliche Tat gesehen? Wer kann als Zeuge gelten?

Ein paar Schnitter, die eilig vors Haus tappen, das Hemd in die Hose stopfen, den Gürtel schließen, die Schuhe binden, Weiber, die aus dem Fenster hängen, Stollinski, der Fettarsch, der als letzter aus der Türe tritt und folglich nichts gesehen haben kann, das ist noch der Beste von denen, freilich auch nur ein Halbgewalkter, und wenn's hart auf hart käme, womöglich Partei mit dem polnischen Gesindel.

Wer hatte neulich diesen Witz gemacht, die Polen seien keine Nation, sondern ein aus sehr verschiedenen Völkerstämmen zusammengehurtes Mistvolk?

Jetzt fühlt Jörn neben sich einen Knittel, bis er sieht, daß es der grob geschnitzte Stiel einer dreizackigen Forke ist. Er packt sie wie einen Speer, mit den scharf geschliffenen Spitzen voraus, und rennt blindwütig im Haß auf den Gegner los.

Der soll mich nicht umsonst gedemütigt haben, den bringe ich um, dem jag ich die Forke in den Wanst.

Jan steht mitten auf dem Platz und macht sich mit seinem Seil zu schaffen.

Die Weiber in den Fenstern reißen die Arme hoch, wild kreischend, als sollte es ihnen ans Leben gehen, und dann jubeln sie auf, denn der Angreifer wälzt sich längelang im Dreck.

Sie hatten es Sommer für Sommer gespielt, alle Hütejungen von Laudeck. Jan Tiedemann ist schon mit vierzehn Jahren der von allen bewunderte Gaucho gewesen, der Meister. Heute muß er das Lasso werfen, um sein Leben zu retten.

Das Seil reißt dem Angreifer die Beine weg mit einem

einzigen Ruck, wirft ihn grob zu Boden. Jan entwindet ihm die Forke, steht über ihm.

Du hättest mich töten können, Mensch.

Das tu ich noch mal.

Aber da sind die beiden Männer schon von den Schnittern umringt. Koschoreck kniet vor dem Stallmeister, um dessen Fesseln zu lösen. Er hilft ihm auf, klopft ihm, so gut das geht, mit den Händen die Kleidung sauber. Koschorecks Haltung ist untertänig, aber er zischt ihm beschwörende Worte zu. Laß den Jungen in Ruhe, oder Gott straft dich wie Kain, daß du unstet sein mußt und flüchtig auf Erden und dein Lebtag ein Gezeichneter.

Du willst mir drohen?

Ich warne, sagt Koschoreck leise und tritt zurück.

Endlich ist Stollinski, der Vorschnitter, zur Stelle.

Zu dienen, Herr Schlöpke.

Der sagt: Dieser da, und zeigt mit dem Finger auf Jan, hat gegen die Gutsordnung verstoßen. Stollinski, Sie wissen, wie das geahndet wird.

Jan sagt: Er hat mich einen dreckigen Polen geschimpft.

Da knurren die Schnitter und holen fauchend Luft, als müßten sie ihre Wut verbeißen.

Keine Angst, Herr Schlöpke. Er strammt den Arsch, steckt die Brust raus. Do stu piorunów! verdammt. Er führt den Stallmeister aus dem Ring, wendet sich und brüllt: Tiedemann kriegt Papiere wegen Prügelei. Tritt im Arsch, und ab nach Pommern!

Dann geh ich auch, sagt Roman Koschoreck. Er hatte die Sense schon geschultert, jetzt lehnt er sie wieder an die Schuppenwand.

Dann geh ich mit ihm, sagt Mala, läuft hin zu Jan und küßt ihn vor allen Leuten.

Dann gehen wir auch, sagen die andern, als hätten sie den Satz im Chor einstudiert.

*

Mein Gott, Junge.

Minna half dem Sohn aus der Jacke, die verschmutzt war, am Ärmel sogar zerrissen, sie faßte ihn sacht bei den Schultern, drehte ihn gegen das Fensterlicht und tastete vorsichtig über die Schwellungen an Wange und Kinn, über die Schrunden, die er sich beim Sturz auf den Kies des Schnitterhofes zugezogen hatte.

Das wird sich verfärben, grün und blau. Schlimm wirst du aussehen.

Eine Schüssel, mit Wasser gefüllt, stand auf dem Tisch bereit. Minna tauchte ein Leinentuch ein und drückte das Wasser aus. Sie wollte Jörns Gesicht säubern und kühlen, aber der Junge war schon vor den Spiegel getreten, blickte sich von der Seite an, er fletschte die Zähne, die standen gottlob noch alle beieinander, schob die Unterlippe nach vorn, sie war aufgeplatzt und verschwollen. Wer würde einen blutigen Mund küssen wollen?

Er murmelte: Das Schwein, das verdammte Schwein.

Wie immer zu so früher Stunde saß Schlöpke am Fensterplatz über den Gutstagebüchern. Er sagte mißbilligend: Hättest du dir die Blessur im Felde geholt, du dürftest stolz sein.

Sind die Polen nicht unsere Feinde wie die Franzosen?

Der Vater antwortete nicht.

Die Mutter hielt das feuchte Leinentuch in den Händen.

Komm, bat sie, setz dich, Jörn. Ich mache dir eine Kompresse.

Laß mich in Ruhe, verdammt noch mal. Er wehrte sich so heftig gegen die mütterliche Fürsorge, daß es Minna mehr und mehr verbitterte.

Junge, sagte sie, du dienst nicht mehr zu Hofe wie ein

Knecht. Du genießt eine Vertrauensstellung, mein Gott, und schlägst dich mit den Schnittern herum. Heb den Kopf, wenn dir einer von denen begegnet, blicke weg über ihn, geh dem Pack aus dem Wege.

Sie hatte die Hände wie zum Gebet gefaltet, nun sah sie, daß sich der Junge erweichen ließ. Die Tränen kamen ihm, und er duldete, daß ihn die Mutter auf einen Stuhl drückte. Sie wusch ihm das zerschundene Gesicht.

Er hat mich angegriffen, Mutter. Hätte ich mich nicht wehren sollen? Ich hab den Strolch erwischt, als er sich gerade abgeseilt hatte aus dem Schlafsaal der Polenweiber. Vater, ich zeig es dir an. Das gehört ins Gutstagebuch. Der Mann muß vor Gericht.

Schlöpke fragte: Wie heißt er denn?

Jan Tiedemann.

Minna hatte den Sohn versorgt, sie hielt die Waschschüssel in den Händen und wollte zur Türe hin. Jetzt wendete sie ganz langsam das Gesicht.

Wie heißt der Mann?

Hab ich doch gesagt, Tiedemann.

Minna sagte ungläubig lächelnd: So heißt kein Pole.

Er ist deutschstämmig, meinte Schlöpke, als erinnere er sich erst in diesem Augenblick. Der ist beinahe zufällig unter die Polen geraten.

Ja, kennst du ihn denn?

Der ist mir gleich am ersten Abend frech gekommen.

Minna stellte die Schüssel auf den Tisch zurück.

Tiedemann.

Jörn hatte inzwischen die Livree gewechselt. Er knöpfte die Jacke zu. Es nutzt nichts, ich muß zum Dienst.

Er ging, Minna eilte ihm bis zur Türe nach. Gib auf dich acht, mein Junge, und laß dir bitte raten, sag der Herrschaft nicht, daß dich ein Schnitter so zugerichtet hat, man könnte es dir als Schwäche ankreiden.

Er sah sie an, mit großen, staunenden Augen, dann hob er die Schultern.

Guten Tag.

Die Frau schloß die Türe hinter ihrem Sohn. Eine Weile umkrallte sie mit der Hand die Klinke, als müsse sie sich festhalten, als habe sie keine Kraft mehr, sich umzuwenden und durch diese Stube zu gehen, bis hin zu Schlöpkes Arbeitstisch. Schließlich tappte sie krummrückig zum Spiegel, er war zwischen den Fenstern aufgehängt, das Tageslicht fiel kalt und gnadenlos über sie her. Sie sah eine alte Frau aus dem Glase starren, sie hörte Schlöpke sagen: Dieser Mensch stammt aus Laudeck in Pommern. Sein Vater heißt Jörn. Er ist lange tot, aber die Mutter, sie lebt.

Minna starrte immer noch das eigene, fremd gewordene Gesicht im Spiegel an, so alt geworden, so alt, jede Kraft verbraucht, vielleicht umsonst gelebt, vielleicht umsonst gelitten. Womit hätte ich es verdient?

Sie fuhr wie glättend mit den Fingerspitzen über die Stirn, die zerfurcht war wie ein alter, froststarrer Weg.

Sie sagte: Es sind Brüder, die sich hassen. Die Vergangenheit hat uns eingeholt.

Schlöpkes Feder fuhr kratzend über das Papier. Er sagte: Warum sollten wir uns schuldig fühlen? Wir haben der Frau einen Gefallen getan. Wir haben an dem Kind nur Gutes getan. Er ist unser, und er wird unser bleiben.

Endlich setzte sich Minna neben den Mann. Was schreibst du?

Ich zeige den Vorfall an.

Du kannst unseren guten Namen nicht hineinziehen in den Schnitterdreck.

Es ist meine Pflicht, Minna.

Sie zog das Gutstagebuch zu sich herüber. Leih mir deine Brille, bitte. Sie beugte sich über das Papier. 6. August 1870, da lese ich diesen Namen wieder. Tiedemann. Irgendwas braut sich zusammen. Diese Nacht war mir, als sähe ich die Sterne aus dem Himmel stürzen, als fühlte ich die Erde beben, als drohe mir das Gericht. Der Mensch muß weg!

Sie riß das ganze Blatt aus dem Tagebuch, ehe Schlöpke sie hatte hindern können.

Mein Gott, was tust du!

Minna sagte: Ich tilge den Namen.

*

Es hatte den alten Schlöpke verstört, daß Minna sich anmaßte, in eine Sache einzugreifen, die nur die gräfliche Familie und ihn betraf. Ihm war das Buch anvertraut, er führte es mit der Gewissenhaftigkeit eines Chronisten, und es war ihm beinahe so wichtig geworden, wie das Evangelium. Nun hatte er Mühe, die Beschädigung mit Hilfe eines Federmessers so gut wie ungeschehen zu machen.

Der Kalenderspruch vom letzten Monat fiel ihm ein: Niemand darf sich schämen, ein böses Kind unter der Rute zu halten, einen bösen Knecht zu stäupen und vor einem bösen Weib das Seine zu verwahren und zu verschließen.

Er hatte kein Wort mit Minna gesprochen und das Gutstagebuch schon in der nächsten Stunde in die gräfliche Kanzlei hinübergetragen. Dort war sein ordentliches Arbeitszimmer, und dort hielt er ein paarmal wöchentlich Sprechstunde. Das Buch hatte er im Schrank verschlossen, damit es sicher sei, aber schon am nächsten Morgen mußte er es wieder hervorholen und aufschlagen.

Ein Mädchen mit rotgeweinten Augen erschien in der Kanzlei, sie wurde von einem Schnitter begleitet, ihre Namen waren Mala Rosenzweig und Roman Koschoreck. Schlöpke erinnerte sich, daß er sie in der Schnitterkolonne gesehen hatte. Beide wollten eine Anzeige machen.

In der Schnitterkaserne liege ein verletzter Mann, werde nicht sofort ein Arzt geholt, müsse er womöglich sterben.

Wer, um Gottes willen?

Jan Tiedemann.

Da hörte er den Namen wieder, den Minna hatte tilgen wollen, nun mußte er wohl doch ins Buch.

Was ist geschehen?

Mala erzählte: Wir sind nach Grubenhagen hinübergefahren, Jan und ich. Es war nach der Arbeit und schon dunkel, als wir nach Klevenow zurückkamen.

Was hatten sie in Grubenhagen gewollt?

Nach Arbeit fragen, Herr. Hier gefällt es uns nicht. Der Vorschnitter Stollinski stellt mir nach, er will mich haben.

Er kann jede haben.

Mich nicht, Herr. Ich weiß, daß ich schwanger bin. Jan und ich wollen heiraten.

Auch das noch. Kaum ist das Pack im Lande, gibt es Ärger wegen Hurerei. Heiraten? Wie denn? Ist sie nicht mosaisch?

Der Herr hat gefügt, daß ich Jan Tiedemann traf. Ich werde ein Kind von ihm haben und will sein Leben teilen, auch seinen Glauben. Wir wollten das Aufgebot bestellen. Pastor Pistorius hat gesagt, erst müßte ich mich taufen lassen und vorher die Anfangsgründe des Christentums erlernen.

Da hat sie aber einiges zu tun. Und nun zur Sache.

Als wir das Pferd versorgt hatten und endlich ins Freie

traten, war Nacht. Im Mondlicht habe ich die Schatten gesehen, vier Männer oder fünf. Ich habe die Stimme gehört: Das ist er. Ich habe gerochen, daß sie nach Branntwein stanken. Einer hat polnisch gesprochen: Do sto piorunów!

Schlöpke blinzelte fragend zu Koschoreck auf.

Der sagte: Ein Fluch. Und das hier habe ich gefunden, später, weil es im Licht der Lampen blitzte.

Er legte dem Schlöpke einen silbernen Knopf mit eingeprägtem Wappenschwan auf den Tisch. Einer der Männer muß gräfliche Livree getragen haben.

Oder einer hat ihn hingeworfen, um falsche Spur zu legen, das sagte Schlöpke und dachte an seinen Sohn, der sich schon einmal die Kleidung zerrissen hatte bei einer Schlägerei. Also, da war einer, der hat polnisch geflucht. Und dann?

Bring dich in Sicherheit, Mala, versuch, Hilfe zu holen.

Jan ist den Schatten entgegengetreten, damit ich mich davonmachen konnte.

Und weiter Koschoreck. Mala schreit uns wach: Helft, oder sie schlagen ihn tot. Wir springen rasch in die Hosen. Wir treten gegen Stollinskis Tür. Olga Kalusa öffnet. Sie zeigt auf das leere Bett, leiht uns die Petroleumfunzel. Ist ja schon finstere Nacht. Am Marstall hält Mala die Lampe hoch. Wir sind starr, wir wollen nicht glauben, was wir sehen, Herr. Mein Vater, glaube ich, hat erzählt, daß es auf deutschen Gütern den Prügelbock gab. Damit haben sie böse Knechte gestäupt, früher, Herr, früher. Auf Klevenow gibt es ihn heute noch. Ich hab ihn gesehen, auch Mala hat ihn gesehen, auch Gorski, Lewinski und Butt, den Prügelbock. Darauf festgebunden blutig und nackt Jan Tiedemann. Herr, ich hatte seiner Mutter geschworen, auf den Jungen zu achten. Ich habe es nicht gekonnt. Jetzt zeige ich ein Verbrechen an, jetzt fordere ich einen Arzt.

Schlöpke war sterbensblaß, für eine Weile hielt er die Augen geschlossen, als fürchte er, man könne ihm sonst bis auf den Grund der Seele blicken. Nicht auszudenken, daß auf Klevenow ein Mensch auf so scheußliche Weise zu Tode käme, daß der eigene Sohn womöglich Mitschuld trüge, und hatte er selber nicht damals, nachdem ihm dieser Tiedemann zum ersten Mal frech gekommen war, zu Stollinski gesagt: Sieh zu, daß du ihn los wirst. Bring ihn weg! Hatte er selber nicht gedacht, bring ihn um, hatte Minna nicht den Namen tilgen wollen?

Er klappte das Buch zu und hatte noch keine Zeile eingetragen. Er blickte an dem Mädchen wie an dem Polen vorbei, als er sagte: Ich will ihn sehen.

*

Schlöpke mußte sich beeilen, zu zehn Uhr war er ins Arbeitskabinett der Frau Gräfin befohlen.

Dort stand er dann, pünktlich auf die Minute, krummrückig, mit hängenden Schultern, das Gutstagebuch unterm Arm.

Zu dienen, Euer gräfliche Gnaden.

Fehlt Ihnen was, Schlöpke? Sie sehen leidend aus.

Eine ganz leichte Übelkeit, sonst nichts.

Er ließ sich ans Stehpult winken.

Also, sprach Agnes Schwan, gut gelaunt, die Vermählung ist auf den 28. August festgelegt. Kleiner Kreis, die Zeiten sind ernst. Hundert oder höchstens einhundertfünfzig Gäste. Die Nachbarn, ein paar Militärs mit ihren Damen, Gräfin Iduna …

Schlöpke, der die Notizen kritzelte, blickte auf und sah, daß die Gräfin die Schultern hob. Ein Wunsch der Braut. Er, Schlöpke, besorgt mir die Einladungen. Und dann, verriet sie mit verschmitztem Lächeln, habe sie eine Überraschung parat. Dieser Krieg solle ja nicht nur die deutschen Stämme aneinanderschmieden, sondern auch die Volksschichten zueinanderführen, deshalb dürfe er eine Einladung an sich selber adressieren.

Schlöpke schien verwirrt. Er legte fragend eine Hand aufs Herz.

Ja, sagte die Gräfin, Sie und Ihre Familie sind beim Hochzeitsfest zugelassen.

Der Gutssekretär war so überrascht, daß er den Platz am Stehpult verließ und zum Schreibtisch stürzte, um der Gräfin die Hand zu küssen. Dank der Ehre.

Die Gräfin winkte, um Schlöpke zu entlassen, aber er entfernte sich nicht. Was gibt es?

Pardon! Von einem schlimmen Vorfall ist zu berichten. Einer der Schnitter ist gestern nacht auf beinahe lebensgefährliche Weise zugerichtet worden.

Merkwürdig, sinnierte die Gräfin, daß die Zunahme der ausländischen Arbeiter auf meinen Gütern mit einer so bedauerlichen Abnahme ihrer Qualität verbunden ist. Kennt man den Grund der Schlägerei?

Rivalität unter den Schnittern, höchstwahrscheinlich. Einer der Zeugen hat gehört, daß polnisch gesprochen wurde. Vermutlich hat der Mißhandelte den Vorfall selbst provoziert, indem er Beischlaf ausübte im Beisein von einem halben Dutzend Weibern, wenn auch im Dunkel der Nacht. Tatsache ist, daß er im Frauensaal geschlafen hat. So der Vorschnitter Stollinski, ein Mann, dem zu trauen ist.

Die Gräfin sagte: Wenn auf Klevenow Ordnung herrschen soll, muß der Kerl entfernt werden. Am besten wird er in die Korrektionsanstalt Güstrow verbracht.

Leider könne der Mann, so lädiert wie er sei, nicht fortgeschafft werden, wandte Schlöpke ein. Kann sein, man hat ihm die Milz zerschlagen oder ein anderes Organ. Deshalb hat er den Medikus Kuhfeld aus Malchin unterrichten lassen. Der Doktor sei ein erfahrener Mann in allen Gerichtsangelegenheiten.

Gut, gut. Einigermaßen auskurieren den Mann, und dann ab mit ihm nach Güstrow.

15

Als Schmul Rosenzweig von der Arbeit auf der Tretmühle endlich abgelöst worden war und die härene Kutte kaum übergestreift hatte, winkte ihm einer der Wärter.

Mitkommen, rasch! Der Herr Oberinspektor will dich sehen.

Warum?

Bin ich Moses?

Der Wärter führte den Gefangenen treppauf und über viele Gänge, bis sie den Verwaltungstrakt erreicht hatten und das Vorzimmer betreten durften. Hier übernahm Sergeant Hauck den Gefangenen, bat den Wärter, sich ein Weilchen zu gedulden, klopfte an, wartete artig das Herein ab, bis er endlich, hackenknallend, Meldung machen konnte.

Bitte Herrn Oberinspektor den Israeliten Schmul Rosenzweig vorführen zu dürfen!

Der Hauptmann a. D. Baron Neddelblad übte sein Amt seit mehr als zwanzig Jahren aus. Er war an die sechzig, kahlköpfig und von einer fleckigen Röte im Gesicht, die auf Neigung zum Schlagfuß deutete. Der Baron hatte das Pensionsalter erreicht, war aber bei Kriegsausbruch gebeten worden auszuharren und hatte zugestimmt. Neddelblad war unbegütert, keiner kannte sich in allen Angelegenheiten des Arbeitshauses besser aus als er, und keiner war jeder

Neuerung gegenüber verschlossener als der Hauptmann a. D. Dennoch war er bereit gewesen, den Vorsteher der Jüdischen Gemeinde zu Güstrow Simon Augspurger zu empfangen, zwar kein honoriger Mitbürger, wie Baron Neddelblad dachte, aber ein hoch vermögender immerhin.

Augspurger war ein gut gekleideter Mann, zwischen vierzig und fünfzig, von beinahe südländischem Aussehen, gepfleger Bart, bürstendicke dunkle Brauen über den bebrillten Augen. Man hätte ihn für einen Advokaten, vielleicht sogar für einen Künstler halten können, er war aber Besitzer eines reichen Handelshauses und, wie gesagt, Vorsteher der Jüdischen Gemeinde.

Augspurger erhob sich, als Rosenzweig hereingeführt wurde. Der Anblick seines Glaubensgenossen bewegte ihn. In seinem bodenlangen, härenem Gewand, das Gesicht von der Kapuze verdeckt, glich der Gefangene einem Ketzer des Mittelalters, der, mit spitzer Mütze höhnisch gekrönt, zum Flammentod verurteilt war. Augspurger erinnerte sich naiver Bilder von Autodafés, die er in alten Büchern gefunden hatte. Die Rauchkringel über den Scheiterhaufen waren so akribisch gezeichnet, daß sie den Haarlocken unschuldiger Mädchen ähnelten. Im vierzehnten Jahrhundert war es hier in Güstrow zu einem schauderhaften Justizmord gekommen. Ein Kirchendieb hatte nach der Tat ein paar Hostien verstreut, um den Verdacht auf die Juden zu lenken, und tatsächlich waren daraufhin alle Israeliten von Güstrow samt ihrer Weiber und Kinder in den Kerker geworfen worden, damit man, so ist es schriftlich überliefert, „mit Martern die Wahrheit aus ihnen herausbringen könne und auf eine Weise, daß weder Alter noch Geschlecht geschonet würde“. Trotz aller Foltern bekannten die Juden nicht ihre Schuld. Der Vorsteher der Gemeinde, mit Namen Eleazar, sprach zum Vorsitzenden des Gerichts, dem Fürsten Johann von Werle: Lieber sterben, als die Wahrheit verleugnen. Eleazar hatte mit ansehen müssen, wie alle seine Glaubensbrüder brannten, bis er als letzter ins Feuer geworfen wurde. Vom Vermögen der gerichteten Juden wurde die Kapelle zum Heiligen Blut erbaut, die Jahrhunderte Wunder gewirkt hatte, bis die Wallfahrtsstätte der Reformation zum Opfer fiel oder der eisernen Faust der Geschichte, wenn man so will.

Als er den Gefangenen sah, fühlte sich Augspurger ins Mittelalter versetzt.

Neddelblad herrschte den Gefangenen an: Das Gesicht will ich sehen!

Gehorsam schlug Schmul die Kapuze zurück. Sein Gesicht war ausgemergelt und blaß, gezeichnet von Schrunden an Kinn und Wangen, aber auch auf dem kahlen Schädel.

Augspurger fragte: Wie kommt der Mann zu den Verletzungen!

Der Sergeant blickte den Oberinspektor fragend an, ob er wohl antworten dürfe.

Neddelblad nickte finster.

Der Gefangene wehrt sich verstockt gegen die Regeln des Hauses, hat also zwangsweise geschoren werden müssen, wegen des Ungeziefers, das vorzugsweise im Haarfilz nistet. Neddeblad erinnerte sich nicht an das Gesicht des Juden. Möglicherweise war es infolge der Zwangsmaßnahmen verändert oder entstellt, und überhaupt, so einfach ist das nicht, sich dreihundert Gaunervisagen einzuprägen.

Er also ist Rosenzweig?

Jawohl, Euer Gnaden.

Delikt?

Rosenzweig leierte herunter, was geantwortet werden mußte: Gefangener Nummer soundso, daundda aufgegriffen, im Juli 1870, wegen des Verdachts der Spionage im Auftrage Frankreichs.

Das ist unbewiesen, Herr von Neddelblad. Augspurger sagte es mit solchem Nachdruck, daß dem Baron die flekkige Röte bis auf den Schädel stieg.

Er herrschte den Sergeanten an: Hinaus mit ihm! Draußen warten!

Schmul erlebte, daß ein Mensch zu seinem Gunsten sprach. Das überwältigte ihn. Er starrte auf den Fremden, staunend, mit leicht geöffnetem Mund, er sah den anderen noch lächeln, dann überfiel ihn die Schwäche, er stürzte zu Boden.

Neddelblad schien verblüfft. Warum setzt er sich neben den Stuhl?

Ihm wurde keiner angeboten.

Augspurger half dem Rosenzweig auf die Beine. Darf er sich jetzt setzen?

Aber ja. Können Sie mal sehen, wohin es führt, wenn Ihre Leute aus religiösem Eifer die Nahrung verweigern.

Augspurger strich dem Schmul Rosenzweig mit der Hand über das arme geschorene und geschundene Haupt. Den rührte diese Geste der Zuneigung oder Brüderlichkeit zu Tränen, und dann erfuhr er endlich, daß der freundliche Mann versuchen wollte, ihm zu helfen. Die Jüdische Gemeinde hatte den Doktor Lasker, einen guten Rechtsanwalt, zu seiner Verteidigung bestellt, und dieser vertrat nach Einsicht in die Akten die Meinung, daß Spionageverdacht durch nichts bewiesen sei.

Nun, der Hauptmann a. D. war weder das Gericht noch die Kriminalbehörde, sondern lediglich Oberinspektor der

Korrektionsanstalt zu Güstrow und nur mit der Aufbewahrung Verdächtiger oder Verurteilter betraut, aber er fühlte sich von diesem reichen Juden attackiert. Immerhin, so sprach er mit einiger Schärfe, habe sich Rosenzweig merkwürdig auf dem Bahnhof in Penzlin verhalten.

Dies alles rechtfertige nicht Schikanen und Quälereien, denen der Mann seines Glaubens wegen ausgesetzt sei. Augspurger sagte: Der König von Preußen hat im Namen des Norddeutschen Bundes erklärt, daß alle Beschränkungen der bürgerlichen Rechte, die mit der Verschiedenheit religiöser Bekenntnisse begründet werden, aufgehoben sind. Das Gesetz ist in Kraft, Graf Bismarck-Schönhausen hat es unterzeichnet.

Wir aber leben in Mecklenburg, entgegnete der Baron schlagfertig, und den Mecklenburgern muß unbenommen bleiben, sich einen christlichen Staat nach eigener Fasson zu bilden. Übrigens zweifle er nicht, daß auch die Juden, falls dies eines Tages möglich sei, sich einen jüdischen Staat mit all seinen jüdischen Eigentümlichkeiten einrichten würden.

Augspurger lächelte. Wer weiß, was eines fernen Tages möglich ist. Heute geht es um Rosenzweig, dem hier im Grauen Haus Rechte vorenthalten werden.

Aber ich bitte Sie, bitte! rief Herr von Neddelblad aufgebracht. Dieser Mann stammt nicht aus deutschen Landen, sondern aus dem Königreich Polen, und wenn in Zeiten so unglaublicher Bedrohung von außen ein Fremdländischer nicht mit Samthandschuhen angefaßt worden sei, so müsse das verzeihlich sein.

Was geschieht mit Rosenzweig?

Ihm droht die Abschiebung, sagte der Baron von Neddelblad. Die Formalitäten dauern leider ihre Zeit, solange muß ich den Mann im Hause aufbewahren. Aber er ist von der Tretmühle befreit, und ich habe nichts einzuwenden, wenn ihm Ihre Leute, koscheres Essen, wie Sie sagen, zutragen.

Heute schon? wollte Augspurger wissen.

Meinetwegen.

Schmul Rosenzweig bedankte sich. Bevor man ihn hinausführte, fragte er: Meine Tochter Mala, Herr, hat sie sich gemeldet?

Hat man sie gefunden?

Nun war der Baron von Neddelblad ungehalten. Wahrhaftig, sagte er, ich habe mit seinesgleichen genug zu schaffen. Soll ich mich auch noch um seine Mischpoche kümmern? Dann rief er nach dem Sergeanten Hauck, zum Zeichen, daß die Unterredung beendet sei.

16

Die Kriegshochzeit des Erblandmarschalls Kuno Graf Schwan auf Klevenow mit Armgard von Löwenholm sollte der Zeitläufte wegen bescheiden gefeiert werden, dennoch mußte das Fest mit aller Sorgfalt vorbereitet werden.

Die Gräfin korrespondierte mit der Staatskanzlei in Schwerin, auch mit der alten Hoheit persönlich. Es war wünschenswert, daß die Großherzoginmutter Alexandrine an der Vermählung ihres Patensohnes teilnahm, ferner mußte Kuno für die Tage um den 28. August von der militärischen Ausbildung in Ludwigslust beurlaubt werden, schön wäre, wenn der Sohn schon befördert und als Secondeleutnant zum Altar schreiten könnte, in diesem Fall müßte aber die Galauniform rasch genug angemessen werden. Übrigens wurde auch Prinz Günther von Schwarzburg, Kunos Kamerad in Ludwigslust, als Hochzeitsgast auf Klevenow erwartet. Dies alles konnte ohne Fürsprache des Hofes nicht bewirkt werden, Agnes Schwan hatte also zu tun, die Schlöpkes waren nicht weniger beschäftigt. Minna beriet die Köchinnen und die Mamsell in den schwierigen Küchenfragen. Die Festlichkeit sollte schlicht gehalten werden und, wenn es irgend ginge, unter freiem Himmel stattfinden, wobei die Gräfin nicht bedachte, daß ein Parkfest größeren Aufwand erforderte, als eine Mahlzeit an Tischen des Hauses in Küchennähe.

Die Schlöpkes mußten sich also sorgen, aber nicht nur wegen der Hochzeit auf Klevenow. Seit den Vorfällen auf dem Schnitterhof und dem Marstall hatte sich der Sohn ihnen entfremdet. Er sprach nur das Notwendigste, ja oder nein, und ritt übrigens nicht mehr zu so früher Stunde aus wie sonst an den Sommermorgen. Wahrscheinlich hatte die hohe Braut in diesen Tagen Wichtigeres zu tun, als ihren Reit- und Badespäßen zu frönen.

Schlöpke hatte seinen Vormittagsdienst in der Gutskanzlei beendet, die Bücher sorgfältig weggeschlossen. Es war schon gegen Mittag, als er auf der Bank vor dem Hause saß und auf Minna wartete. Sie kam aus der Schloßküche herüber. Man hatte entscheiden müssen, ob im Park auch Fisch serviert werden sollte. Das war mehr als heikel bei den hochsommerlichen Temperaturen, aber Aal gestopt zählte zu Graf Kunos Lieblingsspeisen, man würde sie ihm an seinem großen Tag kaum vorenthalten können.

Minna ließ sich neben dem Mann auf der Bank nieder. Er hatte ihr verziehen und legte seine Hand auf die ihre.

Merkwürdig, sagte sie, was einem durch den Kopf geht. Von Aal gestopt war die Rede, da mußte ich daran denken, wie du um mich geworben hast, vor zwanzig Jahren, in der Gesindestube von Schloß Klevenow. Weißt du noch, du hast von deinen Junggesellennöten berichtet, und nebenan am Herd redete die alte Köchin, Gott hab sie selig, redete und redete, wie viele Eier in die fette Aalbrühe gequirlt werden müßten. Waren es nicht fünfzehn Stück auf den Pott?

Beide konnten sich wieder einmal zulächeln.

Da ritten sie heran, Komteß Armgard Löwenholm im roten Jagdhabit, diesmal mit Zylinder, wie es die gute Sitte forderte, und neben der Komteß ritt Jörn, mit finsterem Angesicht.

Und nun mußten die beiden Alten tun, was nach der Schwanschen Gesindeordnung geboten war. Sie erhoben sich, kehrten sich dem heranreitenden Paar entgegen. Schlöpke entblößte das kahle Haupt, und dann neigten er und Minna sich ehrerbietig. Kein Gegengruß, kein Dankeswort. Sie ritten vorüber.

Die beiden Alten setzten sich wieder, schwerfällig, als hätten sie etwas leisten müssen, das ihre Kraft gekostet hatte. Merkwürdig ist es schon, sagte Schlöpke, daß wir den Rücken krümmen müssen vor unserem eigenen Sohn, der fremd tut. Hätte er nicht die Tageszeit bieten können? Hätte er ihr nicht sagen können: Es sind meine Eltern, die beiden Alten dort.

Minna seufzte. Mein Gott, und was haben wir auf uns genommen um dieses Kindes willen.

Um seines Vaters willen ist alles geschehen. Sei ehrlich, Minna, du hast Jörn Tiedemann geliebt, mich hast du gebraucht. Ich war der Notnagel.

Was er sagte, ging ihr nahe. Sie mußte nach Antwort suchen. Ach, Schlöpke, heute sind wir alt. Wollen wir jetzt davon reden, was wir vor zwanzig Jahren voneinander gehalten haben?

Die Sonne gab dem Gesicht des Alten Farbe, beinahe schien es, als mache das grelle Licht es jugendlicher, ein bißchen liebenswerter. Der Anblick rührte Minna. Sie strich mit gekrümmten Fingern über seine hagere Wange. Ich verdanke dir viel, ja, ich habe dir zu danken. Nichts hatte ich mehr gefürchtet als das Alter, daß ich allein stehen würde, von niemandem geliebt. Und heut, Schlöpke, habe ich mit einem Mal wieder große Angst. Was geschieht, wenn offenbar wird, daß der Junge aus einer Familie von Mördern stammt?

Schlöpke sagte: Die gräfliche Familie hat damals in Italien

geweilt. Ich habe Papiere für die Adoption besorgt, an denen nichts zu deuteln ist. Pfarrer Christlieb, der alles wußte, ist längst unter der Erde. Nur dieser Junge, dieser Jan Tiedemann, ist eine Gefahr. Ich habe Vollmacht zu seiner Verwahrung. Den laß ich nach Güstrow bringen, ins Graue Haus, du kannst dich drauf verlassen.

Minna erhob sich von der Bank. Mit einem Mal erschien sie so kühl und herrisch wie eh und je. Sie sagte: Das wirst du nicht tun, Schlöpke. Es wäre Frevel, den einen Bruder dorthin zu bringen, von wo wir den anderen geholt haben. Schick seiner Mutter Gesine Reisegeld, sie muß uns helfen.

*

Sie wollte wieder einmal zum See hinunter. Dem Jörn hatte das Herz am Hals gepocht, als ihm Armgard mit der Gerte die Richtung wies.

Dann wieder das Spiel wie in guten Tagen. Wer ist früher am Ziel? Der Schnellste bin ich, ich bin schneller als du. Sie warf ihm den Zylinder zu, der sie beim scharfen Ritt behinderte. Schon war sie davon. Er wußte aber einen heimlichen Pfad und war vor ihr am See.

Sie hatten sich seit Tagen nicht gesehen. Er hatte nur eine Ahnung, warum, und litt beinahe körperlich an der Ungewißheit. Kann sein, sie trägt mir die Prügelei mit dem Schnitter nach, daß ich diesem Strolch unterlegen bin. Einmal hat sie gesagt: Ich brauche einen Leutevogt, der sich gegenüber dem Gesinde durchsetzen kann. Ein Leutevogt gilt in Dänemark so viel wie ein Inspektor. Kann sein, sie vermutet, daß ich es gewesen bin, der den Prügelbock hatte suchen lassen. Dabei weiß ich von ihr, daß früher auf dänischen Herrenhöfen das hölzerne Pferd geritten wurde, von unbotmäßigen Knechten oder verstockten Schuldenbauern.

Man hob sie gewaltsam in den Sattel, er war mit dornenspitzen Nägeln gespickt, beschwerte die Füße der Bösewichter mit Feldsteinen, bis sie sich den nackten Arsch blutig rissen und den Stachel dort eindringen fühlten, wo ich ein Mann bleiben will.

Bis sie sich verweigerte, hatte Jörn Schlöpke die schönste Frau der Grafschaft besessen. Er fühlte sich krank ohne sie, er war hungrig nach Liebe. Heute spielte Armgard wieder das Spiel, mit dem die Geschichte begonnen hatte, der Schnellste bin ich, ich bin schneller als du. Er war wieder am Ziel, erhitzt und verschwitzt, riß sich die Kleider vom Leibe und stürzte sich kopfüber in den See.

Als er auftauchte, sah er Armgard am Ufer, warf in der hellen Lust die Arme hoch und schrie: Komm!

Sie kam nicht.

Er ließ sich sinken bis ans Kinn und versuchte, sich den Kalender ins Gedächtnis zu rufen, während der Regel geht eine Frau nicht gern ins Wasser. Aber kann sie dann reiten wie wild?

Schließlich watete er ans Ufer, nackt, seiner körperlichen Vorzüge gewiß, die Nässe rann ihm aus Haupt- und Körperhaar, über die glänzenden Schultern, bauchwärts zwischen die Schenkel hin, und dann, endlich am Strand, mußte er den Kopf schief halten und auf einem Bein hüpfen, um die Wassertropfen aus den Ohren zu schütteln.

Armgard sagte: Bekleide dich.

Sie kehrte ihm den Rücken und ging ein paar Schritte. Jörn stieg das Blut zu Kopf, er mußte sich seiner Nacktheit schämen, so wie dem Adam in Eden geschehen war, nachdem er vom Baum der Erkenntnis gekostet und seine Unschuld verloren hatte. Sie hatte ihn stehenlassen, obwohl er bereit gewesen war. Himmel, sie würde ihn doch nicht aus dem Paradies vertreiben wollen? Ihm wurde mit einem Mal angst. Er hatte Mühe, sich das Zeug über die nasse Haut zu streifen, und fuhr sich mit allen zehn Fingern durch die Haare, um das Wasser herauszuschütteln.

Dann führte er die Pferde vor.

Das Lied von Füchsin und Hahn fiel ihm ein, was von der Liebe blieb, waren die Federn im Strauch.

Zu dienen, Euer Gnaden.

Sie sah ihn an. Der da vor ihr stand zwischen den Gäulen, war blaß, das Haar hing ihm ins Gesicht, und er zitterte wie ein Knabe, der unversehens ins kalte Wasser gestoßen worden war.

Sie sagte: Schreib mir keine Briefe mehr.

In seiner Liebesnot hatte sich Jörn tatsächlich hinreißen lassen, ihr eine Botschaft zu senden. Er konnte die Buchstaben malen, beinahe so gut und schwungvoll wie sein Vater, und hatte geschrieben: An Ihro Gnaden, Komteß Armgard von Löwenholm auf Klevenow. Ich kann nicht leben, ohne an dich zu denken. Er wiederholte, was er zu Papier gebracht hatte.

Das wirst du lernen müssen, Jörn Schlöpke. Sie saß hoch zu Roß, als sie sprach. Wir werden uns bis zur Vermählung nur noch begegnen, wenn es unumgänglich ist, am besten in Gesellschaft anderer. Kuno zieht ins Feld. Ich will kein Gerede, also keine morgendlichen Ausritte mehr.

Jörn verneigte sich. Ihr seid die Herrin, ich bin der Knecht.

Sie sagte: Das muß nicht so bleiben. Ich bekenne mich zu diesem Wort, aber einlösen kann ich es nur, sobald ich weiß, daß du das Zeug hast, über Leute gesetzt zu sein. Ich will mich deiner nicht schämen müssen, Jörn Schlöpke.

Dann ritt sie davon.

Er versuchte nicht, ihr zu folgen, sondern ließ den Gaul dahintrotten, wie es ihm gerade gefiel. Er ritt dorfwärts, wie ein Krieger nach verlorener Schlacht.

*

Um Jan Tiedemann sorgten sich viele. Ein, zwei Mal hatte tatsächlich der Physikus Doktor Kuhfeld, Leibarzt der gräflichen Familie, nach ihm gesehen und jedes Mal den Kopf geschüttelt, nachdem er dem Leidenden, der bäuchlings lag, die Wundlappen heruntergerissen hatte. Welcher Täter protestantischer Konfession käme wohl auf den Gedanken, jemandem wie diesem Tiedemann, als Schandmal ein Kreuz in den Rücken einzuschneiden? Dieser tüchtige Arzt stand von Amts wegen seit Jahren als Gerichtsmediziner im Sold und mußte gelegentlich den Hinrichtungen beiwohnen, allzu viele wurden in Mecklenburg nicht mehr vollzogen, und die schlimmsten Torturen waren abgeschafft, so das Rädern von Delinquenten. Aber so ähnlich wie dieser Tiedemann hätte einer zugerichtet werden müssen, ehe man ihn aufs Rad flechten konnte.

Doktor Kuhfeld verordnete scharfe Tinkturen, die wie Säure ätzten und verhindern sollten, daß sich Brand und Eiter tiefer ins Fleisch hineinfraßen. Mala hielt den Kopf des Geschundenen im Schoß, er brüllte bei jeder Behandlung und zerbiß dem Mädchen die Schürze. Da erinnerte sich Olga Kalusa ihrer Großmutter, die hatte in einer Hütte vor dem Dorf gehaust und sich mit Kräutern besser ausgekannt als eine Hexe. Was man zu polnischer Suppe brauchte, würde auch in Klevenow zu finden sein, wilder Mohn vor allem, und Branntwein gab es zu kaufen. Olga hatte den Trank gebraut, und Jan war stark genug gewesen, ihn zu überleben. Er schlief und schlief und bemerkte kaum, daß die

Frauen seine Wunden reinigten und schließlich mit einer Salbe bestrichen, die der Schäfer vorbeigebracht hatte. Was einem verletzten Vieh helfe, könne einen Mann nicht umbringen. Der Schäfer schwor auf die heilende Wirkung von Dachsfett, es war ranzig und stank, aber mit der Zeit schlossen sich tatsächlich die Wunden. Eines Morgens, als Mala erwachte, sah sie den Jan aufrecht im Bette sitzen, er lächelte und verlangte zu essen.

Übrigens hatte auch Pastor Pistorius einen Besuch gemacht und dem Genesenden einen Band des Bilderkonversationslexikons von Brockhaus mitgebracht, damit er was zu lesen hatte. Als Mala in die Stube kam, lehnte der Kranke mit dem Rücken am Kopfende des Bettes, das schwere Buch hielt er im Schoß. Er sagte: Jetzt weiß ich, wo wir unser Glück machen können, Mala. Wir wandern nicht nach Nordamerika aus, wie dein Vater gewollt hat, wir fahren nach Argentinien und leben in der Steppe, in den Pampas. Ich kann mit dem Lasso umgehen, und wie man Rinder hütet, weiß ich auch. In den Pampas leben die Abkömmlinge der eingewanderten Spanier, sie haben die Städte verlassen, so steht hier, und sich aufs flache Land begeben, wo sie sich fast ausschließlich mit Viehzucht beschäftigen. Hör zu: Der Gaucho lebt einsam, sein Haus liegt in der weiten Ebene, es ist aus Erdmauern erbaut und besteht aus einem einzigen großen Zimmer, das mit Rohr gedeckt und oft dermaßen von widerlichen Insekten angefüllt ist, daß die Familie des Gauchos im Sommer unter freiem Himmel schläft. Stell dir das vor, Mala, wir beide des Nachts unter einer Pferdedecke, und über uns das Kreuz des Südens.

Erst einmal müssen wir hierbleiben, erst mußt du gesund werden.

Ich trau dem Frieden nicht. Beim Gericht wartet man ja

auch bloß so lange, bis der kranke Übeltäter soweit hergestellt ist, daß er selber bis zum Galgen gehen kann.

Du gehörst ins Bett, und du hast nichts verbrochen, Jan.

Er sagte: Wir müssen fort, sobald es mir besser geht. Vielleicht nimmt uns für eine Weile einer von deinen Leuten auf. Ich hab gehört, daß in Strelitz viele Juden wohnen.

Ach, Jan, sie würden uns nicht verstehen. Wie oft hab ich dir von dem Rosenstrauch erzählt, den man begräbt. Ich bin bei dir, und bei dir will ich bleiben, also müssen sie mich verstoßen.

Jan sagte: Und ich muß in den Krieg ziehen. Wenn's ans Totschießen geht, fragt kein Mensch, ob du ein Graf oder Schnitter, ob du ein Christ oder ein Jude bist. Herrgott, warum hast du eine Welt gemacht, die mir so wenig gefällt!

Mala stürzte zum Bett und umarmte ihren Liebsten vorsichtig, damit sie ihm ja nicht wehtat, dann küßte sie ihn und sagte: Ich bin fremd in dieser Welt und ohne dich verloren. Du darfst nicht in den Krieg.

Er wollte nicht, daß sie weinte, und tröstete sie: Dann müssen wir doch fort, nach Südamerika. Und damit sie was zu lachen hatte, las er ihr aus dem Brockhaus vor: Alle Gauchos sind von frühester Jugend an immerwährend zu Pferde, weshalb ihre Beine schwach und krumm ausgebildet sind, so daß ihnen der Gang zu Fuß beschwerlich fällt. Manchen Menschen in den Pampas ist selbst die leichte Arbeit des Viehhütens zu lästig, deshalb führen sie ein Vagabundenleben. Sie stehlen Pferde und verkaufen sie nach Brasilien. Mehr als einmal haben diese Menschen sogar Weiber aus der Stadt Bounos Ayros geraubt. – Ich brauch kein Weib zu mausen, ich bring sie mit, die schönste Frau der Welt.

17

Und dann kam der Tag, an dem Kuno Schwan und die dänische Armgard Löwenholm auf Klevenow Hochzeit hielten, schwarze Hochzeit, wie man später sagen wird, denn ein Schatten fiel auf das Fest, das so heiter begonnen hatte.

Viele freuten sich auf den Tag, viele halfen, ihn vorzubereiten. Ein Dutzend Knechte hatte den Parkrasen kurz geschnitten und glatt geharkt. Die Tanzböden der Begüterung wurden vom Mobilar geräumt, die Gespanne fuhren tagelang, um Tische und Stühle heranzubringen, genügend Bänke auch. Selbst das Gesinde sollte bewirtet werden und brauchte also Sitzgelegenheit. Die Beschließerin mußte sämtliche Wäscheschränke plündern, damit man die Tafeln unter freiem Himmel mit feinem Linnen decken konnte, schon vormittags flatterte es blendend weiß unter dem Blättergrün, mit Steingut beschwert, mit Bierseideln und Schnapsgläsern, die man von den Gastwirten der Umgebung geliehen hatte. Nur die Tische im Pavillon von Gräfin Agnes' Rosengarten waren mit sächsischem Porzellan gedeckt, das Beste war gerade gut genug, da sich höchstwahrscheinlich Ihre Königliche Hoheit Alexandrine, die Großherzoginmutter, die Ehre geben würde.

Wieder einmal mußten alle Herde des Küchengewölbes befeuert werden, obwohl eine bescheidene Feier angesagt war. An die dreißig Bleche mit Bienenstich mußten doch gebacken werden und ebensoviel an Beerenkuchen, nun wahrhaftig ein volkstümliches Gebäck, die feinen Tafeläpfel waren längst zur Neige gegangen, und wem der Kuchen zu sauer schmecken sollte, konnte mit Schlagsahne süßen, an der in Klevenow kein Mangel war.

In Gräfin Agnes' Garten blühten Hunderte von Rosen verschwenderisch, ihr schwerer Duft vermochte nicht durchzudringen, so lange es bis ins Dorf nach frischem Kuchen roch, nach Kaffee, der geröstet wurde, nach Gesottenem und Gebratenem.

In aller Sonntagsfrühe wurde dem Bräutigam ein Ständchen dargebracht. Die Militärkapelle seines Regiments war aus Ludwigslust angereist, eine sehr nette Geste des Kommandeurs, des Herrn Major von Knesebeck, damit Kuno Schwan mit Pauken und Trompeten geweckt werden konnte. Schon morgens also klingendes Spiel vor dem Schloß und die tröstliche Liedzeile:

Nun adieu, Luise, wisch ab das Gesicht,
eine jede Kugel, die trifft ja nicht,
denn träfe jede Kugel apart ihren Mann,
woher kriegten die Könige ihre Soldaten dann?

Großes Hallo und ein Tusch, Graf Kuno erscheint, noch im Nachthemd, am offenen Fenster und drückt sich selber die Hände, um sie winkend zu heben zum Beweis der herzlichen Verbundenheit mit den Kameraden.

Hoch lebe die Braut! Wo ist die Braut?

Man hört, sie soll das natürlichste und liebenswürdigste Wesen sein, das sich denken läßt, also wird sie mit Kuno das Bett geteilt haben, es ist Krieg, und wie viele Nächte bleiben ihnen noch.

Nein, eines der Fenster im oberen Stockwerk öffnet sich,

die sich herausbeugt, muß die Komteß sein, üppiges, wild gelocktes Haar, das bis auf die Schultern fällt. Die Dame ist im Negligé, der Busen kann sich sehen lassen, selbst auf Distanz.

Noch ein Tusch also, ein Gruß für die Braut.

Später die Auffahrt der Kutschen, die von Malchin oder Gielow herankommen und von den Lakaien zur Kirche hinauf gewunken werden.

Dann das Geläut. Das Gotteshaus, bald zum Bersten gefüllt, kaum einfaches Volk in den Bänken, viel Militär, Galauniformen in rot, weiß und blau, die Herren ordenbehängt, die Damen juwelengeschmückt in festlichen Sommerroben, Nachbarn oder Freunde der Schwäne von Klevenow, deren Namen Klang haben in Mecklenburg, wie die von Bernstorff, von Bülow, von Flotow, die von Maltzan, von Oertzen, von Bothmer oder von Bassewitz. Sie alle warten, es ist schon ein wenig über die Zeit.

Tatsächlich gab es Aufenthalt. Sekretarius Schlöpke, wie immer verantwortlich für das Protokoll, hatte Sorgen, denn der dänische Löwenholm, der seine Tochter führen sollte, war nicht auf die Fähre gelangt. Das erfährt man in letzter Minute. Und Prinz Günther von Schwarzburg, der den Brautvater hätte vertreten können, ist leider, wie die Frau Großherzoginmutter, auch noch nicht eingetroffen. Protokoll hin, Protokoll her, warum soll Kuno Schwan die eigene Braut nicht geleiten können?

Schon stellt man sich auf, da rattert, dem Himmel sei Dank, die Staatskalesche aus Schwerin heran. Also noch einmal fünf Minuten Glockenbimbam, dann rauscht die Orgel auf, das Portal öffnet sich, ins Dunkel der Kirche ergießt sich das Tageslicht in breiter Bahn. Prinz Günther von

Schwarzburg führt Armgard Löwenholm an schwebender Hand. Sie trägt glänzendes Weiß, die Farbe der Reinheit, und über dem Schleier ein Diadem, noch jede Schwänin hat es der Schwiegertochter zum Hochzeitstag übergeben. Jörn Schlöpke, der sich wie alle anderen erhoben hat, muß sich auf die Zehenspitzen stellen. Er sieht, Armgard trägt den Diamantreif wie eine Krone, Armgard geht ihm davon. An Kunos Seite tappelt die alte Hoheit Alexandrine von Mecklenburg, Spitzen, Rüschen und Perlenschnüre bis unter das Kinn, huldvolles Lächeln ins Publikum, Kopfnicken links, Kopfnicken rechts. Und nun folgen zum Beschluß gemessenen Schrittes die Gräfinnen Schwan, die verwitwete neben der geschiedenen, die eine fliederfarben gewandet, die andere, wie immer, extravagant und in Schwarz.

Man darf Platz nehmen und tut es geräuschvoll. Pastor Pistorius wartet das letzte Hüsteln ab, das letzte Knarren im Kirchengestühl. Er ist angewiesen, sich kurz zu fassen und philosophiert über den alten Gott, der Gott der Deutschen sei, denn seht, gerade uns ist er in der Vergangenheit offenbar geworden durch das Gnadengeschenk reicher Begabung, die uns zum Volk der Denker und Dichter machte, aber auch zum Volk der Reformation. Auch in der Gegenwart sei Gott, der Herr, dem deutschen Volke nahe wie der Feuerbrand im Dornenbusch, damit es in diesem Krieg nicht zu Asche verbrenne, sondern zum reinsten Gold geläutert werde. Die deutschen Heere schicken sich an, Paris einzuschließen.

Nun rasch die Trauung des hohen Paares, der Segen, der Dankeschoral.

Und dann kommt das Fest im Garten von Klevenow. Bis zuletzt hatte Agnes Schwan gebangt, ob das Wetter halten würde. Es hält, es hält. Vielleicht ist es wirklich so, wie Pistorius gepredigt hat, daß Gott mit den Deutschen und also auch mit den Schwänen ist. Der Himmel jedenfalls hatte reinstes Blau gehißt.

Der Schloßterrasse gegenüber ist für die erlauchtesten Gäste im Schatten der Platanen eine Tafel in Hufeisenform aufgeschlagen. Schon perlt der Sekt in den Gläsern. Die Domestiken stehen bereit, da schmettern die Fanfaren. Die Militärmusikanten aus Ludwigslust sind wahre Meister ihres Fachs, sie intonieren beinahe makellos den Hochzeitsmarsch aus dem Sommernachtstraum, während sich die Jungvermählten, gefolgt von den Anverwandten und Freunden, der Tafel nähern. Herrliche Musik, die selbst die Herren Offiziere zu gelöster Haltung verführt und macht, daß aus dem Gang zur Tafel ein Dahinschreiten von beinahe tänzerischer Anmut wird.

Die alte Hoheit, jetzt am Arm des Prinzen von Schwarzburg, ist heiterster Laune und grüßt, da andere nicht Spalier stehen wollen, auf gewohnte Weise die Bäume im Park, Kopfnicken links, Kopfnicken rechts. Aber kaum, daß die Brautjungfern den Schleppschleier raffen können, kaum daß Kuno seiner jungen Gräfin den Stuhl an der Tafel hat zurechtrücken können, erweist sich, was Soldatenkehlen vermögen. Die Secondeleutnants, Hauptleute und Majore überbrüllen die Mendelssohnsche Festmusik mit dreifachem Hurra! Hurra! Hurra!

Nicht allzu weit von der Haupttafel waren die Schlöpkes plaziert. Minna hatte sich schöngemacht, auf ländliche Weise, wie sich das geziemte, nämlich ein Festkleid, das noch von ihrer Mutter stammte, aus der Truhe herausgesucht und ein wenig modernisiert, aber sie hatte sich nicht geniert, eine Putzmacherin in Malchin aufzusuchen und trug zum ersten Mal in ihrem Leben einen Hut. Schlöpke hatte sich in den alten Bratenrock gezwängt, der leider beim Waschen eingelaufen war. Bei all den Aufregungen war Minna nicht dazu gekommen, die Säume herauszulassen, deshalb rutschten dem Sekretär die gestärkten Manschetten auch heute wer weiß wie weit aus dem Ärmel. Der alte Mann, hager und bleich von Angesicht, war unheimlich anzusehen, beinahe so, als wäre der Gräfin Agnes eingefallen, den Gevatter Tod zu Tisch zu bitten. Übrigens schien auch Jörn vom Fleisch gefallen oder an einer auszehrenden Krankheit zu leiden. Seine Mutter betrachtete ihn mit Sorge. Er starrte unverhohlen auf die junge Gräfin Schwan.

Minna sagte: Deine Großeltern haben noch in der Leibeigenschaft dienen müssen, wir dürfen in der Nähe der Herrschaft sitzen.

Jörn lächelte. Die Gräfin Armgard wird mich weiterbringen.

Schlöpkes Augen lagen tief in den Höhlen, und sie schienen zu glimmen, als er sagte: Sie wird dich verderben.

Der Junge lachte leichtfertig. Sie will mich zum Leutevogt machen. In Dänemark gilt das so viel wie ein Gutsinspektor.

Schlöpke murmelte: Die Lippen einer Hure sind wie Honigseim, steht geschrieben, aber ihre Füße führen hinunter in den Tod.

Minna preßte erschreckt die Hände gegen das Herz. Gotteswillen, wie redest du an einem solchen Tag?

Der Junge sprang auf, er riß im Zorn den Stuhl zurück, es schien, als wolle er die Eltern vor aller Augen brüskieren. Aber er ging nicht davon, sondern umklammerte die Lehne, weil sich an der Haupttafel Iduna Schwan-Schwan erhob und mit dem Ring ans Glas klopfte, um sich Gehör zu verschaffen.

Liebste Armgard, lieber Kuno! In dieser Stunde von großer Erhabenheit und erhabener Größe – die Dichterin hatte eine Vorliebe für umkehrende Wortspielereien –, in dieser Stunde fällt die Ehre auf mich, ein paar Worte zu sagen, denn ich bin die älteste Schwänin …

Und Mecklenburgs große Dichterin, rief Kuno galant unter dem Beifall der Gäste.

… Ich liebe euch und muß mit euch leiden. Ihr habt euch heute gebunden, um euch morgen zu trennen. Dein lieber Herr, Armgard Schwan, wird mit vielen seinesgleichen gen Frankreich reiten. Möge bald Victoria geschossen werden, mag er sich bald im Staube winden wie ein Wurm, Napoleon!

Iduna Schwan-Schwan hatte aus gegebenem Anlaß gedichtet. Nun trug sie die Verse vor, mit der Gebärde einer Seherin, sie reckte den Arm aus, als deute sie ins Weite oder in die Zukunft, und folgte jedem ihrer Sätze mit dem Blick, als müsse sie sich nachschauend vergewissern, daß ihre Botschaft auch das fernste Ohr erreichte.

Er wankt, er wankt, er bricht zusammen,
er, der die Geißel des Jahrhunderts war,
und nunmehr, wie ein Phönix aus den Flammen,
schwingt westwärts sich der junge, deutsche Aar,
dem Frührot einer neuen Zeit entgegen.

Darauf konnten die Damen nur mit heftigem Beifall und die Herren mit dreifachem Hurra antworten.

Die alte Hoheit sagte: Interessant, irgendwie, und bat später die Dichterin um eine Abschrift der Verse, die wolle sie ihrem Sohn, dem Großherzog, und König Wilhelm, ihrem lieben Bruder, ins Feld schicken, zur Ermunterung wie zur Erbauung.

Iduna versank tief im höfischen Knicks. Zu gütig, Euer Königliche Hoheit.

*

Da ist das Feld, ein Roggenplan, schmutziges Gelb. Es hat seinen Anfang hinter dem Erlengehölz und dem Weidengestrüpp, das den See begrenzt, und wir müssen ein Feuerchen machen, bei den Steinen, wo wir ein wenig rasten wollen, die Wasserkruken niedersetzen. Ein Feuer im heißen August, damit wir Rauch haben, der die Mücken vertreibt, die Bremsen, ganze Wolken von ihnen schweben und schwirren über dem Gebüsch.

Da ist das Feld, sein Anfang ist hier, aber ein Ende nicht abzusehen. Es steigt hügelan, bis es sich mit dem Himmel trifft, unendliches Blau, unendliches Gelb. Dort hinauf müssen wir, Sensenhieb für Sensenhieb, bis wir uns wieder abwärts hauen können, zum Feuer hin, zu den Mücken, zur Rast bei den Steinen, und die Weiber müssen uns folgen, sich tausendmal bücken, um mit der Sichel die Halme zu Garben zu raffen, tausendmal Bänder drehen, tausendmal binden. Wer weiß, wie groß das Feld ist, wie viele Hufen es mißt? Uns scheint es unermeßlich, zehn Dörfer hätten darauf Platz und Hunderte von Gärten, Hunderte von Hütten. Wenn uns doch eine gehören würde. Es ist nicht nur die Armut, die uns Jahr für Jahr wandern läßt, es ist auch die Hoffnung, wir könnten Saison für Saison einen Taler auf den anderen legen, um einmal ein kleines Feld zu bestellen, das uns selber gehört, fünfzig Schritt lang und fünfzig Schritt breit. Wo mögen wir's finden?

Wir müssen hinauf und hinunter, bis wir am Ende sind mit der Arbeit, mit unserer Kraft, und wir haben dafür zwölf Stunden am Tage Zeit, so viel ist gewiß. Wir stehen am Feuer und hören, was die Weiber schwatzen. Sie hätten gerne die

Braut gesehen, den festlich geschmückten Gästen gewinkt, eine wirkliche Königstochter soll im Hochzeitszug schreiten und ein bildhübscher Prinz, aber die Gutsverwaltung hat uns in die Flur geschickt, damit wir das schöne Bild nicht trüben.

Sie standen ums Feuer und strichen die Sensenblätter mit dem Stein und hörten den Weibern zu, dann stellten sie ihr Gerät beiseite, und alle sahen auf Jan Tiedemann. Der trug statt eines Kittels über der schmuddeligen Werggarnhose ein schneeweißes, gerüschtes Hemd, wie's die Herren tragen, eine mitleidige Frau hatte es dem Kranken auf die Schwelle gelegt, und er hatte es übergestreift, weil es von so feinem Linnen war, daß es die Narben nicht scheuern würde.

Du brauchst noch nicht in die Reihe, Jan.

Mal muß ich's versuchen, Gorski.

Wir werden den Hügel gemächlich angehen, und dich nehmen wir in die Mitte.

Sie hätten vielleicht noch ein Weilchen beisammen gestanden, dies oder das geredet, aber da kam vom See hoch der Vorschnitter, der war Partei mit der Gutsverwaltung. Sie sahen ihn und dachten, wie sie den Jungen gefunden hatten, beinahe zu Tode geschunden auf dem Prügelbock, mit einem klaffenden, blutigen Kreuz, das ihm in den Rükken geschnitten war.

Mala sah dem Stollinski entgegen. Ich schwöre, einer hat polnisch geflucht, do stu piorunów. Stollinski war nicht in seinem Bett. Er war einer der Schinder, niemand bringt ihn vor Gericht.

Sie standen im Kreis neben dem Feuerchen, Männer und Weiber, sie steckten die Köpfe zusammen, sie legten die Arme einander um die Schultern und redeten leise, wie Leute, die sich verschwören.

Gorski flüsterte: Wenn es in Mecklenburg keine Gerechtigkeit gibt, müssen wir warten, bis wir in Polen sind, um ihn anzuzeigen. Oder wir richten ihn selbst. Letzte Saison war da so eine Geschichte: Man hat einen Rumpf gefunden in irgendeinem Modderloch, aber niemals einen Kopf, der dazu gehörte. Den hatte man wohl in einen Sack gesteckt, mit Steinen beschwert und im See versenkt, dort wo er am tiefsten ist. Keiner hat erfahren, wer der Tote war und wer sein Richter.

Olga Kalusa schrie leise auf.

Koschoreck sagte: Jeder soll seinen Kopf verlieren, der die eigenen Leute verrät.

Da war Stollinski heran. Keine Ahnung, wovon seine Leute redeten, keinen Sinn für Gefahr. Er gab sich selbstsicher wie einer, der besser unterrichtet ist als alle anderen, und tatsächlich hatte ihn der Sekretär Schlöpke wissen lassen, er sei unabkömmlich, weil zum Feste geladen, Stollinski werde Manns genug sein, die Angelegenheit mit Hilfe eines Beamten zu regeln. Keine Störung des Festes!

Welche Angelegenheit?

Geheimnis. Nur Schlöpke, das Amt und Stollinski sind eingeweiht. Heute abend würde der Vorschnitter jedenfalls die Kolonne unter dem Daumen haben. Wie eh und je warf er sich vor seinen Leuten in die Brust. Do stu piorunów! Schert euch auf Feld!

Also, greifen wir zur Sense, holen wir noch einmal tief Luft, hauen wir erst einmal eine Bresche, gehen wir den verdammten Hügel an.

Gorski hebt die Hand. Er führt die Reihe, er geht am linken Flügel, dann kommt Lewinski, dann kommt Koschoreck, er und Butt nehmen Jan in die Mitte, dann kommen die übrigen, bald haben sie sich eingespielt und arbeiten im

Takt, einer neben dem anderen, gleichmäßig, als würden sie vom Einpeitscher dirigiert, Schritt und Sensenschnitt, weit ausholender Schwung, Schritt und Schnitt, seht, wie die Halme zur Seite rauschen, und wieder die leichte Drehung des Oberkörpers, das Ausschwingen des Sensenbaumes, der Schritt und der Schnitt. Schwere Arbeit, schön anzusehen, wie zwölf Männer jede Bewegung gleichzeitig tun, beinahe anmutig, als hätten sie einen Tanz einstudiert, dieses Sichwiegen und Schwingen, Schreiten und Schneiden, und wahrhaftig, es klingt beinahe wie eine Musik, wenn die Sensenblätter rhythmisch durch die Halme rauschen, Schritt und Schnitt.

Die Weiber haben es schwer, mit den Sicheln die Halme zu raffen. Wie lange erträgt das eine, dieses sich krumm machen und bücken müssen, nicht in die Knie brechen dürfen unter gnadenloser Sonne.

Auch Jan muß bei der Arbeit keuchen. Stollinski schlendert näher. Er sagt: Schlägt junges Herr vom Gut, macht Ärger, macht langsame Arbeit.

Als Gorski das hört, blinzelt er gegen die Sonne, als schaue er auf die Uhr. Er ruft: Pause! Für ein Weilchen will er den Jan entlasten.

Stollinski brüllt: Weitermachen!

Er kann sich in die Brust werfen, er kann fluchen, so oft er will, die Männer haben die Sensen umgekehrt, sie stehen in langer Reihe und lassen die Arbeit ruhen. Dann sehen sie das rote Pferd, wie es vom Horizont herunterprescht. Der darauf sitzt, in Uniform mit Pickelhaube, ist ein Gendarm aus dem Warener Beritt. Er reißt an der Trense.

Wer ist der Vorschnitter?

Zu dienen, Herr. Stollinski verneigt sich. Er weist von unten herauf schielend auf Jan. Das ist Verbrecher Tiedemann.

Mitkommen!

Koschoreck gibt seine Sense an Butt. Er stellt sich neben Jan. Der Junge ist neunzehn, Herr, manchmal zu wild und zu unbeherrscht. Ich hab seiner Mutter versprochen, auf ihn zu achten. Er ist nicht gesund.

Maul halten!

Koschoreck atmet fauchend ein, dann reißt er dem Jan das Rüschenhemd vom Leibe und dreht ihn so, daß der Gendarm die Narbe sehen muß, das Schandmal auf seinem Rücken. Er ist fast zu Tode geschunden worden. Von wem, Stollinski? Niemand hat danach gefragt, und der Junge soll bestraft werden. Das ist nicht gerecht.

Der Gendarm entfaltet ein Papier, ein amtliches, jeder hat es zu respektieren. Er hält es mit beiden Händen hoch. Jan Tiedemann wird in die Korrektionsanstalt Güstrow verbracht wegen Aufwiegelei und Hetze in Kriegszeiten.

Mala schreit: Er ist unschuldig. Wir müssen ihm helfen.

Da nehmen die sechs Weiber ihre Sicheln zur Hand, sie umringen den Jungen, und vor die Weiber stellen sich elf Männer mit umgekehrten Sensen hin, um die Blätter zu schärfen, das macht ein aufreizendes schrilles Geräusch.

Der berittene Gendarm will blank ziehen, aber was vermag ein Säbel gegen ein Dutzend messerscharfer Sensenblätter, die ihm entgegen stehen?

Er ritt davon, um Verstärkung zu holen.

Sie sahen ihm nach, die Weiber, die Männer, bis er auf seinem roten Pferd über den Hügel ritt. Dann ließen sie den Stollinski stehen und gingen nach Hause.

*

In der Rosenlaube des Gartens von Klevenow hielt die alte Hoheit Hof. Zu ihrer Rechten hatte Agnes Schwan, zu ihrer Linken Iduna, die dichtende Gräfin, Platz genommen.

Die Damen der umliegenden Adelshäuser saßen im Kreis und bewegten ihre Fächer, der nachmittäglichen Hitze wie der Fliegen wegen.

Alexandrine, geborene Prinzessin von Preußen, wohlunterrichtet wie immer, erzählte, wie glanzvoll der deutsche Sieg bei Gravelotte gewesen sei. Erst zehn Tage her, zehn Tage her. Und die Franzosen haben dreizehntausend Mann verloren. Sie werden verstehen, meine Damen, der Aderlaß für unsere deutschen Angreifer mußte größer sein, irgendwie, und beläuft sich leider auf zwanzigtausend Tote und Verwundete, darunter eintausend Offiziere, die meisten aus dem Adel, wie Sie sich denken können. Wenn nun, nach dem Kriegsetat, auf vierzig Mann ein Offizier gerechnet werden muß, so war in der Schlacht von Gravelotte auf zwanzig Mann ein Offizier gefallen. Das ist ein rühmliches Zeugnis, denke ich, für das Beispiel, mit welchem die Führer ihrer Mannschaft, ja, so kann man sagen, vorgeleuchtet hatten, vorgeleuchtet.

Mit diesem Wort schloß die alte Hoheit, kopfzittrig und ergriffen, und die Damen bewegten schweigend ihre Fächer.

Pastor Pistorius räusperte sich. Er saß als einziger Mann im erlauchten Damenkreise und meinte, um so wichtiger sei, daß die hochverehrte Frau Agnes Gräfin Schwan das Patronat für den Ortsverein Malchin zur Pflege verwundeter mecklenburgischer Krieger übernommen habe. Er legte eine Liste auf der Tafel aus, und Agnes Schwan blickte ermunternd in die Runde.

Wer von Ihnen in der Liebestätigkeit mit mir wetteifern möchte, der trage bitte seinen Namen ein und spende.

Plötzlich bemerkte sie, daß ihre Schwiegertochter fehlte und erkundigte sich bei Linda, die heute beim Servieren in der Rosenlaube half.

Ich vermisse Armgard. Wo mag sie sein?

Beim Schießen im Park, sagte Linda, und einige der Damen tauschten Blicke hinter vorgehaltenem Fächer. O Gott. Und dann mußten sie lauschend die wohlfrisierten Häupter wenden. Irgendwo im Park sangen die Kameraden des Bräutigams, die Herren Offiziere, sich heiser in der Begeisterung.

Kommt mit Kugel, kommt mit Blei,
kommt mit Sens und Hacke,
Frankreich will den Krieg, es sei,
hurra zur Attacke.
Fallt ihr, wird euch warm und treu
manche Zähre blitzen.
Alle, alle eilt herbei,
Deutschland zu beschützen.

Iduna Schwan-Schwan hatte den schwarzen Spitzenschleier so tief ins Gesicht gezogen, daß sie wie eine Trauernde unter den hellgewandeten Damen saß.

Ist Ihnen nicht gut, Liebe? fragte die alte Hoheit mit Anteilnahme.

Iduna flüsterte: Zwanzigtausend Tote, in einer einzigen Schlacht. Ein teuer erkaufter Sieg, Königliche Hoheit.

Alexandrine von Mecklenburg sagte tröstend: Aber der Preis war die aufgewendete Mühe wert. Die französische Hauptarmee hat sich unter die Kanonen von Metz zurückziehen müssen, denken Sie nur.

Am Abend dieses Tages lag ein toter Mann auf den Fliesen des Schlachtkellers von Klevenow, damit der Gerichtsphysikus ordentlich Leichenschau halten konnte. Der Tote war nicht von Rang.

*

Schlöpke sollte den Fall protokollieren. Er hatte das Gutstagebuch aus dem Schrank der Amtsstube geholt und nach Hause getragen, damit sie ungestört waren und sich erst einmal anhören konnten, was der Junge zu sagen hatte.

Es war so eine merkwürdige Stimmung, Vater, so eine seltsame Lustigkeit unter den Männern, schon das dritte Faß angezapft, sie tranken und tranken, dann sangen sie traurige Lieder.

Hörst du die Trompete blasen? Bald muß ich mein Leben lassen, ich und mancher Kamerad.

Die Mägde kreischten, wenn sie mit den Bierkrügen vorübermußten, weil ihnen die Herren immer tiefer unter die Röcke griffen.

Ich trank nicht, ich stand dabei, für die Offiziere war ich nur ein Mann aus dem Gesinde.

Als sie eines der Mädchen so heftig traktierten, daß es sich schreiend auf dem Rasen wälzte, sprang ich zu, um aufzuhelfen.

Der Herr Erblandmarschall hat gerufen: Bravo, Schlöpke.

Wenn du die Wahrheit aufschreiben willst, Vater, gehört das ins Buch. Bravo, Schlöpke!

Da hielt ich das Mädchen noch bei der Hand.

Der Graf hämisch zu den Offizieren: Das ist Jörn Schlöpke, der beste Beschäler im ganzen Beritt. Dann zu mir: Zeig vor, was du hast. Bespring die Stute, du Hengst. Die Vorstellung wird bezahlt.

Beifall. Sie kommen auf uns zu. Riesengejohle. Zieh blank, Junge, zieh blank.

Der alte Schlöpke sah den Sohn von der Seite an. Das glaub ich nicht. Das schreib ich nicht.

Es ist so wahr, Vater, wie es wahr ist, daß mich Kuno in den Ferien an einen seiner Dresdener Freunde vermieten wollte. Damals bin ich vierzehn oder fünfzehn gewesen und hätte denen niemals meinen Arsch hingehalten, auch nicht für Geld.

Sie haben tatsächlich für die Vorstellung gesammelt, die Herren im Park. Das Weibstück kriegte den gierigen Blick, als die Münzen blinkten. Ich hab sie von mir gestoßen, ich wollte davon. Es hätte ein Unglück geschehen können, wäre nicht Armgard Schwan gekommen, ohne Schleier, ohne Diadem, nicht mehr so fremd wie eine Königin, sondern ein Mädchen im weißen, schwingenden Kleid. Sie hatte bemerkt, daß der Erblandmarschall und seine Kameraden ihren Spott mit mir trieben, nahm mich bei der Hand und führte mich in den Kreis der Offiziere.

Meine Herren, das ist Jörn, ein getreuer Diener des Hauses Schwan, mein Leutevogt und bald auch einer Ihrer Frontkameraden. Erlauben Sie ihm, sich zu beweisen.

Gut, sagte einer, kann sein, daß es der Prinz von Schwarzburg war, blankziehen wollte er nicht, kann er denn wenigstens schießen?

Sie hatten sich, wer weiß von wem, ein halbes Dutzend Strohpuppen machen lassen, ihnen statt der Mützen zerbeulte Kochtöpfe aufgesetzt, sie in rote Hosen gesteckt, ausgediente Schwansche Livree wahrscheinlich. Sie sollten für gefangene Franzosen gelten. Die standen vor der Ziegelwand des alten Schloßflügels, jetzt sagte man ihnen irgendwelche Schandtaten nach und wollte sie standrechtlich erschießen. Kaum einer der betrunkenen Herren traf. Der Prinz warf mir seinen Revolver zu. Ich hab nachgeladen. Ich hab den Popanzen die Töpfe vom Kopf geballert. Dort, wo das Herz sitzt, waren den Puppen französische Kokarden angeheftet. Jede einzelne hätte ich zerfetzt. Da kam Stollinski. Du kennst sein widerliches Gehabe, er zieht die Mütze, er macht eine

Verbeugung, macht sich angenehm. Er sieht wie ein Clown aus, als er seine Kratzfüße vollführt. Bitte Pardon wegen Störung.

Großes Gelächter. Da ist endlich einer, dem man in den Arsch treten kann. Er wird mit den Füßen wie ein Ball bis zum Grafen gestoßen.

Der Erblandmarschall hört ihn an, dann hebt er die Hand, um Ruhe zu gebieten. Unglaubliches geschieht, meine Herren. In einer Stunde, da alles, was deutsch ist und deutsch fühlt, Opfer darbringt und viele das Leben hingeben müssen für das bedrohte Vaterland, verweigert sich das fremdländische Schnittergesindel, gibt einen Mann nicht heraus, der ins Arbeitshaus verbracht werden muß. Streik, mitten im Krieg Streik.

Dann eine schneidende Kommandostimme: Auf zur Kaserne!

Das ist das Signal. Auf zum Sturm! Das ist was Besseres, als auf Puppen zu schießen, auf Pappkameraden, wir haben lebendige Ziele. Vater, ich schwör dir, sie hätten die Polakken niedergemacht im heiligen vaterländischen Grimm, im Suff. Sie hätten sie an die Wand gestellt, Leute, die wir noch zur Arbeit brauchen. Es genügt doch, wenn wir den Aufrührer haben.

Ein Blick von Armgard. Sie denkt wie ich. Ein einziger Blick, das war das Signal für mich.

Da ist auch ein Pferd, wer weiß, wem es gehört. Ich schwing mich hinauf, jage quer durch den Park, überspringe die Gräben, die Hecken. Ich laß die Herren Offiziere weit zurück. Ich bin an der Schnitterkaserne und springe ab. Da treten sie vor die Türe, frech, mit verschränkten Armen, herausfordernd geradezu, die Schnitter. Der, den ich suche, ist nicht darunter.

Wo ist Tiedemann?

Er ist krank, mißhandelt worden, geschunden. Wir wissen von wem. Wir fordern Untersuchung.

Das sagen sie mir dreist ins Gesicht. Die wollen ihn nicht herausgeben. Ich spring um die Ecke. Richtig, das alte Spiel, er schwingt sich aus dem Fenster, will sich abseilen, vielleicht noch einmal los auf mich mit dem verdammten Strick, mich niederreißen, zum Spektakel für dieses polnische Gesindel.

Ich hab ihn heruntergeschossen wie eine Taube vom Dach.

Minna hatte die ganze Zeit das Gesicht in den Händen verborgen. Jetzt blickte sie auf.

Er war dein Bruder.

Seit der Hochzeit auf Klevenow fehlte jede Spur von Stollinski. Im Spätherbst wurden am Rande des Parks die bereits skelettierten Überreste eines Mannes gefunden. Dem Rumpf fehlte der Kopf.

18

Gesine kam über Gielow herauf. Mit zwanzig hatte sie davongemußt, mit vierzig kam sie zurück und sah alles an, als ob es besonders wäre.

Ich hab nicht vergessen, daß sich gerade hier der Weg abkehren muß, nach Vorbeck hin und dann weiter nach Klevenow. Wargentin gibt es nicht mehr, was mir Heimat war, gibt es nicht mehr, die Katenzeile, das schäbige Schloß. Abgebrannt, geschleift und getilgt. Längst ist Gras darüber gewachsen. Aber ich erinnere mich.

Hier bin ich manchmal mit Jörn gegangen. Dort oben am Wald haben wir im Gras gelegen, weil kein Bett für die Liebe war. Kann mir der Landstrich wieder Heimat werden? Könnte ich je zurück?

Kein Wölkchen am Himmel, die Schwalben hoch oben im Blau. Da sehe ich die Schnitter in langer Reihe am Hügel. Ich kann nicht erkennen, ob meine Männer unter ihnen sind. Ich müßte näher heran.

Sie schwingen die Sensen, sie müssen schwitzen und keuchen, ich geh bloß so dahin. Mein Bündel ist leicht. Ich trag heut das lavendelblaue Kleid, wie zu meiner Hochzeit mit Jörn, wie auf Rogallas Fest. Ich hab nur das eine, das gut genug ist, mich darin in Klevenow vorzustellen. Schlöpke hat geschrieben, ich müßte kommen, um den Jan auszulösen. Sie wollen ihn loswerden und lassen sich das etwas kosten. Ich will mit der Vergangenheit ins reine kommen, und habe mich auch deshalb auf den Weg gemacht. Zu viel Geld für die Bahn, vielleicht wollte mich Schlöpke freundlich stimmen. Von dem, was übrig war, hab ich einen Anzug für Jan gekauft, feiner Stoff, Wolle womöglich, schwarzes Tuch, damit er was Gutes hat, wenn er mal Hochzeit hält. Der Junge wird Augen machen.

Und dann kommt die Frau übers Feld daher, langes Gewand, beide Hände, wie gefaltet auf der Schulter, halten den Knoten des Bündels, das sie auf dem Rücken trägt.

Seine Mutter. Koschoreck hat es gesagt.

Elf Männer lassen die Sensen ruhen und ziehen die Mützen und die Garbenbinderinnen legen die Sicheln beiseite und richten sich auf.

Da stehen sie in langer Reihe, schweigend, um die Frau zu erwarten.

Zuerst lächelt Gesine. Ich suche zwei Männer, die mir lieb sind.

Sie steht vor Gorski und erinnert sich an das Gesicht. Der Mann mit der Harmonika, das Fest bei Rogalla. Blick auf Lewinski. Kenn ich nicht. Aber mein Roman ist der nächste. Er hält meinen Blick nicht aus. Warum stürzt mir Jan nicht entgegen?

Sie starrt den Koschoreck an. Er sagt leise: Ich hab ihn nicht behüten können. Verzeih.

Das Bündel fällt ihr vom Rücken, und für einen Augenblick der Schwäche duldet sie, daß der Mann ihre Hände hält, nur für einen Augenblick. Dann macht sie sich frei.

Er will ihr beistehen. Laß sein! Sie bückt sich ächzend nach dem Bündel und wirft es sich auf den Rücken.

Koschoreck will sie begleiten.

Nein. Sie geht an den Männern vorüber, an den Weibern. Als letzte in der Reihe steht das Mädchen, die Jüdin. Ist nicht ihretwegen alles geschehen?

Mala sagt: Ich hatte ihn lieb.

Gesine nickt. Ich auch.

*

Es erregte Aufsehen im Schloß wie im Dorf, daß die Mutter des erschossenen Schnitters in Klevenow weilte. Pistorius bot großmütig Quartier im Pfarrhaus an, aber Gesine dankte, sie wolle im Weibersaal der Schnitterkaserne wohnen, bis sie den Sohn begraben habe.

Das geschah, nachdem sie mit dem Pastor über die Umstände der Beerdigung einig war, am übernächsten Tag.

Pistorius hatte dem Toten ein ordentliches Grab in der Reihe überlassen wollen, aber Gesine bat den Pfarrer, ihr bei der Suche nach der Ruhestätte der kleinen Luise zu helfen. Das Kind war vor über zwanzig Jahren vor einer Feldsteinmauer am Rande des Friedhofs beigesetzt worden, und Gesine wußte noch, daß Jörn ein kleines Kreuz in einen der Steine geschlagen hatte, um die Stelle zu bezeichnen. Sie wurde tatsächlich gefunden, und daneben sollte, wie die Mutter wünschte, Jan bestattet werden, damit die Geschwister bis zum Jüngsten Gericht nebeneinander ruhen konnten, denn sollte die Stimme wirklich erschallen, um die Kinder aus dem Grabe zu rufen, so konnte der große Bruder der Kleinen beistehen.

Gesine verbat sich jede Hilfe vom Gut oder aus dem Dorf. Sie hatte nicht vergessen, daß man zu ihrer Zeit die Herrschaft um Bretter für das Bett oder die Totenkiste bitten durfte, aber ihr Stolz ließ es nicht zu. Etwas Geld besaß sie schon, und sie fuhr mit Malas Gespann nach Malchin, um einen schlichten Sarg zu kaufen.

Sie und das Mädchen wuschen den Toten und kleideten ihn in den schwarzen Anzug, den Jan zu Lebzeiten nicht mehr hatte anziehen können.

Die Schnitter schaufelten die Grube, später trugen sie den Sarg und mußten ihn dreimal absetzen bis zum Grab hin, damit jeder einmal an der Reihe war.

Pistorius beschränkte sich auf wenige Worte. Der Herr ist mit denen, die zerbrochenen Herzens sind, und hilft denen, die ein zerschlagenes Gemüt haben. Der Gerechte muß viel leiden, aber aus allem hilft uns der Herr.

Wer deutsch verstand, konnte getröstet sein oder vielleicht denken, mach es doch wahr, Herr.

Die Männer hielten mit beiden Händen die Mützen vor der Brust. Der Wind ging, er spielte mit ihrem Haar und bewegte die Kleider der Frauen. Es waren nur die Mutter des Toten, seine Liebste, die Garbenbinderinnen und die Schnitter, die am Grabe standen, aber vielleicht hatten Leute heimlich über die Friedhofsmauer gesehen oder Pistorius erzählte weiter, daß es die anrührendste und denkwürdigste Beerdigung gewesen sei, die je in Klevenow stattgefunden hatte.

Nachdem die Mutter drei Hände voll Erde auf den Sarg geworfen hatte, damit Jan Tiedemann wieder zu dem werden konnte, woraus er gekommen war, ließ Mala ein über und über blühendes Rosenstöckchen samt der Wurzel in die Grube fallen, als Abschiedsgruß, aber auch, damit geschehen konnte, was nach dem Brauch geschehen mußte bei den Leuten ihrer Religion. Und das Lied haben nur Gesine und Pistorius gekannt und also zu zweit singen müssen, so daß sie kaum ankamen gegen den Wind: Ach, wie flüchtig, ach, wie nichtig ist das Menschenleben.

Weil aber die Garbenbinderinnen und Schnitter in ihrer

Trauer nicht still bleiben wollten, haben sie polnisch gesungen und einen Choral angestimmt, der ihrem Glauben gemäß war. Was Mala gesenkten Hauptes murmelte, konnten weder die Deutschen noch die Polen vestehen, und vielleicht begriff sie selber nur den Sinn. Es waren hebräische Worte: El mole rachamin …

19

Der heiklen Umstände und seines gewaltsamen Todes wegen hatte es drei Tage über die Zeit gebraucht, bis Jan Tiedemann unter der Erde war. Dann war auch die Untersuchung des Kriminalfalls abgeschlossen.

Gräfin Agnes hatte die kompetentesten Männer um Hilfe gebeten. Gerichtsphysikus Doktor Kuhfeld nahm den Leichnam gründlich in Augenschein und fand heraus, daß der Tod nicht durch Erschießen eingetreten sein könne, der Schußkanal ginge am Herzen vorbei, vielmehr sei Tiedemann mit großer Wahrscheinlichkeit in Folge eines Schrecks beim Absturz das Genick gebrochen. Und Hofrat Doktor Schultius aus Malchin, der die gräfliche Familie schon wiederholt in juristischen Fragen beraten durfte, war persönlich erschienen, um den Bericht des Kriminalkollegiums vorzulegen.

Man hatte sich im Arbeitskabinett der Gräfin versammelt, im kleinsten Kreise. Nicht einmal die junge Gräfin Armgard konnte anwesend sein, sie gab ihrem Gemahl das Geleit bis Ludwigslust, hatte vorher allerdings zugunsten des Jörn Schlöpke ausgesagt. Der stand bleich, aber hoch aufgerichtet, ja beinahe trotzig, vor der Täflung des Raumes. Sein Vater hinter dem Stehpult mühte sich um Haltung, es fiel ihm schwer, heute zu protokollieren, er nahm sich die Sache zu Herzen, und wie manches Mal, wenn sich der alte

Mann über Gebühr erregte, begann seine Nase zu tropfen. Schlöpke hantierte mit dem Taschentuch, und ihm ging durch den Kopf, daß er das Gutstagebuch wahrscheinlich heute würden schließen müssen, um es einem Nachfolger zu überlassen.

Minna war nicht weniger betroffen, als ihr Mann, aber sie hatte sich besser in der Gewalt. Sie saß auf einem Lehnstuhl, starr und steif, und hielt die gefalteten Hände im Schoß.

Iduna Schwan-Schwan hatte darum gebeten, aus persönlichem wie literarischem Interesse, der Amtshandlung auf Schloß Klevenow beiwohnen zu dürfen. Schließlich war sie es gewesen, die vor langer Zeit durch Vorsprache bei Friedrich Franz II. persönlich bewirkt hatte, daß dieser Jörn, ein Kind der Sünde, aus dem Gefängnis geholt und einer ordentlichen Ziehmutter übergeben werden durfte. Dort stand er, groß und bleich, ein Brudermörder.

Agnes Schwan hatte sich der Bitte Idunas nicht verschließen können. Sie wünschte, die Verhandlung wäre vorüber, und nickte erleichtert, als Doktor Schultius bemerkte, er käme zum Schluß.

Von Mord könne nicht die Rede sein, nicht einmal von Totschlag, das Opfer selber, übel beleumundet, wie man wisse, habe den bedauerlichen Vorfall provoziert. Ein Verfahren erübrige sich aus all diesen Gründen. Jörn Schlöpke dürfe in Ehren an die Front.

Das notierten Sie doch gern, nicht wahr, Schlöpke? Agnes Schwan erhob sich, um den Doktor Schultius zu verabschieden. Ich danke sehr. Und dem Jörn Schlöpke drückte sie die Hand, beinahe so kräftig, wie das Armgard vielleicht getan hätte.

Schultius hatte die Tür gar nicht hinter sich schließen können, eine Frau trat ein, die war schlank, nicht mehr jung, sie trug ein lavendelblaues, schon etwas angestaubtes Kleid und ein blutrotes Halstuch dazu.

Guten Tag, Euer Gnaden.

Agnes Schwan erinnerte sich nicht, die Person jemals gesehen zu haben. Sie fragte ungehalten: Was hat sie hier zu suchen?

Obwohl man ihr unfreundlich begegnete und ihr niemand erlaubte, näher zu treten, schloß die Frau die Tür hinter sich und verneigte sich tief.

Ich bin die Mutter.

Wessen Mutter?

Die Mutter des Ermordeten, Euer Gnaden.

Die Gräfin war so überrascht, daß sie sich entschließen mußte, wieder im Sessel Platz zu nehmen, und Iduna griff zum Lorgnon, um die merkwürdige Frau zu fixieren. Tatsächlich, diese Gesine aus Laudeck.

Gesine ging auf den Jungen zu. Der wußte, wer ihm näher kam. Er empfand nichts für diese Frau, die seine Mutter war. Er sah sie heute das erste Mal, und ihm war, als müsse er sich wehren. Er stand mit dem Rücken an der Wand und blickte der Frau voll und kalt ins Gesicht.

Sie sagte: Wie oft habe ich mir vorzustellen versucht, wie du wohl aussehen würdest, ob du deinem Vater ähnelst. Ja, du bist ihm wie aus dem Gesicht geschnitten. Ich habe deinen Vater sehr geliebt, weißt du. Er war ein guter Mensch. Er war freundlich. Er ist schon lange tot.

Jetzt rief die Gräfin auffordernd: Tritt näher!

Gesine gehorchte. Sie verneigte sich noch einmal, und Agnes Schwan betrachtete die Frau mit schräg gehaltenem Kopf wie im Argwohn.

Du bist Gesine Wollner?

So hieß ich, als mich Euer Gnaden ins Arbeitshaus nach

Güstrow verbringen ließen, wegen Hurerei. Gewiß hat es Schlöpke ins Gutstagebuch eingeschrieben. Damals ging ich schwanger mit diesem da.

Gesine wendete sich dem Jungen zu, der erschrak, als sie ihm schon wieder nahe kam, und was sie sagte, war furchtbar für ihn anzuhören.

Du bist im Grauen Haus zu Güstrow geboren, Weihnachten achtundvierzig, ein Zuchthauskind und ein Christkind also auch, und zuerst schien es mir schrecklich, daß ich dich fortgeben sollte, aber die Frau Gräfin Iduna und Minna, die damals Krenkel hieß, redeten so lange auf mich ein, bis ich glaubte, es geschähe zu deinem Glück, wenn ich mich von dir trennte. Hinterher habe ich mich tagelang gegrämt und auf meiner Pritsche gewälzt. Mit deinem Vater hatte ich nicht reden können, er war wegen Hochverrats eingekerkert. Weißt du das, Jörn?

Der Junge schüttelte verzweifelt den Kopf. Er rief Minna und Schlöpke um Hilfe an. Sagt doch, daß diese Frau nicht bei Troste ist!

Aber keiner wollte ihm beispringen in seiner Not, jeder wich seinen Blicken aus.

Gesine sagte hart: All meine Hoffnungen hatte ich auf Jan gesetzt. Du hast deinen Bruder umgebracht.

Jörn hatte sich in vielen schlaflosen Stunden zurechtgelegt, was er sagen würde beim Verhör durch die Kriminalbeamten, und Armgard, der er sich schließlich anvertraute, hatte ihn bestärkt. Er hatte sagen wollen: Ich bekenne mich, ein Schwanscher Mann und ein deutscher, ich bekenne mich zu meiner Tat. Wir stehen im Krieg, und ich habe einen Aufrührer erledigt und einen Aufstand fremder Arbeiter niedergeschlagen, also zum Wohle meiner Herrschaft gehandelt und gedacht, ich hätte recht getan.

Aber als die Frau vor ihm stand, seine leibliche Mutter, war er mit einem Mal fassungslos und stammelte: Aber wie sollte ich denn wissen, wie konnte ich wissen …

Gesine deutete auf die Schlöpke hin. Sie wußte es. Minna weinte. Der Gräfin Iduna tat sie leid. Sie fragte anklagend: Warum hast du dir zwanzig Jahre Zeit gelassen, nach deinem Erstgeborenen zu suchen. Warum, Gesine Tiedemann?

Es dauerte eine Weile, bis die Antwort kam. Meine kleine Tochter Luise kümmerte und starb, weil sie von meinen gierigen Schwestern vom Tisch gedrängt wurde. Das ging so zu in allen Hungerhütten, für ein drittes Kind blieb wenig zum Brechen und zum Beißen. Als wir endlich im Heidekaten untergekrochen waren, da hob mir der Bauch wieder die Röcke. Jan wurde geboren, das Jahr darauf Zwillinge, zwei Mädchen auf einmal, schrecklich. Sie starben später an der Bräune. Mein Gott, ich hab nicht gewußt, wie ich drei Mäuler stopfen sollte, geschweige denn vier. Nun sind alle meine Kinder tot bis auf diesen einen schrecklichen Sohn.

Jörn verbarg das Gesicht in den Händen, er weinte. Minna erhob sich stöhnend von ihrem Stuhl, als sie es sah.

Sie trat auf Gesine zu. Er ist weniger schuld als ich, er ist weniger schuld als du. Er hat nicht wissen können, was er tat. Und nun muß er in den Krieg. Verzeih ihm, um Christi willen. Sie nahm bittend Gesines Arm, die machte sich unwillig los.

Verzeih du ihm, wenn du kannst. Du bist ihm die Mutter.

Ja, das bin ich, sagte Minna, das bin ich, und ich hab mein Herz an ihn gehängt. Aber ich geb ihn dir zurück, den einen für den anderen.

Iduna Schwan erschauerte. Die Szene erschien ihr beinahe wie einem antiken Drama entliehen. Das würde sie aufschreiben müssen. Wer von beiden Frauen war die Größere? Diese Minna wahrscheinlich.

Gesine schüttelte den Kopf. Sie dachte, was redet sie da. Sie ist geblieben, was sie immer war, eine schrullige alte Jungfer. Sie sagte: Ich will ihn nicht. Die Stimme des Blutes, ich höre sie nicht, so sehr ist er dein Sohn. Er ist mir fremd. Der Herr verfluchte den Kain, als er seinen Bruder erschlug. Ich fluche ihm nicht. Er mag mit der Wahrheit leben.

Dann trug sie ein paar Bitten vor, so nachdrücklich, als hätte sie Forderungen an das Haus Schwan.

Mala, das jüdische Mädchen, und Jan hatten bei Pistorius das Aufgebot bestellt. Die Taufe des Mädchens und die Trauung konnten leider nicht vollzogen werden. Der Pfarrer wolle aber ins Kirchenbuch eintragen, daß Mala sich künftig Tiedemann nennen dürfe. Die Frau Gräfin müsse dem Consens erteilen. Gesine wollte Mala mit sich nehmen, auch Pferd und Wagen, die dem Mädchen gehörten. Zu ihrem Schutz solle Roman, der Pole, mit ihnen reisen.

Agnes Schwan nickte. Schlöpke, Sie veranlassen das.

Gesine verneigte sich tief. Sie ging, ohne die Schlöpkes mit einem einzigen Blick bedacht zu haben.

20

Mala war über die Schwansche Kanzlei in Klevenow unterrichtet worden, daß ihr Vater aus der Korrektionsanstalt entlassen sei und sich im Hause Augspurger erhole. Daraufhin hatte Roman angespannt und sich mit Gesine und dem Mädchen auf den Weg nach Güstrow gemacht. Sie hatten in der Stadt nicht lange fragen oder suchen müssen, jedermann kannte das Haus und zeigte ihnen den Weg.

Augspurger hatte vor ein paar Jahren ein altes, vom Verfall bedrohtes Patrizierhaus mit Speicher und Nebengelassen zu einem modernen Wohn- und Geschäftshaus umbauen lassen, das die Bewunderung vieler Bürger erregte, aber auch ihren Neid. Es unterschied sich vom Äußeren nur durch gewisse Großzügigkeit von benachbarten Gebäuden, und wie landesüblich gelangten die Fuhrwerke durch eine breite, überbaute Toreinfahrt zu Ställen oder Speichern. Die Fassade war im hanseatischen Stil errichtet, mit stufenförmig aufsteigenden Giebeln, wer aber das Tor durchschritten hatte, sah sich einem Springbrunnen gegenüber, berankten Pfeilern, die eine umlaufende Galerie trugen, und fühlte sich in einen maurischen Innenhof versetzt. Kein Zweifel, Simon Augspurger besaß eines der schönsten Anwesen der Stadt.

Koschoreck hielt, er kletterte aus der Schoßkelle, um Gesine und Mala herunterzuhelfen.

Gesine fragte: Traust du dich, alleine anzuklopfen oder durch das Tor zu gehen?

Mala wollte es versuchen. Sie ließ sich Schmuls Geigenkasten geben, wischte mit dem Blusenärmel säubernd drüber hin, das Instrument hatte alle Fährnisse der Reise überstanden. Das Mädchen hatte weder Gelegenheit noch Geld gehabt, sich Trauerkleider zu schaffen, vielleicht hätte Jan auch nicht gewollt, daß sie rabenschwarz gewandet herumlief. Wie sollte man in solchen Röcken zur Feldarbeit gehen? Sie hatte eines der leichten, festlichen Kleider angezogen, das noch aus dem Schtetl stammte, dem Vater würde es gleich ins Auge fallen.

Wartet auf mich!

Kurze Zeit später erschien der Hausherr persönlich in Begleitung eines Knechtes, dem Pferd und Wagen übergeben wurden. Augspurger bat Gesine und Koschoreck als seine Gäste herein und führte sie auf den Hof. Sie sahen staunend die kleine Fontäne, dahinter auf gepflasterter Terrasse einen Tisch im Schatten der Galerie. Es war Vesperzeit, eine Magd trug Kaffee und Kuchen herbei und entzündete getrocknete Kräuter in einem Kupferbecken, um die Wespen zu vertreiben. Augspurger bat seine Gäste zuzulangen. Sie wollten auf Mala und Rosenzweig warten, die hockten Kopf an Kopf auf den steinernen Stufen zwischen zwei Pfeilern der Galerie.

Sie werden eine Weile für sich sein wollen.

Augspurger ließ Kaffee einschenken, sie schlürften mit Genuß und verzehrten das Gebäck mit großem Appetit.

Gesine war, als müsse sie sich entschuldigen. Wir sind sehr hungrig. Sie sprach mit vollem Munde, und Augspurger lachte verständnisvoll.

Dann deutete er mit einer Neigung des Kopfes zu Vater

und Tochter hin. Die beiden werden morgen nach Moisling aufbrechen, dort wird ihnen unsere Gemeinde weiterhelfen. Dem Herrn ist zu danken, daß Rosenzweig nach so harter Prüfung das Mädchen mit sich nehmen kann, und auch Ihnen ist zu danken.

Gesine winkte ab. Ich hab das wenigste getan.

Roman Koschoreck schwieg. Er hörte, daß sich Schmul wieder auf der Fiedel versuchte. Das Lied kannte er: lalalei, lalalei. Er sah Gesine an. Mein Gott, diese lockende Melodie, keine drei Monate her, daß sie miteinander getanzt hatten, in der Scheune bei Rogallas Fest, wirbelnde Drehung, hoch auffliegender Rock. Es kam ihm vor, als sei das in einem anderen Leben gewesen. Nach dem Tode des Jungen war ihm Gesine fremd geblieben, unnahbar, nur das Notwendigste hatten sie miteinander besprochen. Sie war ihm gram, weil er den Tod des Jungen nicht hatte aufhalten können. Vielleicht war sie sich selber gram. Wer weiß, ob sie beide jemals wieder beieinanderliegen würden.

Augspurger fragte: Wohin soll eure Reise gehen?

Roman erwartete, daß Gesine Auskunft gab, aber sie sagte nichts, also redete er. Wir wollen nach Laudeck zurück, Herr, das liegt in Pommern.

Er dachte, daß er vor ein paar Wochen in Begleitung des Jungen aufgebrochen war, mit so viel Hoffnung. Jetzt würde er heimkehren müssen mit leeren Händen, ohne Jan, eine verbitterte Frau an der Seite. Ebensogut könnten sie hierbleiben und nach Arbeit herumfragen. Was geschieht, wenn Rosenzweig die Tochter nicht annehmen würde, wie beinahe zu befürchten war? Pferd und Wagen gehörten dem Schmul, der brauchte das Gespann für die Reise nach Moisling. Er sah Gesine an. Ihm ging durch den Kopf, daß er sie liebte und daß er ihr aus Liebe oft die Führung überlassen, sich ihrem Willen gefügt hatte, aber auch, weil sie stark war und deutsch und weil er sie für immer haben wollte. Nun würde er ihr wohl in die Zügel greifen müssen.

Schmul kratzte die Fiedel. Mein Gott, was für ein trauriges Lied.

Nach Laudeck also, meinte Augspurger, nach Pommern.

Roman blickte Gesine voller Zweifel an. Sie sagte: Dort wird ein Herrschaftsgut aufgeteilt. Wir werden alt, Roman und ich, und wir haben niemanden auf der Welt außer uns. Wir brauchen ein Fleckchen Land, eine Hütte, ein Stück Heimat, aus dem uns niemand vertreiben kann.

Augspurger nickte. Wer kann das besser verstehen als ein Jude.

Als sich die Nachtschatten über den Hof senkten, hockten Rosenzweig und seine Tochter immer noch nebeneinander. Es wurde kühl.

Morgen würde man weitersehen. Augspurger ließ seinen Gästen eine Schlafkammer anweisen.

In dieser Nacht wollte Gesine wieder in die Arme genommen werden. Sie ließ sich trösten.

Am Morgen, als sie mit Augspurgers Leuten beim Frühstück saßen, winkte einer der Knechte. Das Gespann stand auf dem Hof, das Pferd war wohl versorgt, wie sie sehen konnten, und auf dem Wagen lagen ein paar Futtersäcke, die gestern nicht dort gewesen waren. Pferd und Wagen gehörten ihnen, sagte der Mann, sie könnten damit weiterziehen, sollten aber warten, bis ihnen der Herr Augspurger adieu gesagt habe.

Dort kam er schon, er führte die weinende Mala zum Wagen hin.

Nehmt sie mit euch, bitte. Er reichte ihr abschiednehmend die Hand.

Rosenzweig ließ sich nicht sehen.

Mala rückte neben Gesine auf die Schoßkelle, und dann rollten sie vom Hof.

Roman ging neben dem Gespann, solange sie die Stadt durchfahren mußten.

Gesine drückte Mala an sich. Was ist geschehen?

Das Mädchen sagte: Ich habe Jan mehr geliebt als meinen Glauben. Das kann ich nicht bereuen. Daß mein Vater den Rosenstrauch begraben müßte, wußte ich längst, aber ihm ist es so schwergefallen, sich von mir zu trennen. Das hat er mir zum Abschied mitgegeben.

Sie zeigte ein Beutelchen vor und gab es der Gesine. Hundert Taler courant. Das wird für Häusung reichen.

*

Ich bin der Rabe im Baum, meine Ahnen zählen zu den Auserwählten, die Noah in den Kasten nahm, vor kaum denkbarer Zeit, und noch früher hatte mein Urrabenvater, der Gedächtnis hieß, auf Odins Schulter gesessen. Er hat uns die Fähigkeit der Entsinnung vererbt, die Gabe der Unvergeßlichkeit, die kein anderes Geschöpf unter dem Himmel besitzt. Ich weiß alles, bis auf das wenige, das Gott für sich selber behielt.

Ich hab erzählt, daß Jan Tiedemann ermordet wurde, obwohl im Gutstagebuch von einem Unfall geschrieben wird. Ich weiß, wie Stollinski zu Tode kam durch einen einzigen Sensenhieb.

Das alles geschah ein paar Tage vor Sedan. Die Adler stiegen hoch auf, um den deutschen Sieg auszurufen: Das französische Heer vernichtet, Napoleon gefangen, das Kaiserreich im Staub! Mein Rabenvater hat die Feuersäulen über der Stadt gesehen, den Rauch, der tagelang über der

Ebene stand, die weißen Fahnen auf allen Türmen von Sedan. Er hat das Röcheln der Sterbenden vernommen, das Weinen der Mütter, die Klagen der Obdachlosen in den Trümmern. Der Heeresbericht hat die Toten gezählt: neuntausend Deutsche und siebzehntausend Franzosen. Die Beute war groß: sechstausend lebendige Gäule, drei Fahnen und Waffen, Feldgeschütze, Gewehre. Von den Wällen aller großen deutschen Städte wurde Victoria geschossen. Victoria. Auf nach Paris hieß die Parole, wie alle Welt weiß.

Ich weiß, was nur wenige wissen: Der Krieg wäre nach Sedan zu Ende gewesen, Zehntausende wären am Leben geblieben, hätten sie nur gewollt, die Könige in Deutschland, die Großen und die Obersten, die Reichen und die Gewaltigen und ihre willfährigen Knechte. Hätte ich Schwingen wie der Adler und eine Stimme wie er, ich wäre mitten durch den Himmel geflogen, um die Botschaft Victor Hugos auszuschreien:

Deutsche, der zu euch spricht, ist ein Freund. Beendet den Krieg!

Welchen Sinn hat er noch? Warum wollt ihr Paris? Was haben wir euch getan?

Das Kaiserreich war es, das den Krieg gewollt hat. Napoleon ist gefangen, das Kaiserreich ist tot.

Das ist gut.

Wir haben nichts gemein mit diesem Leichnam.

Er ist der Haß, wir sind die Freundschaft.

Er ist der Verrat, wir sind die Biederkeit.

Wir sind die Französische Republik, wir führen den Wahlspruch: Freiheit, Gleichheit, Brüderlichkeit.

Wir schreiben auf unsere Fahne: Vereinigte Staaten von Europa.

Wir sind dasselbe Volk wie ihr. Wir haben unseren Vercingetorix gehabt, wie ihr euern Arminius hattet. Seit alters sind sie verbunden, die französischen Seele und das deutsche Herz.

Wenn ihr aber euern Ehrgeiz bis zur Gewaltsamkeit treibt, wenn ihr uns angreifen kommt in der Stadt Paris, die ganz Europa gehört, wenn ihr den Sturmangriff auf Paris wagt, so werden wir uns bis zum Äußersten verteidigen.

Aber, Deutsche, welchen Sinn hat dieser Krieg?

Er ist beendet, weil das Kaiserreich zu Ende ist. Ihr habt euern Feind getötet, der auch unser Feind gewesen ist. Was wollt ihr mehr?

Wollt ihr dem neunzehnten Jahrhundert das abscheuliche Beispiel bieten, daß eine Nation, die zu den gesitteten gezählt wurde, wild geworden, Paris, die Stadt der Nationen, vernichtet – wie Germanien das Henkerbeil über Gallien schwingt? Wollt ihr der Welt das Schauspiel bieten, daß die Deutschen zu Vandalen werden, blutbesudelt und mit Schande bedeckt.

Nein, nein, nein!

Die Stimme des Dichters verhallte ungehört.

Ich sehe, der Haß reitet immer noch auf dem Pferd, rot wie Feuerbrand, damit sich die Unvernunft versammle an allen vier Enden der Welt, um waffenklirrend auf die Ebenen der Erde zu steigen.

Herr, ich warte, daß das sechste Siegel endlich erbrochen wird.